走甜

黄咏梅 — 作品

现代性五面孔

3

张鸿／主编

南方出版传媒

花城出版社

中国·广州

图书在版编目（ＣＩＰ）数据

走甜 / 黄咏梅著. -- 广州 ：花城出版社，2019.4
（现代性五面孔. 第三辑）
ISBN 978-7-5360-8872-6

Ⅰ．①走… Ⅱ．①黄… Ⅲ．①短篇小说－小说集－中
国－当代 Ⅳ．①I247.7

中国版本图书馆CIP数据核字(2019)第040094号

出 版 人：肖延兵
责任编辑：黎　萍　夏显夫
技术编辑：薛伟民　凌春梅
封面设计：介　桑

书　　名	走甜	
	ZOU TIAN	
出版发行	花城出版社	
	（广州市环市东路水荫路 11 号）	
经　　销	全国新华书店	
印　　刷	广东新华印刷有限公司	
	（广东省佛山市南海区盐步河东中心路 23 号）	
开　　本	880 毫米 ×1230 毫米　32 开	
印　　张	7.875　1 插页	
字　　数	170,000 字	
版　　次	2019 年 4 月第 1 版　2019 年 4 月第 1 次印刷	
定　　价	38.00 元	

如发现印装质量问题，请直接与印刷厂联系调换。
购书热线：020－37604658　37602954
花城出版社网站：http://www.fcph.com.cn

目　录

复杂的生命反射弧

——黄咏梅

（自序）

　　这套丛书的策划者张鸿女士向我组这本书稿，告诉我主题是现代性。一时间觉得现代性似乎跟自己的写作没太大关系，小说于我而言，就是写生活中的人和人、人和世界的关系，书写内心的想法和感受。然而仔细想想，无论怎么说都离不开人，也就是评论家常用的一个词——主体性，相较于传统，主体性的彰显大概是审美现代性的特质之一吧。那么还是有关系的。

　　作为较早感知现代化进程的一代人，同时又集中深受时代种种变革的影响者，我们对于个体的表达和书写，显得尤为复杂，也更为决绝。普遍认为，我们这一代作家偏爱写日常生活，甚至旗帜鲜明地认为现代世俗生活也有它的精神性和审美性，我们对文学书写宏大命题的这一责任做出了近乎集体性的挑战。但我不认为这是我们的默契，而是时代选择了我们这一代，就像时代选择了一九四九年以后十七年时期的那批作家为政治传声一样。因为，个体是装载日常生活的最大的容器，从某个角度来说，写日常生活就是在写个体的存在感、生命感。

人对外部刺激的反射有很多种，传入神经元和传出神经元直接在中枢内接触的单突触反射，形成简单的反射，比如膝跳反射，而复杂的反射弧，就是在传入和传出神经元之间存在许多中间神经元，是人在出生后，在生活过程中逐渐形成，是经验、记忆共同参与的复杂反射，比如望梅止渴。写作对于我来说，就是时代生活与个体之间的复杂反射弧的摹写，或长或短，或强或弱，而不仅仅是那种简单直接的社会反射。

我写的大多数都是小人物，他们有贫穷也有富裕，有成功也有失败，但我不太会花大力气去写很具体的关于金钱、房子、升职等这些物质上的困窘，我可能会更多地去呈现他们的某些精神困惑。这些困惑并不具体，甚至有些莫名其妙，但这些困惑是我们在生活中时常都会去想想的，是的，会想想，也许不会细究，因为它们太不具体了，也因为它们几乎无答案。精神困惑和物质困窘不同，它并没有那么迫切地需要去解决，但是却一直存在，写出来不是让人去作比照，而是设法让人感同身受。

最近我因为写"人到中年系列"的小说，把前辈作家谌容一九八〇年发表在《收获》上的中篇《人到中年》找出来看，这小说当时在社会上形成了巨大的反响，小说从集体与个人、家庭与工作之间的矛盾出发，正面揭示中年知识分子的悲剧性命运及其原因，反映改革开放之初存在的现实忧虑与问题。算一下，小说发表的时候我才六岁，还没可能读到这篇小说。近四十年过去，当我踩在二〇一八的中年阶梯上，再去读这篇《人到中年》，我最大的感想是，谌容们的中年已经不是我们现在的中年了。也许，我们还会面临陆文婷的那种家庭事业的沉重和艰辛，面临时代赋予的重任与个人生活之间的矛盾，但是，这些巨大的问题已经不会成为我们小说里主要处理的事务，我们更多的责任是处理身处这个时代中人的精神事务。中年，在我们这代人的写作中，不是简单的上有老下有小，不是简单的生存与责任的拉扯，而是更为复杂的况味，更多地指向一种生存样态、心态、姿态，是一些难以说清道明的生命感。在这本集子里，涉及中年主题的有几篇，《带你飞》《走甜》等，如同《走甜》主人公苏珊对中年的体会："她发现，原来中年的征兆是跟初潮一样，来了，自然有着其难以言状的表现。苏珊切实地感受到——中年，来了！"苏珊的中年危机与陆文婷式的中年沉重关系不大，前者也许更小，更对准自己的内心，真真切切地呈现一步步走向时间深渊的生命体会，勾勒那些在传入和传出神经元之间存在的细细密密的中间神经元。

在小说里，主体时常化身为一个疏离、冷静的旁观者，在面对一些外部变化或者冲突的时候，看似与己无关，但却会对自己形成一个反射弧。这些发生和可能发生的，发生在自己身上和别人身上的突如其来的际遇，就算一个自以为用理性将自己管理得妥妥的人，也会引发出生命感。这是复杂的生命反射弧在起作用。

收入这本集子里有一篇《暖死亡》，主人公是个暴食症胖子，他总是在一点点慢慢地咀嚼、吞食食物，他夸张地展示着现代都市人矛盾的心理状态——既求安，又怕安，既需要俗世，又想要挣脱俗世。正如马歇尔·伯曼在《一切坚固的东西都烟消云散了》这本书里说到的:"他们全都被一种变化的意愿——改变他们自身和他们所处世界的意愿——和一种对迷失方向与分崩离析的恐惧、对生活崩溃的恐惧所驱动。"就是这种矛盾、焦虑导致了他的暴食症。这个胖子所探寻的现代社会中个体存在感的问题,最终仅仅化为一个莫名其妙的困惑——死后火化的炉道能否装下自己硕大的身体?这无疑是一种写作上的夸张,是以暴食症的形态呈现现代人精神慵懒的病态。现代化、高科技,说不定我们将来只需插上电源就无事可干了,我们日渐告别饥饿和战争,日渐感到满足、和平,直至平庸,正是这些平庸让我们失去了感受力,就像日本作家渡边淳一说的"钝感力"。失去感受力,使得现代人呈现了同一表情的面目,患上精神慵懒症,这种慵懒会一点点地导致精神在温暖中死去。在我们改变世界的同时世界也改变了我们。因此,我总是在小说中不断追问:我为什么会成为这样的我,我们为什么会成为这样的我们?

现代社会发展到今天,人们可能会耗尽一生去为自己乃至自己的下一代构建丰赡、优渥的物质生活条件,但是,现代人的病症却日益深重、愈发无解——物质繁华,内心荒芜的生命感已经不仅仅是知识分子层级的感受,它已经蔓延到了整个时代人的内心。文学除了反射一些直接的、显而易见的社会问题,是不是也应该去探究一下这些摆脱现实层面的、模糊的,却时时像跳蚤一样叮咬着我们的生命感?因为每一天,我们身处这个面目划一的城市,面对几乎同一表情的面孔,我们时刻都在遭遇到新的改变以及改变所带来的失落、惶惑、隐恐,这些东西在我们肉身上缓慢地、无声地、细密地划出了一道道复杂的反射弧。这些看起来属于现代主义的问题，其实早已经成为我们这一代人的现实问题。

是为序。

黄咏梅

2018年6月20写于杭州翡翠城

献给克里斯蒂的一支歌

　　克里斯蒂对我唯一的一次拜访，是个礼拜六的下午。她的穿着跟平时上班风格不一样。裙子是裸色的，上边嵌着星星般的碎花。那本《圣诞忆旧》就压在那些碎花上边。那时候我们并不熟悉，我刚进公司不到三个月，而克里斯蒂已经在公司换了四个部门，第四个正好就是我在的那个部门。"萨宾娜，周末有空去你家玩？我租的房子也在环市东路上呢。"说实在，对于她的来访，我一点心理准备都没有，就好像我还没适应"萨宾娜"这个英文名一样。

　　是这样的，我们公司是一家外企，整个公司不见得有几个外国人，但每个人都必须要有自己的英文名，类似工号或者代码。我们得像背单词那样记自己的同事，没有一段时间是记不过来的。这里最资深的那个保洁阿姨，在讲大老板坏话的时候也会说："杰姆很风流的，换女朋友比我们换卫生间的擦手纸还勤。"这个保洁阿姨最爱讲老板们的八卦，据说她曾经被大老板当众逮到将只用了一半的擦手纸换下来带走。别看公司里大家都穿着正装，一本正经，彼此都保持着一定的距离，其实各种小道消息、八卦传播得很快。在茶水间遇到几个人，挤眉弄眼地问我："萨宾娜，克里斯蒂去你家谈心啦？"我都还没能背出他们的英文名，他们居然能知道礼拜六我家发生了什么事情。

克里斯蒂的来访并没什么目的，只是对同事中感觉气味相近的人做一次"投石问路"。她坐在我家那张沙发上，喝着我给她泡的铁观音，不时拈起一粒碟子上的葡萄干或者脆杏仁来吃。她给我带来的礼物，就是那本《圣诞忆旧》。她一多半时间都在讲这本书怎么怎么好，哪里打动了她。我没看过这本书，她的介绍也很凌乱，很没重点。一会儿讲这个离异家庭长大的作者卡波特跟父亲的关系，一会儿又讲卡波特身边一直相伴的那个独身老女人。看起来她真的很热爱这本书。"你一定要看看这本书，里边那个叫苏克的女人，带着这个小男孩，圣诞节用辛苦攒起来的钱买材料，做各种口味的蛋糕，给左邻右舍一家一家地送，还突发奇想给总统寄了一个，她难道指望总统能解决她的独身问题吗……"说到这里，克里斯蒂哑然，晃晃脑袋，似乎想起了书里那些有趣的描写，"这个苏克，很sweet的。"她几乎是笑着补充了这句话。我礼貌地报以一笑，并看向她。没想到，她的眼里竟然闪着泪光。我觉得有点尴尬。毕竟，我们那时在公司还没说过几次话。那一次看到我办公桌上那个切·格瓦拉头像的小铜笔架，她就停在我那格办公桌前，拿那笔架看了又看，说她家有一只切·格瓦拉头像的CD架，看手法很像是同一个人做的。接着她就说，要来我家玩会儿。

显然，她是想跟我走近的。她打算离开我家之前，礼貌地问我："以后有需要我帮的尽管说啊。"她环顾一下房间四周。这间不到五十平方米的单身公寓，我只租了一年，并没打算长住的，所以弄得很简陋，东西堆堆塞塞也没个章法。

"啊，想起来了，现在就有需要你帮我的。"我走进卧室，从壁橱里抱出一张棉被芯。"烦死了，这个世界上我最讨厌的事就是一个人套被子……"我一直抱怨个不停。从上大学到毕业工作，我还算是个蛮独立的人，找工作、租房子、搬家……这些都是我一手做完。可是，套被子这件事着实让我烦心，两只手对付八只角，大半个身子从被套口里钻进去，对齐前边四只，又游回来对齐后边四只，人钻出来，一扯，前边那四只又跑偏了，不得不又钻进去……如此往返几轮，勉强使得四角两两相对，最后拎起两边，高高站在床上，一阵狂抖乱颠，此时人已经披头散发，或者说怒发冲冠了。

克里斯蒂不需要我帮手，她说要示范个标准动作给我看。只见她把长丝裙卷上大腿，在右侧打了只蝴蝶结。实际上她是虚张声势了。她轻盈地将被子在床上展开后，叠成春卷状。她坐在床沿边，跷起二郎腿。她的腿形很匀称，直而且白。除了偏瘦，她其实应该算是个美女的。她慢条斯理地将那整条"春卷"像酿肉一样，一点点塞进被套，手跟进被套里摸索几下，人再站起来，两手各捏着一侧，朝天空一抖，被子做一次优美的波浪运动，跌落到床上的时候，芯和套已是骨肉不分离。最后，她沿着床四周巡视一圈，四角各拉扯了一下。完成。

我像看一场表演，眼睛都没眨一下。

"以后你也会的，慢慢来。"克里斯蒂从容地解开那只蝴蝶结，长裙纷扬散开，很仙的样子。

这就是我跟克里斯蒂的不同之处，当然，也是克里斯蒂跟很多人的不同之处。我是这种人——从小开始，喜欢吃西瓜就发誓要嫁个卖西瓜的，喜欢吃麦当劳又发誓说要嫁个开麦当劳的。为了摆脱一个人套被子这件烦心事，我已加快了找男朋友的进度。实际上，没多久我就谈恋爱了，并且我们很快住到了一起。套被子这种事自然就解决了。

　　克里斯蒂没再到过我家。

　　在我们这种外企，人和人之间本来就不容易走近，看起来我们共用一部电梯，其实我们每个人就是独立的一部电梯，升职、加薪、跳槽、炒鱿鱼，这些，是每个人的楼层，"叮"，门开那么一下，十五秒后，关上。能者居其上，能上者捞大世界。在办公室里，我们除了完成手头上的工作外，也会扎堆研究研究"能"这门学问。按照公司的升职定律，一般在三个以上部门待过的人，必然存在很大的上升可能性。比方说，那个复旦大学毕业的丽莎，五年内，从销售部跳到公关部，接着跳到人力资源部，据说，年底的迎新年派对，就要宣布她当副总了。这个消息今天早上从庄森嘴里走出来，简直就像开香槟的那一声"嘭"，很快，言论像泡沫一样止不住，流窜在我们这个单元层里。

　　"丽莎？一九八二年生的，比我还小三岁，凭什么？"亚力克愤愤不平，扯松了他的领带。

　　"早预料到啦，只有蠢人才想不到，她每换一个部门都升半级，钢琴家的手都没她那么快。"庄森不到四十岁，却过早地出现了中年胖，这种体型在公司被判决为"失觉型"，迟钝、难爬、濒临放弃。相比那些弹跳力强的精干型人才，"失觉型"唯一的优势就在于，他们跟公司的转椅结下了深厚的友谊，他们能熬，就算熬得胖胖的也不会离开椅子半寸。

"切，滚床单嘛，爱滚就会赢。"满脸雀斑的翠茜出了名的心理阴暗，在她看来，一切的成功都是交易，女人用身体买单，男人则用金钱。

整个午休时间，他们都在研讨关于"滚床单"的学问，顺带还议论了公司其他几个以此"著名"的女人。我只有听的份儿。

其间，我看到克里斯蒂端着一杯冒着热气的咖啡，轻轻地从我们的圈子走过。那股香浓的咖啡味，过了很久才散去。

"美貌在公司就是升职器，杰姆那么好色，什么类型都不拘的。"接着他们又议论起了那几个红人的美貌特质。听上去，理论翠茜都研究得很透了，就是没有实践的能力。"唉，说到底，很多能力是天生的……"翠茜摆摆手，一副怀才不遇的委屈。大家都没接话，眼看这个话题就乏味了。

"哎，也不绝对的吧，资历不是也很重要嘛。"我想把这个令翠茜伤感的话题引开。这是我的优点。满一年见习期的时候，部门鉴定是这样评价我的：具有良好的工作素质和团队合作精神，性格开朗，善解人意。我对我的男朋友炫耀说，你看看我的人品！他很不以为然。他早就说过，我是个利己主义者，不过，他喜欢我，就在前边加了个时髦的形容词——精致的利己主义者。为了消除我的愤怒，他又说，我也一样，我们都是，精致的利己主义者。没有什么不好的，只要不是个损人利己主义者。我和男朋友相处得很好。

果然，翠茜不伤感了，现在，她把伤感投放在了克里斯蒂的身上。一谈资历这个话题，就必然会谈到那个老员工克里斯蒂。

据说，克里斯蒂已经四十多岁了，每换一个部门，列入电话通信表格里，她的名字总出现在倒数的末几位。可是，从没见她有任何不满情绪。

"她不在意这些职位啊薪水啊什么的嘛，反正她一人吃饱，全家不饿的。"我真是这么想的。

"怎么可能不在意？她又不是上帝！"胖子庄森似乎在说自己。

"嗯，我想，是价值观吧。她看重的东西不是这些。"不知道为什么，那次克里斯蒂的拜访，一直留在我心里，她的膝盖上摆着书，眼含泪光坐在我的沙发上，这个镜头是那么文艺。在我眼前，这么特殊的镜头从此再没出现过了。在某些无所事事的礼拜六，我也曾冒出过是否要对克里斯蒂进行回访的念头，我也可以轻松地走到她的办公桌说，克里斯蒂，这个礼拜六我去你家玩玩？我还没看过你那只切·格瓦拉CD架呢……可是，这些计划经常会被一次次"消消看"游戏的方阵冲散。

年末的迎新晚会，主题是"bling bling"。大老板杰姆给员工群发邮件说，今年公司取得了好业绩，跟诸位的努力是分不开的，在我的眼里，你们都是一颗颗闪亮的宝石，希望在新的一年里，继续散发你们的魔法光芒，照亮自己，同时照亮他人。公关部的同事敏感地在他的邮件中摄到了"bling"这个词，于是，晚会上我们都被要求穿得像一颗颗闪亮的宝石。我那件黑色小礼裙，胸口上是一只用珠片拼缀成的大蝴蝶，灯光一照，他们都说，萨宾娜，我想变成那只蝴蝶。那只大蝴蝶趴在我足够辽阔的胸口，胖乎乎的。克里斯蒂对那些闪亮的材质发生了兴趣，用手捏了捏珠片，说："哇，起码得用一千片吧？"我打量一下她，差点没笑出声来。她还穿着最常见的那件白衬衫裙，腰上系了根细棕色皮带，但她确实很"bling"，因为她头上戴了一只会发光的发箍，上边的皇冠一闪一闪，就像圣诞树上的彩灯。

"克里斯蒂，这玩意儿会唱歌吧？"我还是没忍住，笑了。

克里斯蒂很惊讶，问我怎么猜得到的。实际上，这种发箍，我在环市东路的夜市摊上，看到过很多回，那个小贩总在示范给扯着大人裤子不愿意离开的小女孩看，拨一下发箍后边的小开关，皇冠就跳啊跳地闪了，再拨一下，音乐就响起来，是那种熟悉的洒水车的音乐。克里斯蒂让我转到后边去，看藏在头发里的那个小开关。

克里斯蒂还想说点什么，会场响起了掌声。只见舞台上，杰姆这只"鬼"挺着沉重的大肚子走向了话筒。

庄森的情报很准。丽莎果然被宣布就职副总。她穿着一袭华贵的超短旗袍登台，银光四射。整个晚会上，就她一个人穿旗袍了。我想翠茜肯定又会说："看吧看吧，我没说错吧，全世界都知道杰姆是个旗袍控的，说不定这旗袍是杰姆送的呢。"

丽莎上台发言，胸口都要碰到话筒了。她先说了一堆感激的话，说到后边，竟然哽咽了，不断向大家说抱歉。就在众人等着她整理好情绪说下去的时候，忽然，一阵嘹亮的音乐响起，仿佛一辆洒水车撞进了人群。我和大家一齐朝声音的方向看去，只见克里斯蒂正扯起头发，用手摸索她的后脑——那只开关大概失控了，音乐响个不停。此时，不知谁带头笑出了声。我竟没想到去帮克里斯蒂搞定那该死的开关。

克里斯蒂在众人的目送之下，穿过人群，朝安全出口方向走去。

洒水车开远了，逐渐消失，等到完全听不到的时候，刚开始还星星点点"bling bling"般的笑声，变成了一阵集体大笑的高潮。我也笑了，杰姆在台上也笑了。只有那个刚才还哽咽着的丽莎，不知该摆出什么样的表情。

本次新年晚会最为bling的，不是那个哽咽的大胸脯丽莎，当然也不是趴在我胸口的那只大蝴蝶，正如大家所传来传去笑话的，是那辆洒水车。翠茜笑得气都要背过去了，她说现在只要一听到街上的洒水车，就会想到克里斯蒂的发箍。最让翠茜拍手称快的是，她看到那个丽莎站在台上，比克里斯蒂显得还尴尬。

"嗨，克里斯蒂，你是故意的吧？"翠茜打趣地问。

克里斯蒂刚进办公室那扇玻璃门，面无表情地走向自己的座位。我们注意到，她的短发下，伸出了两根白线，一根沿着她的肩膀垂挂下来，一根从她扁平的胸口横穿，最终都归入到了右边的那只口袋里。

那口袋里边到底有没有一支歌曲在播放？我们不得而知。

后来，我在下班路上遇到克里斯蒂。她换了双平跟鞋，走得慢悠悠的，被裹挟在方向一致的人流当中。她的短发下，也挂着两根白线。我赶上她，拍拍她的肩膀，她整个身子神经质地抖了一下，就差要喊出声来了。她摘下耳机后，才向我笑笑，好像戴上耳机之后，她谁也不认识似的。

从我们上班的地方到华侨新村，不到两站路。我们并肩一起走。

"这样走路不安全。"我指了指她的耳朵，"这条路上，很多小偷，抢包，或者用刀割手袋，我就亲眼看到过。"

克里斯蒂歪歪嘴角，这笑容让我觉得刚才的话很多余。

"那感觉很好的，你的耳朵被音乐塞住，你眼里看到的东西，成了电影画面，就好比，嗯，你给这个世界在配音。你看，酒店门口那两个人在吵架，你可以认为他们是彼此热情地抢着付账呢……"克里斯蒂热情地笑了起来。

我早就说过，克里斯蒂应该去搞艺术，或者当作家，最起码应该去报纸杂志写写专栏什么的。她总是那么文艺。

好不容易将话题转到公司，我们才算有了些共同语言。在嘈杂的人群里，我们聊得像挤牙膏。我们从那个新年晚会聊到那个被洒水车冲乱了的丽莎。

"凭什么呀，她那么年轻就当上副总了。"我愤愤不平地说，还传达了那些关于"滚床单"的议论，期待引起克里斯蒂一丝共鸣。

"这跟年龄没关系，想要得到什么，努力达到就是了。关键是要想清楚。"她还是那么平静。如果不是那个赶路的男人，手表撞到了她的手臂，她的眉都不会皱一下。

"想清楚就可以了吗？总还得想想别的什么吧？比方说，呃，道德感……"我对丽莎的升职一直义愤填膺，甚至还有——羡慕嫉妒恨。克里斯蒂的反应让我有点心虚。

"嘿，道德感……"克里斯蒂像跟一个老友打了声招呼。

快拐进华侨新村的时候，人群在天桥的东西两侧得以分流，我们走的是东边。人少了，华侨新村的阔叶榕一棵接一棵地迎面而来。克里斯蒂伸出了左手，眼睛并不去看那些树，那一棵棵树都准确地拍到了她的手。

"萨宾娜，我在这里一晃就快十年了，简直有点，可怕。"克里斯蒂轻轻叹了口气。

"克里斯蒂，你都没想过跳槽？"我的意思是，克里斯蒂在公司真的没前途。

"跳去哪里？我是个没file的人，去哪里都一样。"

我停下了脚步，睁大眼睛，看着她。

克里斯蒂也停下来。看着我，耸耸肩，好像感到对我隐瞒这些有点抱歉。"这不是个秘密。我跳槽来公司，就没带file。"

公司里总是有些不知道什么时候约定俗成起来的说法，有的东西，我们会直接用英文称呼，似乎它们的西方制式，在中国是无法转换的。例如把录用书称为"offer"，把命令称为"order"，个人档案呢，就直接称"file"。克里斯蒂嘴里吐出这个单词，那么轻描淡写，好像file是只小猫咪。

我的脑子开始转个不停，脚不知道什么时候开始跟着克里斯蒂迈开了。我们又沉默地走了一小段。我想得更多的是，克里斯蒂来公司前，发生了什么？一个不要档案的人，等于前边的那些人生，白过了。

"那是为什么？"

"萨宾娜，你今年多大？"克里斯蒂没头没脑地问我。

"二十五。"

"真是个小朋友，有些事发生的时候，你还没出生。"克里斯蒂摇摇头笑了。又忽然挽起我的手臂，拉着我大踏步朝前走，就像要甩掉身后某个咳嗽鬼。

在一个十字路口说过"明天见"后，很快我又转回身。从她的背后看去，短发底下又垂下两根白线了，好在，这条小路很安静，周围只有几个拎超市袋子的女人在走着。隔着十来米的样子，我仿佛能听到她耳机里传来一阵音乐。

我悄悄地去问过庄森，他是我们公认的"咨询台"。庄森的"情报"也不多，只知道克里斯蒂跳槽来公司的前一份工作，是政府的某个文化部门。

"公务员？"我吓了一跳。克里斯蒂哪一点像公务员？她充其量像个懒散的小职员罢了。

"就是因为不像才跳槽的嘛。"庄森不喜欢我一惊一乍的样子，总爱摆出个老资格来压我。

"不知道她怎么想的，公务员好难考的哟。"我撇撇嘴。

"嗯，公务员也不见得那么好，没上升空间的公务员，没地位也没实惠，还不如到公司，像我一样。"庄森习惯地又开始"审人度己"了。

我猜当年克里斯蒂一定没想清楚，头脑发热，什么都不要，一跳了之。

比起克里斯蒂的档案问题，我更多地纠结于她那个公务员的职务，事实上，我还为此跟我的男朋友吵了一次。

那天，男朋友下班回家。那件生日时我下血本给他买的HUGO西装还没来得及脱下，我们就吵了起来。我先是跟他说起克里斯蒂的事，然后说到我的一个念头——要不要我现在去考公务员？事关于己，男朋友马上从一个聆听者变成了一个辩论者。他从公务员的现状开始谈，谈到假设我现在是个公务员，要经历怎样的奋斗历程，他讲的关键在于——你知道，公务员的职数不是争取来的，是等来的，你怎么知道你就能等到？

男朋友是清华大学毕业的理科生，口才却不比文科生差，我自然辩不过。可是，我的脑子并不是一时发热。除了因为公司太辛苦，经常需要加班加点完成项目之外，更重要的是，我还有一个失败的秘密——当年同宿舍的八个女生，有五个都考上了公务员，我作为落榜者，才找到现在这家公司。一种莫名其妙的耻辱感让我到现在还不愿意去参加同学聚会。他压根不知道我这个秘密，这家伙一毕业就毫不犹豫地进了现在这家很有实力的评估公司，哪里能体会到我的纠结？

我没有退步，念头依旧执着，大有你管不着我的姿态。

说不退我，男朋友转而开始讲考公务员之难。你知道吗，现在每年"国考"近一百五十万人，这是什么概念？比考清华北大难多了，你想考还未必能考上呢！

这番话让我变成了一个泼妇，不管三七二十一，就是要考，就是要考。我这个样子，他并非少见，多半是在我想要买一件东西，意见不一致的时候，我会使出这招，每每令他屈服。

可是这次他没屈服。他扯下那件裁剪得体的西装，挂到衣橱去了。他的腿很长，就像韩国电视剧里的那些哥哥。这是我喜欢他的一个重要因素。我看着他的背影，气有那么一点消，想从后背抱抱他。事实上，考公务员只是克里斯蒂带来的一个念头而已啦。

他换了家居服从卧室出来，斜靠在沙发上，长腿搁在茶几上。

我趁势坐在他的长腿上。

献给克里斯蒂的一支歌

"最近公司很累？"他把我抱到怀里，放低声音。

我习惯地开始撒娇。发了公司一大通牢骚之后，我讲到那个坐"直升机"的丽莎，我竟然难以控制地愤怒，也不知道眼泪从哪里来的。同时，我对自己有那么一点惊诧，潜意识里，我原来竟如此在意丽莎的升职，甚至还感到了——委屈。

"你都不知道，她们多半都是靠'滚床单'！"我在"滚床单"这三个字加重了语气。

"那有什么用？升职有什么光荣可言？谁爱滚就让她滚呗。"男朋友抚摸着我胖乎乎的胸部，试图平息我的愤慨。

"月薪翻倍啊！这太不公平了，难道，难道我也得去'滚床单'？"话一脱口，我就有点后悔了。

果然，我的身子马上受到了重重的一颠，整个人被扔到了沙发上，额头磕到扶手上，带来一阵疼痛。我就势把脑袋埋在坐垫里，屁股向上翘着。

我这个滑稽的姿势不知道维持了多久，就像维持一个事故现场。

身后竟然一点动静都没有。我把脑袋从坐垫抬起，那人不知什么时候离开了。我一跃而起，冲到门边，我气得发抖，摔门的声音如此巨大，我还觉得力气不够用。

在小区的一棵棕榈树下，我被半拖半抱了回家。这不是第一次了，吵架的结果几乎没什么区别，但是每一次吵架，都达成了不一样的目的，这大概就是恋人之间的升级机会。

我们在吵架的余怒中，做了一次满足的爱。男朋友光着身子跑下床，再钻回被子里的时候，手上多了一张银行卡。他说，这里已经储够三十万了，我们商量一下，买日系车，还是德系车？

我们早就说好了，先买车，再按揭房子。同居时买车，按房嘛，就意味着要结婚了。

一切都在按我们的规划上升。我们共同的理想是，五年后，过上有车有房的精致生活。

第二天清晨，我们用亮晶晶的骨瓷杯子喝咖啡，又用亮晶晶的刀叉吃过煎鸡蛋和烤面包后，穿得体体面面地吻别。男朋友说，买日系还是德系，你想清楚了哦。我报以甜蜜蜜一笑。就像昨天的吵架从没有发生过。

仔细想想，对于目前这份工作，我没有什么可抱怨的。正如男朋友说的，好好干，在业内干出点成绩，即使大老板看不到，猎头总是会看到的。的确，隔三岔五，我们就会听到，公司某某主管又被猎头挖走啦。我铁下心来，打算在这里把自己干成一个资深"猎物"。这样，每天，启动公司电脑，第一时间看到大老板杰姆咧着嘴，竖起大拇指的形象，我不再觉得他是个色鬼。杰姆的形象在屏幕上只停留了几秒钟，比电梯停留的时间还短暂，然后，电脑自动登录到公司的办公平台。总会有一只小信封在屏幕的右下角跳动，群发的或者指定发送的，这些"order"就是我一天的任务，我只要一件一件地干掉就是了。

当我习惯性地打开一只信封，屏幕上只有一行字。在我还没来得及抬起头找对面的翠茜，就听到翠茜先嚷了起来："发生什么事啦？丽莎要下来巡楼？"

整个部门就开始叽叽喳喳了。

献给克里斯蒂的一支歌

自从升上副总之后，我们就很少能看到丽莎性感的身影，就算在电梯也很难邂逅她，仿佛她真的坐到了"直升机"上。我们只会在难得一次的巡楼中看到她。上一次丽莎巡楼，是因为公司楼下的绿化小区里，出现了一个变态。他躲在隐秘的灌木丛里，看到年轻的女员工路过，冷不防会发出猥琐的呻吟。丽莎亲自到每个部门，温馨提示，女员工路过的时候要注意安全，尤其是加班独自晚归的女员工，最好由保安陪护出去。

丽莎迈进我们部门的那一刻，庄森、亚力克以及蜗居在各个角落的男员工都离开了转椅，朝过道拥过来。这情状，丽莎是很自然接受的，从她自信的步态看来，若干年的女性成长历程，就是从这种夹道一路走来。

丽莎这次并没有停在过道上，而是径直走向过道尽头，步态摇曳。最后，她在克里斯蒂那张靠窗的位置，站住了。她微笑着瞄了眼正在装订文件的克里斯蒂，然后，才转过身面对大家。她先是慰问大家的辛苦工作，那老成持重的神态，颇有几分似杰姆，尽管一个中国人学老外的神情，看起来总有点出洋相的，好在丽莎的确是个大美女。我一直在琢磨她戴的美瞳。

丽莎开始讲此行的重点。她把手撑在克里斯蒂办公桌的围槅上，说，大家可能也听说了，明天下午，环市东路会有一场游行，市民自发地"保钓"请愿，目的地就是我们楼下。公司希望大家不要参与，更不要闹事。

说实在的，我压根就没将这几天报纸网络上闹得纷纷扬扬的保钓游行跟丽莎的巡楼联系在一起，似乎这两种行为之间半毛钱关系都没有。杰姆是个英国人。

丽莎宣布完后，又回答了几个男员工的问题。

"当然，这是自发行为，公司也不能强行限制，但是，杰姆不喜欢，很不喜欢。"

不知道为什么，我很不喜欢丽莎这种语气。我在心里暗自回了一句："杰姆算个屁啊，马屁精。"

丽莎又在簇拥之下走出去了。

办公室又出现一阵叽叽喳喳声。

如果说，明天的游行跟我们公司能扯上点什么关系，多半因为，我们公司位于使馆区。在我们这座写字楼的背后，绿树掩映着几处小矮洋楼，都是各国的使馆楼。每天午饭后一个小时的休息时间，我们会三三两两结伴到后边的小花园里散步，运气好的时候，还能蹭到免费顺畅的Wi-Fi。由于前边有高楼遮挡，环市东路主干道上沸腾的车马声，一点也流不进来。这种特殊的幽静，的确给人带来些戒备森严的感觉。当然，另外还有一层关系，就是庄森说的："杰姆肯定不喜欢啊，他周末经常跟那些鬼去打高尔夫，如果公司有人参与，他会觉得尴尬。"庄森指指他身后的窗子，楼下那几栋红的黄的矮洋楼，像一只只文件夹子，各自夹住了一小片绿地。

下班的时候，我跟克里斯蒂搭同一部电梯。走出公司大楼，觉得门口格外空旷。多走几步便看见，在离马路几十米的地方，已经拉起了一排蓝色的防护栏。保安正示意大家绕侧边的小道离开。

实地的情景让我有几分亢奋，还有些许紧张。我跟着克里斯蒂，绕小道走上了环市东路。

由于大道被封，路上的人更拥挤了，克里斯蒂和我挨得很近。换上她那双舒适的平跟鞋，她只跟我的眼睛齐平。她不仅矮小，还很干瘦，白衬衫塞到A字裙里，像个没发育好的女孩。这让我想起她喜欢的那本《圣诞忆旧》。她送给我之后，我把它当睡前读物，零零碎碎读完了。说实在的，我并没有多喜欢这本书，不过，里边她喜欢的那个老女人苏克，大概形象跟她差不多。

人多，我们都没心思说话，只顾看眼下的路。走了一阵，冷不防我的右耳被塞进了一个东西，我还没回过神，就听到了那东西传来的音乐。我侧过脸去看克里斯蒂，她朝我眨了眨眼睛，恶作剧般笑笑，同时，用左手挽起了我的胳膊。她那么矮小，挽着我倒像个妹妹。

白线连着的另一只耳塞在克里斯蒂的左耳里。我们共享着她口袋里那只播放器。

"一首曲子反复听多了，那音乐会不时在你的耳朵里响起来。即使你没在播放，就算你很久都没听它了，但是，在某些时刻，紧张，快乐，悲伤……总之，就是某些时刻，它会自己冒出来，或者，你也会不自觉地哼出来。" 我记得克里斯蒂上次对我说过这样的话。可是，我现在实在记不起那是一首什么歌。我们一起听的时候，是多么的熟悉，可我始终想不起它的名字。我们总是有很多那些时候的，话到嘴边却忘言，或者说，指着某样东西，明明认识却硬是叫不上名字。这种时候，我们能做的就是着急地、不断地重复，哎呀，哎呀，那个，那个……这种时候，我们最需要的就是，有旁的人，来那么一句提醒。可是，这首曲子注定无人能提示。我和克里斯蒂再没有这样一起走过。

我不确定，那次听过之后，我是否还遇到过这首歌，即使遇到了，我也不能确定。

第二天下午，比预报的时间提前了半个小时，三点不到，就听到亚力克在东边的窗口喊："来了，来了。"于是，我们扔下手上的工作，都挤到东侧的那几扇窗口看。

我们的办公室在十二楼，窗户是那种密闭的落地双层玻璃，声音基本听不见，好在前边无遮挡，视野开阔，可以看到环市东路一整条游行队伍。

现在，环市东路整条主干道都封闭了，禁止车辆通行，整条大道上，密密匝匝的人潮，一点一点朝我们这边泛过来。拉着横幅的走在最前边，拿着扩音器的走在两侧。

"可惜听不见。他们在喊什么？"翠茜把耳朵都贴到窗户上了，"这就是丽莎说的闹事？他们很有纪律嘛。"

队伍走到那些蓝色的防护栏前才停下来。护栏的内侧，早就等着一大群穿制服的警察，盾牌一只只对应地排放在他们跟前。

那个穿着红T恤的男人大概是领队，因为，他挥挥手中的旗子，后边的人就一点一点地停下来了。绵延在环市东路的队伍，花了很长时间才停顿下来。

听不到窗外的声音，我们像看一场哑剧。太安静了，更没有我们设想的那种骚乱、激动。看了一会儿，翠茜没兴趣了，回到座位上。我给自己冲了一杯咖啡，边喝边看。

"庄森，你估计有多少人？"

"一万以上。"

"我看有三万。"

"夸张了吧？"

"打赌？"

"怎么赌？又没有准确数字。"

"明天看报纸新闻嘛。"

"报纸新闻？那也能信？"

亚力克跟庄森在争论。

"嘿，嘿，那是谁？"庄森忽然大叫了一声。

我顺着庄森的手指看下去。只见一个女人，从我们大楼的门口方向走了出来，一直朝防护栏走去。白衬衫，黑A字裙。

"克里斯蒂！"不知何时重返窗口的翠茜尖声喊了出来。

虽然看不到她的脸，但我们一致确定那就是克里斯蒂。

的确，她已经不在办公室了。我不知道她是什么时候走下去的。印象中，她刚才还站在玻璃前。

她一直走向队伍。她走得不快，像我下班时遇到的那样，好像踩着节奏去的。我不确定她有没有塞上耳机，有没有一首曲子在她的耳边响起，在这种紧张的时刻。

其间，她跟阻拦她的一个警察说了些什么。警察就让她过去了。她走到那个红T恤的男子前边，犹豫了一下，手一伸，男子看了看她，也伸出了手。

"他们在握手吗？"

距离太远，我们实在看不清楚。

很快，克里斯蒂又朝我们大楼的门口方向折返，消失在我们视线内。

"搞什么啊？"翠茜仿佛被吓住了。

一会儿，我们大楼那两个值班的保安也出来了，他们各自扛着一箱东西。克里斯蒂跟在后边。在几个警察的护送之下，那两箱东西最后放到了护栏跟前。克里斯蒂蹲下去，将箱子里的东西取出来，一次又一次地，递给挨近护栏的队伍。

这下我们看清楚了，克里斯蒂在给他们发矿泉水。

"天啊，十五楼不会也在看吧？"翠茜竟然担心起来。

天晓得，十五楼那个大老板杰姆是否像只蜘蛛一样趴在窗前看？丽莎也看到了吗？

"即使看到了，也不一定能认出谁吧。"亚力克呆呆地看着窗下。

因为克里斯蒂，这场游行跟我们开始有了关系。我们没有离开窗边，眼睛只盯着下边那个小人。那个小人，最后被队伍中几个人从护栏的内侧拎了起来。她被放进了队伍里。

我们一直站在窗边，谁也没有离开过，直到再也找不见克里斯蒂。

不久之后，我们在公司也看不到克里斯蒂了。面对她空荡荡的桌子，以及她没有带走的那盆仙人球，我觉得有些愧疚。她是唯一到我家拜访过的同事。共事那么久，我竟然没有回访过她。

丽莎说，克里斯蒂是辞职，不是跳槽，因为没有一个人知道她去了哪家公司，跟着哪个老板。

我想，克里斯蒂大概又是没想清楚，脑子一热就跳了。

在某些时刻，克里斯蒂会忽然从我脑子里冒出来。下班的路上，在华侨新村那些阔叶榕树下，看见一个瘦小的女人，像散步一样缓慢，我的心就会加快跳动几下，确定那不是她，才松一口气。

献给克里斯蒂的一支歌

我的男朋友果然实现了他的五年规划。我们共同按揭了一套公寓。那意思是，在这个城市里，我们共同享有固定资产。像大多数男人和女人一样，我们要结婚了。

　　结婚这样的事情，现在人们已经不再觉得有多重大。事实上，有很多跟自己无关的事情，现在人们都并不觉得有多重大。通常是，某一天回到办公室，保洁阿姨奉命在我们每人桌上放一包喜糖。然后我们被告之，某某结婚了，不摆酒。我们会把挑剩的那些糖送给保洁阿姨。可是，在我的心里，结婚依旧很重大。自从在网上预约了民政局登记以来，那个日子一直让我紧张。有几个晚上，睡到半夜我会中途醒来，摸黑到厨房拿牛奶喝。冰箱门被拉开的那一瞬间，我的眼前"哗然"一片光明，随即，我听到耳边传来了熟悉的曲调："5111，5271，513，531，6231……"是那首俗气的《婚礼进行曲》。我这么一讲，那曲调现在肯定在你的耳朵里响起来了。没错，就像克里斯蒂说的那样，在某些时刻，你的耳朵里会忽然冒出一些旋律，一句或者两句。

　　那旋律让我觉得，我拉开的，是一扇教堂的门。

走甜

苏珊又迟到了。

拖延症从睡眠开始，终于拖进了白天的行为当中。夜晚，苏珊的意识每每卡在两点到三点之间，便不再问，干吗睡不着？仅问，睡着了又醒来，到底为了什么？清晨，宋谦紧了紧怀里的苏珊说："呃，这个问题嘛，已经跨入了哲学范畴，老婆，开始玩深刻啦？""中年人啦，可不该玩玩深刻吗？"最近，苏珊经常把"中年"二字挂在嘴边，可在宋谦看来，只不过是她新发明的另一种撒娇方式罢了。

苏珊最讨厌别人装深刻。要到多深才能刻下来？刻下来做什么？当记者那么多年，她最欢迎那些有话直说的采访对象，说出来，记下来，发表出来，一叠报纸，一天就过了。时代便是由这一叠叠报纸垫起来的。苏珊就是时代的搬运工。

现在，苏珊要来"搬运"的是一本书。盛大的发布会，规格之高难以想象。仅仅因为某领导在某场合，说到最近阅读了该书。第二天，这本书就疯狂加印。刚才苏珊在记者签到处拿到这本书，那领导的名字已经大大地围在了腰封上。时代，也是由一个个这些人的名字围起来的。

与此同时，苏珊也看到了他的名字。如前几次会上所见那样，忝列在领导嘉宾名单里，排名倒数。他不见得会来。他可来可不来。新闻通稿上，大方一点的版面，他的名字往往会在"等"字之前出现；金贵些的版面，他就没入"等"之后，无迹可循。不知为什么，苏珊对他很大方，每次发稿，都把他稳稳地放在"等"的前边。这是她对他唯一能做的。只见过几面，说过几句话，苏珊就对他有好感。四十岁了，好感不容易培养，生活对她来说，像被剔剩下的鱼骨架子，横竖挑不出一块好肉来。

发布会后，照例是吃饭。

那张圆餐桌只剩一个空位了，碗筷也没被动过。苏珊一坐下来，才发现，左边是他。看起来，他也来迟了。服务生为他俩补上了汤盅。青橄榄白肺汤。苏珊顾不上跟人讲话，低头喝汤，一勺，一勺，几勺喝下去，发现身边那人，跟自己的频率几乎一样，埋着头，一勺，一勺。他和她的脑袋快要凑到一起了。那么近。苏珊有些迟疑，故意放慢了勺子，脑袋依旧低着。他的勺子竟也放慢了下来。她用余光瞄了他一眼，他喝得认真，不知道是真认真还是假认真。她认为他们的余光是相遇了的。苏珊心里生起了一阵暖意，她跟他是一伙的，是同桌的他，甚至青梅竹马，两小无猜。苏珊有了奇怪的纯真的想法。

发布会结束后，苏珊马不停蹄交当天稿，在电脑前敲下他名字那一刻，她就有了甜蜜蜜的滋味。那个人，不知道什么时候变甜的？甜的滋味，苏珊近几年便刻意躲避。她已经进入了易发福的年龄，她是个克己之人，为了保持没生育过的身材，年轻时喜欢吃的巧克力、冰淇淋、甜点……这些东西被列入了她的黑名单，想到那种浓郁的香甜，她甚至会打冷战。她一直都戒不掉咖啡，却再不敢加糖。报社楼下那家路边咖啡店，每次见苏珊来，店长便自觉地朝制作坊里喊一句——走甜！即使到任何一家茶餐厅、咖啡馆，点咖啡的时候，她也会自觉地吩咐伺者——要走甜啊！

走了甜的咖啡，喝不惯的，觉得苦涩，苏珊喝惯了，倒觉得醇香，越浓越黑，仿佛独自一人走在伸手不见五指的夜里，体会到某种神秘和美妙，那远远是光明所照不到的想象的极地，漫步在那样的途中，或许有惊慌，有忐忑，呃，当然更多的时候是——什么都没有。这些多如牛毛的微微的失望灭绝了她的任何一种期许。苏珊感到自己就是沐浴在这种失望的毛毛雨中，一日日走下去。

制版车间新来的那个90后小美编，请苏珊下去对照图片说明，顺便评价了一下那张合影。她用鼠标扫射过那一排人，长叹一口气，说，根本没有一个能看的。最终又无奈地加上一句，也就这个大叔勉强还想搞一搞。苏珊的心暗颤，顺着她的鼠标看去，见他站在最边的位置，清瘦，与旁边那些发福者、松弛者、毛发稀疏者自然迥异。他似乎没看镜头，在发呆，无神无情的困茫。苏珊又开始多想了——那表情是什么意思？那脑袋在想什么？他在会议背后的生活会怎样？他有什么有趣的习惯？进而，她又想，他那衬衫底下的身体长什么样？喜不喜欢晚睡？嘴巴里有没有口气？有没有红颜知己？……她的疑问越来越具体。像采访一样，她准备了十万个为什么。

小美编把她的走神捅穿之后，她感到无比羞愧，太流氓了，太形而下了，太不知识分子了……她在心里嗔怒自己，像是心里边坐着一个正逢青春期的丫头，既想管着她，又不自觉要放任着她。

他自然是看到了那则新闻，他的名字在"等"的前边，还附着照片。他盯着照片里的那个自己看，徒生自恋。老了老了。在某些时刻，他还觉得自己是个男孩儿呢。他是不服老的，不为人知地叛逆地还要囚着那个男孩儿。昨天，伏下头喝汤的时候，发现那女记者也跟自己一样，喝得忘我投入，他就想，等着她一起，一勺，一勺。他喜欢自己那样，无声地独享一些小心思，时而有趣，时而歪邪，时而沮丧，时而凄美。不过，再亲密的人，也接见不到那男孩儿了，他就是月球上的彼特·潘，孤单得像所有童话的本质。偶尔，他也任性地在自己的衣服上泄露出那样的小心思。白衬衫第二颗扣子的位置，掀出一角看，里边有只睁着左眼的小猫头鹰，是在埃沃店定制衬衫的时候，特意吩咐绣上去的。更明显一点，通常便是在衣袖口、领子上、口袋边，嵌上一条小花边，也不是随便的小花边，是费了心思选的，从不令人感到似曾相识。这些表现，足以让人们给他下了个定义——闷骚男。单位里，他是多数小女孩儿欢迎的中年大叔：有那么一点小权势，不大，所以好接近；有那么一点小沧桑，不老，可以挽手走上一段；有那么一点小情义，不乱，任谁也不去折磨的；有那么一点小讲究，不张扬，就感觉不出装来了……当然，他也是多数中年怪阿姨们不待见的人，她们眼中的他，一把年纪了，仕途不上不下的，却外貌协会得紧，与自身年龄不匹配的身材和衣着，仿佛时刻准备着要出门谈恋爱似的。她们其实也不是真不喜欢他，只是要暗暗保护自己——她们对他再好再多情，他对她们而言，也总归是个大步流星客。

盯着照片里的自己看了半晌，他才去看旁边那些领导。一个两个三个四个五个六个七个八个，指认着那些相识不相识的人。他老婆总说，你呀，还有多少张凳子要越过？还有多少个人头要赶超？再不下工夫就来不及了呀。现在，他的手指从自己身边出发，将那些人头琴键一样弹过去，脑子里无端端就响起了女儿考试前，时常哼的那首欢乐的《水果歌》："来来，我们都是水果，过过过过过过……来来，我们都吃西瓜，挂挂挂挂挂挂……"人生啊人生，不过就挂，过过过，挂挂挂。他的手指停止了动作。

跟以往的无所谓不一样，他把那张报纸留了起来，并且，翻出苏珊的名片，手指触着屏幕，熟练地给她发了一条短信：

"报纸看到了，谢谢，找时间喝汤。童。"

仿佛是一条回复。

在他放好手指的同一时刻，苏珊SIM卡里那一千多个人中，猛然就跳出了他来。是头一次，却仿若老朋友了，好像昨天才搞了几个回合的短信来往，今天又续上了。

一整天，苏珊都在惦记着这条短信。下班，她把车驶到五环外，停在僻静的道边，写上一个字，待定未定的时候，取消了，又开始琢磨另一个字。车是密闭的空间，苏珊在里边捧着手机，神经病一样，时而自言自语——"童"什么"童"，你是谁呀？你以为你是大明星大人物呀？真搞笑！时而，她又看着那条短信，屏住笑，原来那天他也注意到一起喝汤的细节了，那么，他的心理活动也是跟自己一样喽……丢死人了！她的脸便红了起来。像个等待约会的女孩子，苏珊为他发出的邀请认真地纠结着呢。直到宋谦的电话铃响起，她才平复。

宋谦是要带她到一个地方吃鱼眼睛。他说，那地方，专门吃鱼眼睛，有各种做法，很刁钻的。宋谦知道苏珊喜好味蕾上的冒险，但凡在菜肴里能挑出一个亮点来的，他必带着苏珊去尝试。看着苏珊欢喜地吃新菜的样子，他觉得她还没长大。或许由于他俩选择了丁克生活，他把所有的父爱都投放到了苏珊的身上，他就把苏珊想象成了自己的女儿。

苏珊望了望窗外，这是个自己几乎不怎么到过的地方，怎么会停在这里？真是鬼使神差了。她很快找了个宽敞的地方，掉了个头。

驶回市区，穿过百花隧道，车不多，里边就显得特别幽暗。为了享受这种幽暗，苏珊放慢了车速。她的目光扫见了一个小岔口，那是隧道侧边凹进去的一个横向岔口，不大，只能容一辆车停驻。每开百把米，就会凹进去这么一个横岔口。苏珊恍然，那是用作临时停车的，就像高速公路上的服务站。苏珊平时从没注意过。她开始刻意去找这些横岔口，左一个，右一个。在隧道口的光亮隐约透来之时，苏珊瞄到一个岔口里，有辆车停着，里边似乎坐着两个人。一男一女。肯定是一男一女！苏珊坚决这么认为。她很快闪出了"车震"这个词汇，这可不是一个偷情的天然好地方吗？苏珊脑子一热，好像写稿子的时候，某种灵感降临，文章出现了神来一笔。好在，没过几秒，连人带车的，她就弹出了这条幽暗的百花隧道，迅速被一整个光明拥抱。

现实这个亲切的主人，隔着明亮的车窗朝苏珊打招呼——你好，苏珊。苏珊莫名地感到有点失望。

晚上，临睡前关机，苏珊平静地给那个"童"回复："不客气的。"她把自己装得很大牌。

说"不客气"，他倒也真的跟苏珊不客气起来了，邀请喝汤的事情便再没了下文。

记者这个行当，苏珊干十多年了，如今在每个采访的场合中，放眼望去，全是十多年前的那些自己。她不得不承认，应该从这个战线上撤下来了。然而，正如她对饮食的态度一样，但凡有一个亮点，她都想着要去尝试，对工作也如此，她拖拉着自己残余的一点好奇心，抱着虚假的热情写出故弄玄虚的一篇篇报道，偶尔也会被自己炮制的那些故弄玄虚所蒙蔽，能高兴个几天。现在，她不愿意也得承认，他成了她工作的一个新亮点。每次去开新闻发布会，她都隐隐地期待他露面。这些期待从一点点的潜意识的亮光，逐渐浮现成一种种行为。比方说，出门前对服装挑来拣去，在耳背藏一些知性的暗香，在微笑的脸肌部位染上一抹橘红，把几乎要耷拉下来的眼睫毛重新卷翘起来——是要为他刷新心灵的窗户吗？她跟他遇见的次数比从前多了起来，在很多她认为他不会出现的场合，他竟也会不期而至。她从他不时瞟来的余光里，读出"这不是偶然"的信息。于是，她将这样的信息，按照职业思维惯性，故弄玄虚成一篇篇美文，只是，这美文只发表在自己内心深处，是内参。

在一次会议的茶歇，她注意到他并没有离开自己的位置——她早已经发现，他总会做出些不随大流的举动。她倒了两杯咖啡，一杯惯常的走甜，另一杯呢，她犹豫了一下，没加糖，只是把糖包放在碟子上。她小心地端着两杯咖啡重新走进会场，远远地，就看到了他的背影。他举着手机正对着空无一人的主席台，似乎在拍照，他是那样专注，以至于她走近了他，他都没有察觉。她起了顽意，蹑手蹑脚地走到他背后偷看，只见他的手机屏幕上，正尝试着将自己的桌签和整个主席台背景都装进去，由于他的桌签摆在主席台的偏僻处，所以取景特别困难。放大、缩小，左侧、右偏，煞是苦恼。她"扑哧"笑了出声。他回头，看是她，竟也不觉得尴尬，默契地回以一笑。这一笑，使她找到了那次喝汤时的感觉。她放下手中的咖啡，一路小跑过去。上主席台的阶梯有那么五六级，她像少年般，两步就跃了上去。她拎起他的桌签，重重地顿在了正中的主席位上，朝台下的他示意，拍！他果然大方地用手机嚓嚓地拍下了几张，拍毕，朝她做了个OK的手势，她则调皮地伸伸舌头，乖乖把他的桌签重新归位。

做完这一切，他才想到要环顾四周，确认会场上除他俩再无旁人，他才放下心来。

不出苏珊所料，他把那包糖撕开了倒进咖啡里。一杯甜咖啡，一杯走甜咖啡，二人边喝边轻声聊着。话题是没什么意思的，只不过二人一直单独待到茶歇结束就是了。

在很多可去可不去的会议，他最近都频频出席。他老婆命令他，这段时间，大会小会必须场场到，混个脸熟，找适当机会争取发言，露露锋芒。宝剑不出鞘，焉知它是块宝还是废铁？他老婆是个理科生，没什么文学修养，用的比喻也通俗，原本也没什么资格命令他，只是最近她掌握了话语权——她七拐八拐，搭上了一位贵人，这位贵人用她的话来说会"带领着老童进步"，这位新调来的组织部长，被她老婆攀成了远房堂哥。在她的数学头脑考证和梳理之下，这位部长的确跟她祖上有过那么一支交叉的亲戚关系，只是仅仅交叉了那么一支，人家又远远地蔓延出去了。不过，"关系不够礼来凑"，无论如何，这位跟老婆同姓的部长已经认下了这房突如其来的亲戚。于是，老婆的命令就代表了组织部的命令，每每他露出懈怠的时候，她就软硬兼施，命他重整斗志。

说到底，他是个相当自恋的人，对于一个自恋的人，你要他拉下自己的面子去求官当，还不如叫他觍着颜面去追求一个红颜女子呢。在他的经历当中，无数次证明了这一点——遇见好女子比碰上好位置的机会多得多，在各个年龄段中，朝他暗示好感的女子，他几乎都能敏锐地捕捉得到，他得意地认为，只要他稍微迈出一步，那些女子都会被自己一个个拿下。只是，他终究注定不是个做大事的人，即使对那些自己亦心动的女子，他也只不过跟别人搞搞暧昧，无疾而终——也许总落不到实处，她们纷纷失去耐心，断了这种隔靴搔痒的游戏。要知道，如今满大街都是现实主义之人，要钱要权要快感，此外一概不要。像他这样的人，你可以说他过时，也可以说他不现实，不过，知夫莫如妻，他老婆对他们的朋友总是大大咧咧地说："我们家老童啊，别看那么爱臭美，其实是个胆小鬼，有贼心没贼胆的！"仔细琢磨一下，老婆说得也不是没有道理，每每有越雷池半步的念头，他心里总会敲出一句长鸣警钟——

纸嘛，肯定是包不住火的！这句恶俗的话虽然讨厌，却让他免遭了很多麻烦。这些麻烦，打开报纸和网络几乎无处不见——中国式的腐败必带着情色。他心惊肉跳地认定，情色即是一种腐败的开始，就算如初恋般美好的两情相悦，最终也不免落入俗套。

然而，胆小归胆小，却阻挡不了他一颗爱人的心。他是这么想的，横竖是自己在心里爱爱，心嘛，总是比纸要厚实得多，总是能包得住自己的火的。比方说，最近，他总能在会场上看到的那个女记者，他觉得他在爱着她了。怎么说呢，以他的目测看来，她已经不年轻了，但也不觉得老，还能从她的身段和表情中，看到若即若离的青春，他喜欢这样年龄中的女子，既不青涩，也不凶猛；既成熟，又不乏女儿态，她们懂得欣赏自己，也懂得别人在欣赏自己，更重要的是，她们能接收到别人的好感，并且能及时地对别人回应出好感。于无声处，不需任何证据，他就爱上了那样的她，并且，也感受到了她对他的爱。这些没有证据的爱，让他感到无比安全，无比轻松，他甚至认为自己可以放肆一爱了。

像被某人做了恶作剧，苏珊的人生里被投进了一颗糖，那些甜分如细胞一样游泳，在苏珊的身体里畅游。她不再讨厌失眠，意识不再在嘀嗒的闹钟上卡壳，她轻易地拉起那些细胞，跟它们一起畅游，畅游在他的容貌上，在他讲究的鬓角边，在他细致地卷起的袖口，在他用心装饰的花边……她甜滋滋地想，他跟她心思一致，他知道她会出现，于是，他也会出席，于是，她便能经常在公众场合上邂逅，这种有意的邂逅，感觉不异于约会。她在黑夜中一想到"约会"这个字眼，就浮现出一条如眼前夜一样漆黑的隧道，那隧道里，细胞一般分布着一个个小岔口，停车暂做爱，如此刺激，如此销魂，如此绝望……像一部小众的法国文艺片。她想得很多，想得脸红心跳，已无力去追逐睡意了。趁天还没亮的时候，她理性地印证了一下对他的爱。她爱他，是纯粹的，不怕被人笑话地说，是纯真的。不像那些迟暮女人，重新试爱，是为了证明自己魅力犹存，还具有爱的能力，也不像那些无知妇女，因为不满意家庭关系，纯属打发无聊的生活，更不像单位里那些来势凶猛的年轻女孩儿，为了缩短奋斗历程，以青春交换权势。苏珊认为，对他的爱，如果说有功利目的的话，她自认是一种很文艺的目的——绽放她的中年肉欲。她看过不少新浪潮的文艺片，整片仅有一个主题：打开生命的禁锢，让人欲出入自由。她往往会被那些背负惩罚甚至付出生命代价的男女主角感动得热泪盈眶。怎么会这样呢？她不是个性欲很强的女人，她不封建，但也不开放，她是个知识女性，她不需要在男人的身体上认知自我或者实现自我。她唯一能解释的是，她会被这样的男人吸引，逐渐稀少的荷尔蒙还会为他汗毛般竖起。她在暗中期许，跟这个得体的男人来一场艳遇，直白一点说，来一场性爱，将会是她人生中的又一次阳光普照，将她中年路上那毛毛细雨般的失望暂时驱走。这种期许，成为一种持续的亮光，让她即使拖着失眠的身躯迎接清晨的时候，也不至于懈怠甚至厌世。

当她双脚踏下床，整理自己，开始迎接新一天，虽然内心激情饱满，但肉体却扛不过一夜失眠，她的脑袋感到很沉重，并且开始疼痛。不过，她并没有被肉体的疲倦所击垮，她像个斗士，明知不可为而为之。对付肉身的这种疲倦，她自然有自己的法宝，她将宋谦从香港带回来的正版斧彪驱风油揣到随身包包里，疲倦不支的时候，就在太阳穴和耳根的下关穴处涂抹几滴，那些刺激的凉，可暂时麻痹困倦这个敌人，振作精神。她只认这种正版牌子的驱风油，味道是她喜欢的，效果也是她多年验证过的，果然如瓶子上那行繁体字所写："居家旅行 常備良藥"。她介绍给单位里几个要好的同事，用过都觉得好，每当丈夫宋谦到香港出差，这些同事便纷纷要求搭买，买回来后，苏珊便大方地免费分送，这些人得了优惠，每每在苏珊面前夸她丈夫是"一等一的好丈夫"，更有风趣的人，称她丈夫就是一瓶斧彪驱风油，是"居家旅行的常备良药"。苏珊对这些赞美，都一一笑纳。在女人面前夸赞自己丈夫的好，往往是不存一点私心杂念的，也可以说是一句礼貌的话了，跟那个丈夫其实关系并不大的。就像她，断然不会跑到他的老婆面前去夸起他来，她甚至歹毒地认为，他跟她老婆关系极差。越差，她越心疼他，就越想要爱他。

那天下午，苏珊收到了他的短信："二十八号的迎春酒会，去的吧？童。"在苏珊看来，这有别于那条喝汤的短信，如一首藏头诗，隐含了时间、地点，她还读出了幽会的信息。她又迅速享到了一股甜的滋味。

文化厅的迎春酒会年年搞，苏珊是从不参加的，嫌累。通常是某个晚上八点开始，近乎一个小时的官员讲话，剩余的时间自由交谈、跳舞唱歌，近几年听说还增加了个"挥毫"的环节。老干部们闲下来喜欢玩书画，那些拍马屁的年轻人，懂或不懂，都围拥在画桌前，装腔作势，抢着要墨宝，抢得越激烈，老干部们越尽兴，在他们眼里，这些小年青，就像一群孩童追着闹着大人们分糖吃，给谁不给谁，给谁多给谁少，他们可从不会老糊涂。苏珊并不是不懂得官场那一套，只是这些事情与她无关，当个旁观者，看多听多了，也觉得其实当官这件事情，既无趣又无聊，还不如跟着娱乐记者听听娱乐圈的情爱八卦来得人间烟火。

　　可以说，二〇一三年剩下的那几天，苏珊是以一种春天般的喜悦度过的，有赖于他的那条短信，她的年末忧郁症并没有如往年那样发作，她既没有因为又要向中年挺进一步而感到忧伤，也没有因为一年的碌碌无为而感到虚妄。相反，她在自己的QQ空间里，诗性大发，写下了很多美好的、比喻的句子，以表达她那些不可与他人言说的心绪。她把自己比喻成一杯加了糖的咖啡，甜分适中，温度恰好，她想象着，他素净而暖和的双手，将她端起，放到唇边，并不急着去尝，只是微笑着，低头端详，仿佛要在那幽黑的水面上寻找自己的倒影，直到那水面上也泛起了微笑的波纹，最终，唇才挨下去，一亲芳泽。她写道："喜欢一杯咖啡，带着香甜和温暖，进入一个人的体内，末日即使真的如期降临，再生之门依旧为爱敞开。"她这句话，被同事们在QQ空间看到了，被拿来取笑，故意说："苏老湿，最近好抒情哦，开始作诗啦！"有个正在谈恋爱的男同事，正儿八经地征求她的意见："苏老师，你把这话授权给我吧，我把'一杯咖啡'换成'一个女人'，写给我的女朋友。"苏珊听了这话，一阵发虚，仿佛被人揭发。

　　二十八号那天，苏珊过得忙不停脚，上午到社区采访完一个送温暖活动之后，中午回报社赶稿，下午，开个简单的报题会，空下来已经是三点多了，本来还有一份年终总结要交，苏珊顾不上那么多了，她把那张表格锁在抽屉里，果断地结束掉一切庸俗事务。按照自己的计划，她先到美容院去做脸，再到美发店去做头，最后到商场去挑一套漂亮衣服，最最后，约会去……

在商场，她做了一件至今想来仍觉得羞愧的事情：她挑选了一套质地精良的裙子，整体流畅有品位，小立领，用一粒小盘扣紧致地将她修长的脖子圈起来，遮住了岁月附送给她的那两道隐约可见的颈纹，谁知道，设计师在胸口处恶作剧似的挖了个小椭圆形的口子。如果说整袭墨蓝色的裙子像一条密实的蜿蜒的隧道，那么，胸前的这一块椭圆形，就像隧道中一个临时停车用的岔口，故意留给人停驻喘气的。苏珊在这块椭圆上犹豫很久，她觉得这个地方有点卖弄风骚了。专卖店的小姐不断说服她："这个地方是设计师的得意之处，是整套裙子的亮点，姐姐你皮肤那么白，胸部那么丰满，来我们店的很多女人喜欢这套裙子，试了之后，这个地方都撑不起来，都不敢买，人家羡慕姐姐都来不及呢……"店员们围着苏珊七嘴八舌一阵强攻，苏珊对着穿衣镜前后左右照来照去，也奇怪，她的眼睛无论如何总会停留在那个小椭圆上，看起来的确是个亮点！她果断买下。为了更好地撑起这个亮点，她还到隔壁内衣专柜去，买了一只新的乳罩，乳罩有个好听的名字——水盈风。在杯罩内侧嵌有两只水袋，导购小姐说，是新开发的产品，具有侧拢、挺拔、按摩、调整等作用。苏珊一穿上，果然胸部高耸，关键是，那椭圆形的亮点处，随着人体的活动，便增了一道时张时闭的阴影，就像一只丹凤眼的眼睑上涂了生动的眼影，连自己都看着很美。

　　酒会当然是没多大意思的，不过，多了他不时投来的带有赞美意味的目光，她就觉得摇曳生姿了。她暗自觉得买下这套裙子真是一个英明的决定，在他鼓励的注视之下，她竟然飘飘然起来了，端着酒杯，优雅地朝他坐的那一桌走去。她单独向他敬酒，像两个老熟人。他也站起来，嘴角带着笑意，张口客套地夸了她一句，她听了脸一红。随后，他拉拉她的袖角，示意她到一侧说话。她听明白了，他是要她等他，等到自由交流的时间。"我们散步去。"他是这么说的。她眼中的他，今夜比任何一次会议见到的都清俊，而且，她还从他的身上闻到了一股清香。

　　接下来，一个领导，又一个领导走到话筒前，都讲了些什么，苏珊脑子一片空白。也许由于一整天神经都绷得太紧了，也许这套裙子将她的身体收束得太紧了，她坐在椅子上，沉重的疲乏逐渐压低了她孔雀开屏般撑起来的精神，很快，那种熟悉的头痛就升上来了。她从自己的包包里，熟练地找到了那瓶"居家旅行，常备良药"，分别在自己的太阳穴、下关穴涂抹了几下，稍微缓解了一下疼痛。不过，没多久，她又感到难受了，不得不又用斧彪驱风油多涂了好几下，直感到自己的脑袋和耳根都热辣辣地刺痛了，那股欲裂的头痛感才被打压下去。

　　领导的讲话终于结束了。人们从座位上站起来，开始互相走动。她也站起来，在人群里寻找着他。一度，他在跟几个相熟的人说话，她远远地看他，觉得他是那么与众不同。一度，又有几个人拉他去拍照，当然是年轻女孩子居多，她看到她们活泼可爱地挽着他的手臂合影，心里觉得很自豪。

后来，他在不远处给她发了个短信："先到楼下等，我就来。"这次，没有落款"童"。

她乖乖离开了会场，下了楼。南方，岁末的气温是凉的，她穿着那裙子，竟然也不觉得冷。

她不知道，今夜他将会带她到哪里去？此刻，她的心里充满了浪漫情怀，她一路踱步一路想，即使带她去私奔，她恐怕也愿意跟他去的。

没过一会儿，他就从宾馆门口出来了。他们并肩地朝前方走去。他用手不时地扶扶她的后背，她并不知道他要走到哪里，只是默契地跟着他脚步的意思。他们边走，边轻声地聊着那场没意思的酒会，却也没说起一句带感情的话。走到一个路边小花园，路灯暧昧地照着一丛丛竹子，他自然地带她走了进去。

竹林里是暗的，暗得让人紧张。苏珊的紧张不是没有理由的，他的手已经搭在了她的肩膀上，越往里走，他的手越往下滑。最后，他们并肩站定了，相对着。先是她害羞了，撒娇着把头扑进了他的怀里，便没再动弹。他几乎是颤抖着，低下头，用手端起她的脑袋，捧着她的脸，他似乎在试图看清楚，也看不出什么名堂来，接着，他的唇凑近了去，慢慢地，凑近她的脸颊，再往下，凑近她的耳根。苏珊觉得一切太顺其自然不过了。她在黑暗中等待他的到来。

可是，不知道为什么，正当他的唇挨近了她的耳根，她感到了他的迟疑，就像一支秒针在钟面上忽然卡壳，再不蹦跶着往下走了。沉默了一会儿，突然听到他在黑暗中，"唉"地长出一口气，说："要是，要是能早点遇到，我一定不会错过你！"说完，他放开了她。

她呆若木鸡，身心如被冰浸。

苏珊独自走回家的一路上，各种情绪如飞镖打到她身上，她根本看不清它们，疑惑、不解、不忿、羞耻、气恼……她躲闪都来不及。在十字路口等红灯的时候，她试图用几秒平静下来。绿灯亮起，她大步走过马路，迎面过来一个老头，大概有六七十岁的样子，他一直盯着苏珊胸前那个椭圆形的亮点，眼睛一眨不眨地，几乎要跟旁人撞上了，还是不肯眨眼。

苏珊的愤怒瞬间如火燃烧。尽管她刚刚才发誓，此后死也不再相信任何比喻，任何想象，她还是不得不对那两只依靠水袋的帮助高耸起的乳房做了最后一次比喻，她觉得它们完全就像一对笨蛋，是这个世界上最愚蠢的笨蛋！

从竹林里出来，他折返了酒会。如他所料，正是酒会的高潮环节，那些平日里基本见不上的老领导们，此刻亲民得很，在众人的簇拥之下，笔墨丹青，一气呵成，俨然大师。他老婆临出门的时候，吩咐他注意要跟某个领导套近乎，他很容易就找到了那个领导的桌子，挤了进去，边看边激赏。他自知，说的全是违心话，却也不觉得肉麻，横竖今天晚上，他对那个女记者已经说出了他这一生最为肉麻的违心话。他本不想说那句话的，他想凑到她的耳根下，告诉她她今夜很美丽动人，他喜欢这样的女人……然而，他的话还没开口，就闻到了她耳根散发出一股药油的味道，这股味道就像他的老朋友，捉迷藏似的，促狭地对他说了声"嗨"。要知道，几乎每次开会，他都要靠这位老朋友来提神。就是这股味道停止了他的动作，这味道对他而言，散发着衰老、不支、无奈……

他卷着那个领导送他的一幅字回家了。他老婆展开一看："厚德载物"，字圆头圆脑的，倒有几分像主人。老婆乐了，表扬他："做得好，我堂哥说了，过段时间就开始运作，这个人管辖的部门正好退了个副职，你今天晚上等于向这个人表了态度，取得良好印象，将来就好说话了。"

他苦笑了一下，陷入沙发中，久久说不出一句话来。

这一夜，苏珊竟然睡得很沉，像一个长途跋涉的旅行者回到自己熟悉的床上。清晨，睁开眼睛，见她的丈夫宋谦趴在她的枕边，像做了一个成功的实验般开心。

"嘿，你别说，这宝贝还真管用！把你的失眠治好了，你整晚睡得像猪。"

顺着宋谦的手望过去，就看到床边多了只小斗柜，样式古旧笨重，可以称得上丑了。苏珊皱了皱眉，正要开口，宋谦抢先又说："你别看这东西丑，老贵了，我托朋友在海南千辛万苦收来的，真正的老紫檀木，你闻闻，是不是有股异香？"

苏珊将信将疑，把头凑近了去，果然闻到一股异香，的确有点像紫檀的味道。

宋谦又得意地说："昨天你回来得晚，我故意不告诉你，谁想到你果然没失眠，真是物有所值。你知道吗？真正的老紫檀里散发着一种木氧，可以起到镇静安神的作用，帮助睡眠……"

走甜

宋谦还在表功，叨叨个不停。

这个时候，苏珊仿佛灵魂出窍，她回忆起了自己少女初潮的那一次，又惊又喜着跑去找妈妈。她发现，原来中年的征兆是跟初潮一样，来了，自然有着其难以言状的表现。苏珊切实地感受到——中年，来了！

给猫留门

　　"豆包回家了。"老沈告诉雅雅，"胖得像一只大熊猫，每层楼的灯都被它踩亮了。"

　　"亮！豆包喊一句，灯就亮了……"老沈学着雅雅的口气。

　　咯咯咯咯……雅雅在电话那头笑得欢。

　　老沈兴致勃勃地重复亮了好几句。

　　犹记得有一段时间，沈小安一家周末过来吃饭，每爬上一层楼，雅雅就用尽吃奶的力气喊——亮！感应灯被她喊亮之后，雅雅也是那么笑的，咯咯咯咯。五楼，小孩子也不嫌累，爬上来之后，还要拉着老沈重新下楼，又喊上一轮。老沈气喘吁吁地跟在雅雅后边，力气只够在心里笑。这个游戏是这座旧楼唯一的亮点，如果没有那些时亮时灭的感应灯，估计雅雅会蛮缠着让沈小安背上楼的。不过这些吸引力也不长久，上学之后雅雅就不太愿来爷爷家了，周末，她偶尔跟她爸妈到郊外玩，多数时间在家看电视、玩手机或电脑。直到豆包喵喵喵地在她脚边缠绕。

那天雅雅玩饿了，嚷着要吃奶油蛋糕，老沈就牵着她出马王街对面的蛋糕房。老沈不喜欢吃烘焙过的洋面点，喜欢蒸笼里跟热气一样白的土包子。泰康粮店的那几个店员，换了多少茬，每一茬都知道马王街有个瘦瘦的老爷子，每天清晨准点来买豆包。去蛋糕房不会经过泰康粮店，但老沈故意绕了一下路，他想让他的朋友们看看自己的孙女，尽管这些朋友他连叫什么名字都不知道的。在老沈眼里，雅雅是这个世界上最好看的小孩，一笑起来，左右两只对称的小酒窝，总能引人赞美。这些赞美的话，再怎么重复老沈都像第一次听。

不太会有顾客在晚饭前来买豆包，店员已经开始盘点收银柜里的钞票。他们果然赞美起这个老客户的孙女，并且慷慨地掀开蒸笼，用袋子装了两只豆包送给雅雅。就是在雅雅怯怯地犹豫要不要接过来的时刻，这只小猫不知从什么地方窜了出来，跃上收银柜，朝那两只豆包喵喵喵个不停，雅雅先是吓了一跳，接下来，就跟小猫成了朋友。

是只小白猫，除了额头和脸颊处有一些灰色的斑纹，其他地方跟蒸笼里的豆包一样白。太瘦了，以至于很难从个头判断它的年龄，不过叫声倒不是很成熟。没有人认识这只小猫，但它却谁也不害怕。大概是饥饿壮大了它的胆，圆睁的绿眼睛一直盯着那只袋子，一副准备要出手的架势。

等老沈一只手牵着雅雅回家的时候，他的另一只手上，挂着一个黑色的塑料袋，豆包躺在里边，安静得像一件被主人买回来的什么东西。

李倩对沈小安说，你老爸真的不会当爷爷。之前，雅雅就一直缠着他们要养猫，沈小安倒是没意见，到了李倩那里却通不过，原因是她对猫毛过敏。老沈猜她对任何小动物都会过敏，从她生活上对雅雅过于敏感的管制可以看出这一点。所以，这只被雅雅从泰康粮店带回家的流浪猫，最后只能留在老沈家。老沈乐于奉命，只要雅雅喜欢，他干什么都行。

有了豆包，老沈就能经常见到雅雅。不一定是周末，有的时候，放学后沈小安也会带她来，老沈像迎接贵宾一样，削好水果，买好菜。通常他们三个会在一起吃个晚饭，豆包就窝在雅雅的腿上，雅雅吃一口，问一句：弟弟，要不要吃鸡腿？豆包似懂非懂，眯了眯漂亮的绿眼睛。豆包在窗台上，看到一只在树梢还没停稳的麻雀，警惕地把身体紧贴地面，目不转睛，下颌不断抖动，咽喉里发出低得几乎听不到的咯咯声，不知道是兴奋还是紧张。第一次见豆包这个样子，他们都觉得很好笑。老沈经常会给雅雅学豆包，上下颌一开一闭，发出咿咿呀呀的声音。雅雅一定会被逗笑，但沈小安很讨厌老沈这个样子，看起来就像一个嗫嚅着讲不出话的中风患者。

看不到豆包，雅雅就给老沈打电话，像个亲切的小姐姐——弟弟在干嘛呢？弟弟为什么那么爱睡觉？甚至对老沈承诺，姐姐明天放学要去看弟弟的。就像豆包是寄养在别人家的弟弟一样。李倩每次听到这些话都会抗议，她说，鸡皮疙瘩都起了，好像鼻孔里吸进去几根猫毛，引起了她的猫过敏症。她让沈小安管管女儿，认一只牲畜当弟弟，算起来岂不是乱伦？沈小安嘻嘻哈哈敷衍过去，说，你要真能生下个猫弟弟，也是本事的。说完用手去摸李倩的肚子，被李倩一拳挡了过去。

雅雅看豆包的频率越来越密集，有时还赖着要在爷爷家睡，但这绝不可能。往往不到九点，李倩总是以检查功课或者洗头发、剪指甲等理由电话催促他们回家。沈小安于是软硬兼施，拽着雅雅回家。每次看着父女俩在门口小垫子上换鞋子，低头系鞋带的动作，几乎一模一样，老沈心里都会有些伤感。沈小安跟老沈的话从来不多，顶多来一句："跟爷爷说再见。"老沈已经想不起来，儿子这么多年来，有没有认认真真跟自己说过一句"再见"。

雅雅迷恋那只猫，沈小安并不觉得有什么问题，小孩子总是有一段时间喜欢小动物，尤其是那种毛茸茸的，譬如小鸭子小兔子之类的。他小时候从街上抱回过一只大黄猫，每天都恨不得把它装在书包里带回学校。他并不讨厌豆包，但也谈不上多么喜欢，已经过了那个年龄，而在那个年龄，以及那个年龄之后的很长一段时间里，他对老沈充满了怨愤。他对李倩说老沈不会当爷爷那句话并不认同，但他认为老沈不会当爸爸是真。从前那只大黄猫在某个深夜，被老沈从他的被窝里揪出来，还没完全醒过来，来不及叫唤一声，就被丢出了家门。这个梦魇一样的情节，以及那种窝在被子里装睡的无助感，在某些特定的情境下，沈小安总是会想起，并且，像一根导火索，成年之后他一直跟老沈怄气，时常想到这个细节，他并不会那么快原谅他。

母亲去世之后，沈小安就不那么勤快跑马王街。他不知道怎么跟老沈独处。内心深处，他觉得老沈既不像父亲，也不像朋友，他们只是一对与生俱来的因果关系。好在有了雅雅，老沈的注意力全都放在了她身上，后来又有了豆包，他们之间便多了一些话题。猫粮快吃完了，老沈会打电话让沈小安网购，到时间打疫苗了，沈小安会在上班时间偷溜到马王街，带豆包去宠物医院，甚至，因为豆包，父子俩还开起了玩笑。带豆包去绝育前，沈小安指着豆包胀鼓鼓的卵蛋说，雅雅问我，绝育是什么？我说就是把这两只小铃铛割掉。她又问我，小铃铛又不响为什么要割掉？老沈一听乐了，小丫头，哪见过这玩意儿？沈小安眨一下眼说，这小铃铛，母猫碰到会响。老沈用手去戳那两只小铃铛，"不响"。两人都笑了起来。豆包竟然不生气，反而就势在地上打起了滚。"嘿，你看看，这小子都懂得享受了。"沈小安一脸坏笑，葛优瘫在沙发上，欣赏这只在地上享受的小家伙。他顺手点了根烟，老沈就到厨房里找了个酱油碟给他当烟盅。

"要是不想养就别养了，小孩子总是一头热，很快就过去了。"吐出一口烟之后，沈小安对老沈讲。

老沈不知道该怎么回答。

"你不是不喜欢猫吗？"事实上，豆包被留下来的那天开始，沈小安就一直想问老沈，不过他不知道怎么跟他提。看得出来，老沈是为了讨好雅雅。

"还行，这小家伙陪陪我，有个伴儿，也不错。"

"不怕狂犬病？"

"不是打过疫苗了嘛。"老沈忽然尴尬起来，停了一下，又说："你小时候，医学不发达，什么措施也没有，不一样的。"

沈小安点点头。烟还只抽了小半，他不可能就这样掐掉。至少再抽两口，再抽两口，他就站起来，把豆包装进旅行包里，带到宠物店去割掉那两只不会响的小铃铛。

"你还记得你那只大黄猫？"老沈看着儿子，四十岁，头顶上就已经有了一些白头发，现在挺着沉重的肚腩，深陷在这个老房子的旧沙发里。他顿时觉得时间有点恍惚。

沈小安果断把烟掐掉，努力使自己利索地从沙发上站了起来。他的体量是两个老沈那么大。"记得啊，那只胖胖的大黄猫。"他拉长了躯体，话音里也在伸着懒腰。

"我听你妈说，让你把大黄猫丢出去那天，你抱着它坐在楼梯口足足哭了一个中午，下午都没去补习。"

"不会吧？"沈小安夸张地笑了几声，"要是雅雅知道，肯定会笑死的。"

"你不记得了？小时候你爱猫如命。"

"小孩子都爱猫，就像雅雅现在一样。"

"嗯，雅雅真把它当弟弟。"

没想到，这次豆包装进旅行包居然没太用力反抗。老沈掩门的时候吩咐说，问一下医生，手术后要注意些什么。

走下拐角楼梯的第一级，沈小安站住了，想了一下，把旅行包抱在怀里，坐下来，回头看。从这个角度看过去，能看到自己家的门口。他把屁股挪下第二级，回头看，也能看到自己家的门口。他以为，那个中午，门里边的人根本没有探头出来看到他，他哭得那么伤心，仿佛要被丢掉的不是猫而是他自己。

豆包在旅行包里开始不耐烦了，扭动着身子，喵喵地叫了几声。沈小安吓了一跳，从楼梯上弹起来，连屁股都没拍一下，噔噔噔噔连跑带跳逃下楼去。好在豆包没有惊动里边的人，那扇门安安静静地闭着。

老沈不喜欢猫，猫的警惕性会莫名其妙地带给他紧张感。作为一个长期的神经衰弱患者，夜深人静如果还在失眠，猫的神经就会变成他的神经。当猫煞有介事地竖起耳朵，凝视某个安静的黑暗角落，而他什么也看不见听不到，如同掉进一个黑洞里。这些时候，他需要打开所有的灯，一一确认那些地方其实什么都没有。他从来没对任何人承认过他的恐惧，即使拒绝沈小安那只大黄猫，他坚定的理由只有一个——被猫抓伤会患上致命的狂犬病，这很符合他一贯的形象：一个胆小怕事的父亲。

小孩子都爱猫，老沈并不否认，如果有父亲，他相信自己小时候可能也会喜欢猫的。就是在沈小安养大黄猫以及雅雅养豆包的这个年龄段，他跟妹妹和母亲一起住在农村那间老屋。睡觉前，母亲常常会跟他们做一个游戏。三个人裹在一张被子里，慢慢地，一点点用手把被子撑高，让外边的灯光一点一点地漏进来，渐渐能看到屋子里的凳子、桌子、门……等待母亲冷不防小声说出那句"老虎来了！"于是，三个人一阵忙乱，迅速把被子放下，捂得严严实实，这过程中要是谁笑出了声音，谁就算输，要在床上学青蛙跳。如此若干个回合，花光力气大概是为了很快能入睡。其实并没多大意思，但比起睡前讲故事，母亲更喜欢做这个游戏。母亲陷入被窝里的黑暗中，屏息，听外边的动静，眼睛里闪着一团警惕的光，并不像是做游戏的投入。"你们听，老虎的脚步声。"母亲久久地把他们抱在怀里，一声不响，往往超出了游戏的设置。

老沈对父亲没有任何记忆，母亲反复说那时父亲是怎么让他骑在肩膀上去看赛龙舟，他在脑海里勾勒这个情境，父亲的面容只能停留在一张发黄的照片上。在他两岁多一点，父亲跟随村里的一群年轻人偷渡南洋，本意是为了打工挣钱回来做点小买卖，谁知道一去便难复返，直到客死他乡。这个等同于没有见过面的父亲使他们成为了一类人，背负着"华侨"这个名词，老沈在成长过程中没少吃苦。刚开始，在收到信和钱物的时候，母亲会提起父亲，后来，就是在母亲被抓去村里游街那一阵，脱下胸口那个木牌，母亲会指着"资本家走狗"那几个毛笔字告诉他，他们说，这个"资本家"就是你们的父亲。母亲的泪都哭尽了，只剩下干涩的苦笑，此后对父亲只字不提。

大概因为豆包是雅雅的弟弟，老沈倒不那么怕豆包，那小东西整日黏在他的脚边，睡觉打起微鼾，确实跟个小人似的。雅雅挠豆包的额头和下巴，小东西就伸长了脖子紧挨着雅雅的手掌，发出有节奏的呼噜呼噜，既急切又安详。雅雅像个小老师，一边挠一边教老沈："这两个地方，豆包最喜欢了，因为它自己永远都舔不到。"

"噢，原来是这样。"老沈没研究过这个问题。

"是爸爸告诉我的，爸爸说，他以前那只大黄猫最喜欢这两个地方。爸爸还说，猫咪一旦跑出家门口就迷路了，因为猫咪不会认路，大黄猫就是这么跑丢的，爷爷，绝对绝对不能让豆包跑出门哦……"雅雅一边抚摸着豆包，一边给老沈交代任务。

那只大黄猫是会认路的。几次被老沈丢出家门，他还是会回到门口喵喵地叫，甚至会蹲在门口，等沈小安放学回家，简直就是阴魂不散。它不仅扰乱了老沈的睡眠，同时还勾走了儿子的魂魄，一个学期下来，沈小安的成绩落后到了全班倒数。只要一看到大黄猫卧在儿子的作业本上，老沈就火冒三丈，将一切都迁怒在它身上，把它丢得远远的。趁那只大黄猫蹲在阳台栏杆边舔毛的时候，他用手轻轻一扫，它就扑哧一声跌落到一楼的沟渠里了，他都没敢朝下望一眼。他对沈小安说，大黄猫这次跑出去一直没有回来。

在老沈开门出去之前，豆包会早早地蹲在门边，被老沈呵斥过之后，又懂得耍心机，潜伏在附近的某个角落，一伺门开便冲过来，老沈每次都被它弄得心惊胆跳，他先是指着它一顿吼，它却并不害怕，双耳朝后，双眼无辜，只知躲闪，老沈只好转而苦口婆心地劝说："出了这个门，就见不到你姐姐了，你难道不想姐姐？"

豆包最终还是跑掉了。

老沈反复回想看见它的最后那个瞬间，不过那个瞬间有很多个，最终变成了老沈的幻觉。甚至，他觉得那一整个晚上都是幻象。

在新闻联播结束到天气预报之间的广告时段，老沈听到了敲门声。起身开门前，他习惯地找了一下豆包。那小家伙四肢蜷缩在肚皮底下，眯着眼睛，不过耳朵倒朝门口方向侧着。老沈心里暗笑，这小东西一定认为他姐姐又来了。

门外一下子出现三个人，老沈吓了一跳。中间一个高大的老人，见到老沈，很快爆发出一阵笑声，边笑边喊出他的名字："沈文兵！"老沈愣住了。那老人喋喋不休地跟身边的女人说："果然被我找到了，沈文兵，他就是沈文兵。"他的声音比电视里天气预报的过门还响亮。老沈侧着头，辨认这个比自己高出大半个头的老人。高大的老人气势十足，一脚跨进门里，把老沈抱住了。"我刘进乐啊，你个沈文兵！"他用拳头敲了敲老沈的脊背。

没错，是刘进乐，半个世纪过去了，这家伙一点没变矮，还是那么热情洋溢。老沈想起来了。他推开他，后退好几步，将这张红红圆圆的大脸跟年轻时的那张脸对应了起来。他们互相盯着看。直到各自的眼角里溢出了泪，就像进行一场缓慢而准确无误的化学反应。

大学时，刘进乐是班里的党支部书记，热心、上进，对瘦瘦小小的沈文兵多有照顾，还是沈文兵的入党介绍人。毕业后刘进乐分配到上海市政府工作，这一切，有赖于他学生会工作的成绩，以及根正苗红的出身。而老沈，背着"华侨"成分这个龟壳，支援边地，辗转在广西十万大山之间，成为地质队的一个资料员，二十世纪七十年代，他从地质队退役，分配到这个山城的人防办，管理数十个大大小小的防空洞，安定下来才得以结婚生子。退休时老沈的职务是地下商城管理站主任，城东那个最大最长的地下商城，是由他年轻时参与挖建的防空洞改造的。这一切，刘进乐当然不得而知。他之所以能在这个春天的夜晚，摸进这条破旧狭窄的马王街，艰难地爬上五楼，是因为他那优秀的女儿，被邀请到这个山城讲课，顺便带父母来游玩，在离开的前一个晚上，他模糊想起自己有个大学同学沈文兵好像就在这个小城，一番周折找到大学校友会的电话，查找到一个几十年前登记下来的地址，登记的时候还没有安装电话，街道门牌房号倒是清晰的。一贯孝顺的女儿即使觉得这个地址无效但也不忍逆拂老父的心愿，三个人，一脚深一脚浅地找过来，竟然真的敲开了老沈的门。

憋了半天，老沈说出的第一句话竟然是："进乐，你看我是不是潜伏得很好？"

刘进乐不断点着头，还没擦干的眼泪又涌了出来。那个一头细密鬈发、系着讲究的红丝巾的刘夫人，不断抚着刘进乐的背："毋激动啊，医生吩咐你不能太激动的。"刘夫人轻言细语的神态，像个资深的护士。另外一边，刘进乐的女儿很快掏出一张纸巾递到老刘的手上。

客厅那张唯一的沙发刚好够三个人的位置，他们坐着还是跟站在门口时一样整齐，刘进乐在中间，夫人、女儿各一边。

老沈走到饮水机前给他们泡茶，豆包一直跟在他的脚边转悠，鼻子东嗅西嗅，竖起的尾巴不时擦着老沈的裤脚，似乎向主人确认自己的领地。

他们彼此讲了一下大学毕业后的工作生活，大概因为退休久了，几十年轻描淡写讲完，真应了那句弹指一挥间的话。话题更久地留在了自己的儿辈孙辈。刘进乐兴味盎然，让老伴翻出手机里的照片，将他的三个儿女和三个儿孙一一指给老沈看，现在坐在身边的是最小的女儿，上海某个大报业集团的老总，在新闻领域属于老师辈人物了。由于成家晚，老沈只有一儿一孙，他指着墙上的遗像告诉刘进乐，老伴早些年去世了。老沈说得很黯淡，气氛一度陷入尴尬。小女儿于是提议给大家拍照，为了这个重逢的伟大时刻。

一动起来，那个皮肤白白的小女儿俨然变成了一个指挥官，指挥他们寻找拍照的最佳位置。沙发上背光，他们被叫到饭桌边，把椅子挪走两张，把饭桌上的杯子、药瓶、茶叶罐等杂物一一清走，镜头里看看还不满意，又把饭桌后边从前老伴买的那盆五彩斑斓的塑料花抱走。如此折腾一番，两个老同学才得以坐定下来。刘进乐的手搭在老沈的肩膀上，隐隐伴随着颤抖。茶水已经喝到第二泡了，他的激动依旧未能平复下来。

印象中，刘进乐就是那种激动、奋进的人。还记得，那次他偷偷把老沈约到明湖边，压低声音告诉老沈，传达室老黄上交给他一封信，寄给老沈的，从信封、邮票、邮戳可以判断，是老沈的华侨父亲写来的。这封信被他扣下来没交到学校，因为彼时正处于老沈入党考察阶段，怕这封信节外生枝。他让老沈看了之后当着他的面烧掉。基于那种熟悉的恐惧，以及与父亲划清界限的决心，老沈拆都没拆就烧掉了。看着还没烧尽的火焰，刘进乐激动地搂着老沈的肩膀，立下誓言，一定要帮助老沈进步，顺利入党。同时，为了巩固成功概率，他让老沈写了与父亲划清界限的证明书。"本人沈文兵，虽与父亲沈天鹏有血缘之亲，但从两岁开始便未见过父亲，亦从未受过父亲一点一滴的养育和教化，思想从未受过资产阶级腐化，本人一直忠诚追随中国共产党，为表决心，修此证明，与沈天鹏划清界限。"这封递交组织的证明书，证明人也是他的入党介绍人刘进乐。寥寥数语，跟那些年代背诵的语录一起，老沈记住了一生。他后来才知道，那封信是父亲自知时日无多，冒着风险写给他的，算是遗嘱。听到父亲去世消息的那个中午，他冲进集体浴室，脱光衣服，龙头的水拧到最大，也无法冲洗掉他夺目而出的泪水，无法压低他难抑的呜咽。这情形在一个神经衰弱者失眠的夜晚，变成羞耻的烈日，灼烧得他疲惫不堪。

　　如老沈所言，这半个多世纪，他的确潜伏得很好，往事休提，循规蹈矩，小葱豆腐，平庸度日，亦从不向他人提出任何非分之想，与其说是让人忽略他这个大学历史系高才生，不如说他循着命运所列的指示牌，一走到底，就连翻盘的念头也从未有过。分配到人防办，也合乎他意，管理那些阴暗的防空洞，如同潜伏在时代的肚腹，讳莫如深，冬暖夏凉，他谙熟洞里的逃生技能，即使和平年代没有战争，如果遇着地震，他定是这个城里最能确保家人平安的大丈夫。不过这些技能倒从来没有得到过证实。

　　刘进乐不仅话多，还喜欢打断别人的话，大概是过去当领导留下的习惯。为了管理他心脏放进去的三根支架，护士一般的刘夫人，恨不能给他滔滔不绝的话标上逗号句号省略号，慢慢分三段讲完。

　　在他们交谈的间隙，小女儿终于发现了坐在窗台上远望他们的那只猫。"伯父养的小猫真可爱，眼睛是祖母绿的颜色呢。"

　　于是老沈自然而然地讲起了豆包的身世，当然讲得最多的还是雅雅，因为豆包是雅雅的弟弟。他给他们看雅雅的照片，指给他们看那两只对称的小酒窝，毫无疑问获得了一致的赞美。这样，话题最终毫无逻辑地又回到自己的儿孙，还是刘进乐讲得多一些。

　　小女儿拿出手机要拍豆包，豆包却一点不给面子，从窗台一跃而下，径直跑进了卧室里。那晚之后很长一段时间，老沈反复回忆，认为最后看见豆包的那个瞬间，应该就是那个窗台的一跃。但他也不是太确定，因为自那以后，他们还讲了很多话，一起坐了很久。

站起来准备道别的时候，刘进乐才顾得上打量这个旧房子，看了几眼，忽然问老沈："你的确潜伏得很好，但是你的任务完成没有？"

就在同学们即将各奔前程的毕业聚餐上，饭盆装满米双酒，不知已经喝下多少盆。老沈把饭盆举得高高，专去敬他的入党介绍人，酒撑大了他的舌头也壮大了他的豪情："金戈铁马去，马革裹尸还，从这个校门走出去，我一定写出一部中国当代华侨史。老兄，就当我潜伏执行任务去了。"

半个世纪过去，刘进乐还记得那一幕，在老沈看来，那简直就是一个幼稚的笑话，想想这一生的挫败，老沈哭笑不得。

老沈执意要送他们到街口打车。马王街窄，垃圾桶、摊贩的桌椅等旧物拥塞，出租车司机从不愿意开进来，只承诺打着双跳在路口等。小女儿觉得五楼爬上爬下太辛苦，坚决不让送。他们在门口推让了几下。最后还是刘进乐拿了主意，他和老沈牵着手，一级一级并肩走下楼梯。在感应灯还没被踩亮之前，有几级楼梯是摸索着下的，黑暗中，老沈能感觉到刘进乐对他的依赖，手上会使力，高大的身体下意识会倾向他这边。

下完一层，后边的母女俩快步跟了上来。女儿用礼貌的口吻提出，还是由她挽着父亲的手走比较合适，因为楼道实在太黑了。于是，他们又像来时的结构，刘进乐居中，夫人、女儿各一边。

"亮！"老沈学雅雅，命令感应灯。这方法竟立即奏效。于是刘进乐也跟着老沈喊，他嗓门大，喊起来更像发号施令。他们喊亮了每一层楼，大家在一片笑声中轻松走完了所有楼梯。

这个小城的出租车基本都是急性子，更顾不上什么礼仪，刘进乐屁股刚坐稳，还没来得及从窗口探头出来挥手，唰一下，他就看不到街口那个瘦小的人影了。这说不定是他们最后一次见面啊。车已经消失了踪影，老沈才意识到这点，心里冒出来一句诗："萧萧班马鸣，挥手自兹去。"琢磨一下，似乎觉得前后颠倒了，又倒过来念一次，这一次念出了声音。

和刘进乐在门口拖拖拉拉道别，老沈全然忘记了那只一直伺机出门的猫。 等到他回过神来，在屋子里每个角落遍寻，甚至用勺子不断敲打它的食盘，豆包都不再会像往常那样积极地小跑到他跟前，更不用说在他脚下欢天喜地亮出自己的肚皮了。他急急忙忙又重复了一遍刚才那场告别，在每一层楼学着它的叫声，重新走了一遍送刘进乐出马王街的那一路，最后停留在他们上车的那个位置，好像那些时候豆包都在场似的。

整整一个晚上，老沈失魂落魄，吞下两颗半安眠药，都没能闭眼一分钟，索性坐到客厅的沙发，把门打开，留下一道猫可容身的缝隙，他侥幸认为它玩够了就会回家，就像过去那只大黄猫，会在门口喵喵地叫门。

天亮的时候，老沈想得更多的是，该怎么向雅雅道歉，爷爷没有完成她交给他的任务。

城东的摩啰街，始于二十世纪八十年代末，前身是一条宽八米，长二百八十米的防空洞，由于这个小城山多，几乎所有防空洞都是穿山洞，在那个"深挖洞，广积粮"的年代，这里的洞远比粮多，多数功能丧失，处于开放状态，成为居民冬天取暖夏天乘凉的聚集地。摩啰街是最早被改造的防空洞，基于洞的长宽度，也基于它地处城东城西的接壤处，建设者索性将它延长，打通了整座山。起先，那些从这里西江码头出发运货到香港的海员，带回一些零零碎碎的"洋货"，服装、香水、光碟、奶粉、保健品之类的，会拿到这里摆卖，如同香港开埠时，印度水手在荷李活道摆卖杂货而得名"摩啰街"，走船的海员干脆把这里也叫"摩啰街"。那些"洋货"曾经很受欢迎，供不应求，进入新世纪以后，高速高铁呼噜噜穿进小城，水运没落，这里就什么都卖，潮流的小玩意，私人收藏的旧货，也有名牌的山寨，比如大写字母的"阿迪达斯"，无故拦腰断了一条连线的GUCCI，间或也有剪掉商标的正品……东西杂，流动快，但"摩啰街"这个名称一直不变。

沈小安的办公室在"摩啰街"中部，是其中一个岔洞改成的，正门东边开，面朝西江。人防办曾经有一度也在这里办公，后来迁到市府大楼边上，这个岔洞就成了下属的一个管理站。办公室就两人，另外一个负责安保，沈小安的事情不多，除了收纳一些相关费用，最多的事情就是跟洞里的商贩闲聊，处理一下他们之间的"商业竞争"关系，鸡毛蒜皮，每天如此，小富即安。最近，沈小安迷上了钓鱼，一上班就溜到门外西江河堤。他的鱼竿很专业，就连那张坐钓的小凳子，也是在网上买最贵的。一缸茶，一根竿，还有在洞里禁吸的烟，人生没毛病。

老沈心事重重，根本没有在摩啰街转转的想法。他不常来，但每次来都悄悄到四号岔洞看看壁顶那几个字，是当年水泥未干的时候，他偷偷用小竹竿划的：命运的咽喉。仰头看的时候，真像置身于一截咽喉里，窄长，昏暗，潮湿，能听到口水的吞咽声以及肺部的叹息声。

办公室只有那个负责安保的小谢，老沈也认识，是同事谢茂业的儿子，跟沈小安一样，大学没考上，都是子顶父班。小谢指指江边，朝老沈做了个吸烟的动作。老沈心领神会，径直往对过河边走去。

挖这个洞的时候，西江的水位还很高，能与人视线同处一水平，现在，水似乎真会随着岁月流淌掉，走到堤岸还得探头俯视。老沈探下头看到沈小安，坐在河滩一片乱石中间，穿着宽松的上衣，戴着帽子佝着背，身边一个大茶缸。远看，还以为是个退休老头在闲钓。

老沈盯着沈小安的背影看了很久，越看越伤心。如果二十多年前他勇敢地迈出一步，儿子今天怎么会是这个样子？他也可能会像昨天晚上那个优秀的女儿一样，骄傲地礼貌和客气着，搀扶着自己的父亲，感觉在这个世界上只有她能搞定一切。

二十多年前，沈小安高考离上线差了八分，于是想起了自己有个照片上的华侨爷爷，享受侨眷待遇可以加十分。谁知道老沈死活都不肯去侨办开证明。妻子哀求，儿子出走，众叛亲离，这些都不能让老沈改变主意。

绑在西江堤坝栏杆的红旗被风吹得啪啪响，像是谁站在那里不断拍打着栏杆，老沈站在红旗下，沮丧地想，要是时光可以倒流，或者说时光可以将现在的自己送回到那个时刻，他一定拔腿便跑到侨办去，对那些人说，给我开张侨眷证明，如果他们翻出夹在档案里那张耻辱的划清界限证明，他一定会厚着脸皮毫不犹豫地告诉他们，这是历史问题，后来我和父亲关系很好……可是，这些简单的事情，他当年竟然一件都没敢做。

沈小安去顶老沈班的第一天，他对妈妈说，老爸这一辈子，就是想自己想得太多。这句话老沈到死都不会忘记。那么多年了，他从没跟儿子辩解过什么，即使说明一下也没有，他明明还能一字不漏地背出那张证明。

看到老沈，沈小安觉得很意外，想从凳子上站起来，但那根刚拿上手的竿似乎有了点动静，他在用手感知。好在老沈很快在身边找块石头坐下了。

"钓到了？"

"好几天了，毛都没钓着，都被那帮下岗工人钓光了。"沈小安朝远处撇撇嘴。

上游的确有不少人在钓鱼，东一个西一个，互相都不讲话。

沈小安抖动了一下手腕，竿尖上抬一点，钓线松垮垮的又没入了水中。他的腰也松了下来。

"有事？"沈小安从烟盒抽出了一根烟。

豆包不见了。老沈认为这事情不能用电话讲。这个过失的前因后果，不仅仅是昨天晚上，不仅仅在于那个到访的老同学。

"啊，跑掉了？"

"嗯。"看着沈小安脸上不痛不痒的表情，老沈不知该从什么地方讲起，"怎么跟雅雅交代？"

就在老沈准备讲昨晚发生的一切时，只看见沈小安将手上的烟一扔，敏捷地从凳子上站了起来。他警惕地盯着水面，上下两颌开始剧烈地抖动，咽喉里低沉地发出了一些奇怪的声音。那个样子，像极了豆包在伏击小鸟之前，时刻准备着不顾一切。

转眼间，老沈就看到一条泛着银光的鱼，凌空挣扎，拼尽全力。

"哈哈哈，大白条！"沈小安得意地朝老沈笑，"起码三斤重。"

这意外的收获让老沈也跟着兴奋起来。这条鱼看起来或许不止三斤，钓竿被它压得很弯，加上它不断挣扎，老沈都有点担心鱼竿会断。可是沈小安并不着急将它从鱼钩上取下来，只是将钓竿转了个方向，指向河岸，继续让它凌空挣扎，看上去好像在对谁示威。那些垂钓的人，频频朝这边看过来，虽然离得不近，但凭经验也能感知这条鱼的斤两。

白条鱼在空中逐渐丧失了力气，放弃了挣扎，沈小安才把它捧进那只罩着渔网的水桶里。

"老爸，回家蒸鱼吃，浇上榄角汁，鲜死个人了。"沈小安的舌头迅速在嘴里转一圈，发出响亮的一声咕。

老沈看着得意忘形的儿子，松出一口气，笑了。

坐上那辆二手桑塔纳，沈小安帮助老沈扣安全带时，想起豆包的事情来了。

"豆包什么时候跑掉的？"

"昨天晚上。我给它留了一夜门。"

"猫跑出去就迷路，不像狗。"沈小安把车发动起来，后座水桶里的鱼条件反射地挣扎了几下，响起一阵扑腾的水声。

"怎么跟雅雅交代，她一定大哭大闹。"老沈的心又沉重起来，"是她弟弟啊。"

"喊，小孩子，哭一阵就好了。明天给她买只更好看的。"沈小安的脸上又是那种不痛不痒。

车经过摩啰街的洞口，很快就要开上跨江大桥，老沈转脸去看那座被洞穿过的珠山，草木蓊郁，山体浑圆，完全看不出它的肚子里有一道长长的伤痕。老沈想了一个晚上要对沈小安说的那些话，一句也说不出来，他觉得自己就像那条咬钩的白条鱼，显然，他的挣扎要比它漫长而疼痛。

给猫留门

暖死亡

　　林求安轻轻地下了床，在黑暗里，两只光脚往下一伸，很准确地套进两只鞋里，然后轻巧地在地上站起来，又轻巧地举步走出了自己的卧室。

　　一走出卧室，林求安便进入了一个白天。阳光灿烂，人来人往。

　　林求安熟门熟路地来到了电子大厦。看门的保安没有拦住他，他跟保安笑了笑，然后自觉地在桌上摊开的一个登记本上，续着上一个进入者的名字下，写下了自己的名字。

　　这里是林求安工作的大厦。

　　十三楼，林求安用胸口对着电子眼晃了一下，"嘀"的一声，自动门就打开了。林求安总是把门卡放在胸口的袋子里，手都懒得去掏。同部门的小汪每次看到他这个样子，就会笑他，又用胸脯开门了，如果他是个女人，大概卡都用不上，只要把胸脯凑到电子眼里，芝麻开门，这个部门里的门一律自动打开了。这个小汪，想女人都想疯了，快四十岁都没找到一个合适的当老婆，也难怪。当初林求安跟张小露结婚，也是这个小汪，当着张小露的面说，林求安哪儿都好，就是喜欢吃零嘴，跟个女人似的。林求安一下子窘得要死，虽然当时张小露得体地微笑着对小汪说，我就是喜欢他爱吃能吃。可是在林求安那时看来，这仅仅是张小露善于公关的一个表现。

林求安坐到自己那一格的椅子上，将桌面上的文件打开来，沉默地开始了他一天的工作。

在林求安工作的期间，部门里的人不断地走过来走过去，林求安看上去一点都没有理会他们，可是，他的耳朵却在仔细地追捕着那些声音，除了前后左右交谈的声音，还有电话对电话交谈的声音，偶尔安静下来，就是敲打电脑键盘的声音。林求安在自己那一格不到两平方米的办公桌间，无法伸展腿脚，可是却把注意力伸展得很开阔，这些注意力跟随着他的血液蔓延到了每一个极限的地方，复印区、传真区，甚至茶水间、卫生间。林求安的身体被四面八方扯住了，绷得紧紧的，以致很多瞬间，他都有缺血窒息的危险。

最后，林求安对自己说，下班了。

下班吧。林求安站了起来，旁若无人地穿过了那些区域，复印区、传真区、茶水间、卫生间……

跟来的时候不同，林求安下班的时候，总是显得很匆忙，他飞跑了起来，一条街、二条街、三条街，林求安跑着跑着，身体就无法控制地起飞了。他首先轻而易举地掠过了扑闪扑闪的红绿灯，一下子又直接经过了这个城市的大钟楼的钟摆，后来他又飘过了那栋一直备受争议还没有拍卖出去的六十三层大楼的茶色玻璃，最后他的脸上感到有一阵微痒，林求安仔细一看，原来是一只长尾巴的大鸟，夺了他的路之后，用尾巴示威一般地扫荡过他的脸⋯⋯

这样飞跑着的林求安，终于看到了一排顶着红帽子，蘑菇一样的大楼，只要看到了这排红帽子，他的家就不远了。因此，林求安开始减速，一减速，林求安就慢慢地低了下来，一低下来，他就看清楚地面了。这是黄昏的河南片，是这个城市的老城区，有着复杂的地形，尤其是那些七拐八拐的小巷子，莫名其妙地伸出了一条腿，一撂，人就迷糊了，失去了方向，差点摔跤。林求安很有技巧地使自己的身体刚刚升出那些复杂的小巷子几米高，这样，他就不会被那些脚撂倒了。他低低地边飞边看着下边的人，那些严肃着脸下班的人，疲倦地在小巷子里，钻来钻去。

当林求安看到一个巷子角落里，有个中年女人，挑着一箩筐的贡梨在卖，又黄又大的贡梨，在黄昏的箩筐里挤来挤去，随时都有被挤破出汁的可能。林求安被这些可爱的梨弄得心里很难受，多么好的东西啊，这样放着多么遭罪啊。林求安这样想着的时候，嘴巴里的津液一下子多了起来，他努力使自己飞得更低，眼看着就要落地了，然而，他用尽了全身的力量，使得自己的身体平衡，轻盈地飘到了那些贡梨的前面，用两只手一捞，拯救了几只可爱的大贡梨。

林求安手里举着几只大贡梨，心里一乐，就又升起了半米，继续往家里飞去。

当林求安从自家卧室的窗户里飞进去的时候，力气已经花得差不多了，他气喘吁吁地降落到了床上，重重地一摔，四肢便像一摊水一样漾来漾去，好多次，一条腿就差点漾到了床下，又被他有意识地往回漾了几厘米。就这样漾来漾去的时候，水碰到了一些异物，凉凉的，软软的，却又是坚定不已的，林求安企图睁开眼睛看清楚这个异物，眼睛却愣是不听使唤。然而这个异物在水里摇动得实在太频繁了，实在太卖力了，搅得林求安非常不舒适，他猛地睁开了眼睛。

　　求安，起来了，漱口了。

　　张开眼睛的林求安，看到张小露端着几只洗得干干净净的大贡梨，用手使劲地摇晃着自己的身体，一边摇晃一边喊叫。

　　这是林求安卧室里的清晨。跟往常一样，林求安被老婆张小露摇醒，然后在床上，睁开眼睛，又闭上眼睛，轮番几次，直到张小露把贡梨放到他手上，林求安一举手，一张口，一股冷冷的蜜汁，瞬间变成了无数双手，挠拨着林求安的每一根神经，林求安才真正醒了。

　　每天睡觉醒来，林求安都是飞跑过后了，连睁开眼睛的力气都没有。所以张小露索性将水果放到他的手上，用那些清凉的水分，以及在林求安看来是很美好的果实的形状，去刺激林求安睡着的神经。

　　林求安在床上用水果漱过口之后，就艰难下地了。他先是把一条腿移到地上，张小露把鞋子准确地放在离床有五十厘米的地方，他的腿一伸，刚好踩进一只鞋里，可是他并没站起来，等到这只脚完全控制好那只鞋后，他把另外一条腿也从床上伸了出去，另外一只空的鞋子也被张小露量好了尺寸，离那只鞋子二十厘米，这样，林求安的两只脚都完全控制住了两只鞋子。林求安十个脚趾动了动，一运气，使自己站了起来。

林求安拖着沉重和疲倦的步伐，缓慢地从卧室艰难地移到了客厅。从窗外射进来的晨光，形成了几道光柱，直接照耀在饭桌上、茶几上以及电脑桌上的那几堆食品上，这在林求安看来，它们像几堆金子一样发着光。金黄的、翡翠绿的、通红的，各种颜色调动了林求安的食欲。这样，充满了食欲的林求安在通往这些食品的道路上，那种睡醒过来的劳顿和压抑，才稍微有了一些改善。他知道，在接下来的一天的时光里，仅仅只是一个从舌头到喉咙，从喉咙到食道的短暂过程而已，他因为这种简单和熟悉的吞咽所带来的自信，随即愉悦了起来。

林求安坐在屋子里，对着窗外美好的朝阳，咀嚼着，吞咽着。他的动作是那么舒缓，将食物放到嘴里，吮吸，切割，咀嚼，吞咽，跟机器一样准确地分工，一点差错也不会出。

林求安二百公斤的身体，如一座大山般静默，只有两颊的肌肉在有生命地运动着，无穷无尽地重复律动着，在这样的律动中，他身体内部有一条肉眼看不到的河流，从他的喉管一直奔腾而欢快地流淌下去，这就是林求安整个世界的律动，仿佛天真的塌下来也无从阻挠他的这种奔腾的欢快。这动作又是那么持久，以至于他把朝阳都咀嚼成了夕阳，自己都浑然不觉。

二

说起来，林求安算是较早一批的SOHO族啦，他在家把时间切割成了若干工作段，黄瓜时段、鱿鱼丝时段、花生时段、饮料时段，当然也安排有嘴巴歇息的时段。那些藏在食物里的精灵，就是一个个字符，林求安每天的任务就是将这些零散的字符，拼凑成一篇篇无懈可击的文件报告，而他的上司就是林求安的味蕾，由它去评判任务完成的出色度，并做出奖赏，或者是一小片多瓣下来的巧克力，或者是厨房里存留的一块烤鸡翅膀，有的时候也会是一大块计划留待明天才消灭的芝麻酥糖。

三年前，林求安还在本市一座电子大厦的二十三楼当一名企划业务员，属于白领，妻子张小露则在某个机关里当财务，女人收入稳定，男人不断加薪，这种组合，是近年来白领阶层比较满意的一种。要不是林求安贪吃，他们的日子不久就会是那种住公寓、开小车的现代都市生活模式，而不是眼下这种张小露每天从单位坐公交下班，小葱小蒜往家带的小里弄模式。

直到有一天，林求安平静地下班回来，跟张小露说他辞职了。张小露用那种死都不能相信的样子，向着林求安，林求安去喝水的时候，她也那样向着；林求安剥开一包薯片"咔嚓咔嚓"吃的时候，她也那样向着；林求安站在马桶前小便的时候，她也这样向着，最后，尿了一半，林求安在镜子里看着张小露无奈地说——我被炒鱿鱼了！

下午的时候，林求安把做好的文件拿到部门经理刘梦的房间里，刘梦不在，他走到刘梦的桌子里边，将文件夹平放在一个显眼的位置，而在同样显眼的位置上，林求安看到了一块还没拆开的牛肉巴，牛头牌的，麻辣味的。林求安在上班时间经常冒出的馋瘾一下便发作了，他立即看到了那些小精灵，围绕着自己的脑袋，跟蜜蜂一样嗡嗡地攻击着自己，那些蜂针蜇在自己的头和脸，它们的痛感仅仅反映在林求安的嘴巴里，舌尖上，一点点地渗出了痛感的津液。

林求安完美地将这块牛肉巴咀嚼完毕，时间仿佛是过了一个世纪。

刘梦从办公室径直走到林求安的位置前，事实上她的内心并没有她表现出来的样子那样愤怒，她甚至满心兴奋，对于林求安这种她早就看不顺眼，好吃懒做的员工，她终于找到了合适的惩罚。

谁偷吃了我的牛肉干？

精明的部门经理把声音的重点放在"偷吃"两个字上。不容辩解，只须承认。

林求安抬起头来，看到刘梦那双鄙夷的眼睛盯着自己。林求安才意识到问题的严重。他找不到灵感。到底是要承认还是赖账。而刚才那些围着他转的小精灵一下子都被驱散了。

林求安，你刚才送到我桌上的文件，做得一窍不通。难道你不知道？除了吃你还会做什么？

同事们都明确地围向了林求安的桌子边。

林求安坐在那里，一动不动，牙齿缝里有一绺牛肉丝，他用舌头弄了半天都弄不下来。这绺牛肉丝同时也塞住了林求安思维的滚轮，他想求助于自己的手，可是手却仿佛被刘梦的目光绑在了桌面上。这绺麻辣味的牛肉丝跟林求安的舌头和思维进行了牵肠挂肚的纠葛，而这种纠葛，才是林求安一生中的至爱，他被缚其中，一生一世，心甘情愿。

同事们开始劝部门经理了。看上去是为林求安求情，实际上是在给经理扑火息怒。

良久，林求安还听到经理在一边，持续地强调——这是一件小事情，真的是一件小事情，不就是一块巴掌大的牛肉干吗？可是，以小见大，如果这块牛肉干是我们公司的商业秘密呢，这真的是一件小事情？……

　　林求安听着听着，他的手和脚恢复了活动的权限，他的眼睛重新看到了经理那双鄙夷的眼睛，他将桌面的那个深灰色的文件夹，举到了自己的嘴边，一下，咬断了一角。

　　人们先是惊愕，等到反应过来的时候，林求安已经咬下了第二口，人们才赶着去把林求安的文件夹抢了出来。

　　最后，刘梦认为林求安神经出了毛病，以放长假的理由将林求安打发回家了。

　　在这种企业里，放长假就是待岗，说得难听点，就是炒鱿鱼的意思。

　　张小露接受了林求安被炒鱿鱼的事实，却难以接受林求安的这件"小事情"。那块牛肉巴在林求安的胃里仿佛被反刍到了张小露的胃，有的时候又反刍到张小露的心脏，当然有的时候也会被反刍到张小露的脑后。

　　总之，那块麻辣味的牛肉巴就像一块粪便，在张小露的人生长河里，一路荡漾，时而浮现，时而隐没。

　　继续找一份工作对于林求安来说，其实不算一件难的事情，事实上林求安也确实进行过第二份、第三份工作，可是不知道为什么，每当坐在写字楼的凳子上，林求安就会被那些越来越多的小精灵所围攻。在林求安打开电脑的时候，那些小精灵就附在屏幕上，阻挡了所有信息的传递；在林求安敲打键盘的时候，那些小精灵又神不知鬼不觉地拼命霸着回车键，留下一行行空白；好不容易林求安站起来发传真了，那些小精灵要么在他必经的道路上，蒙上了他的眼睛让他不是掉文件就是摔跟头，要么就在传真机的色带上沾满了巧克力浆，将文件段落糊成了一方方甜美的巧克力。甚至，在林求安走进写字楼大门口的那一瞬间，这些小精灵会变成一群数不清的蝗虫，围着林求安的肉身，咬着扯着，试图将他吞噬，直到林求安掉转头，迅速回到家，坐到沙发，举起一种食物送到舌上，那些蝗虫才又变回甜蜜的小精灵，在林求安的四周，歌舞升平。

　　自从林求安被炒了鱿鱼之后，张小露仿佛跟食物结下了不解之仇似的，每次去超市，她就像一个强迫症患者一样，食物堆满了手推车还不够，往往在手上还用食品袋艰难地吊着几大包东西。

　　一进到厨房，那种仇恨立即变成了对烧菜的贪婪了。要不是因为厨师职业没有现在的机关工作那么有保障，她都想辞职去酒楼里，将一大盘一大盘的菜倒下油锅里，听到那些食物遇到热油便嘶啦嘶啦地响，仿佛是朝她叫着"救命"，她就能感到幸福。

　　在厨房里，她把烧菜的材料，摊开到炉灶的面板上，整个外界就与她没有任何一点纠纷了，她满脑子就只剩下了胡萝卜和西红柿或者牛腩和羊杂碎之间的恩怨纠葛，红烧辣焖与清蒸煨炖之间的快意恩仇，而张小露就是一个大统帅，调兵遣将，随心所欲。

　　刚开始，张小露还按照牌理出牌，循规蹈矩，主菜配菜，一点不敢串味，可是有一次，她竟然把花椒粉当作味精错手倒进了一盘就要起锅的清蒸鲫鱼里，结果林求安反而吃得津津有味，连汁水都舔干净了。她奇怪地问林求安，这样烧好吃吗？林求安连连点头说，好吃，够味。张小露每每看到丈夫近乎贪婪地享用着自己烧的菜的时候，不知道为什么，她就会感到兴奋，一股暖暖的液体似乎从肚脐下方蹿到了脑袋上，直到被林求安的食相弄得亢奋不已。

从那以后，张小露就开始着了迷一般地对烧菜进行天马行空的创造，更再也不肯按照牌理出牌。只要市场上能买到的，她都尝试着搬回家弄，每一次烧菜都是前一次的颠覆，每一次烧菜都是后一次烧菜的挑战。说也奇怪，无论张小露在烧菜上做出如何先锋的尝试，林求安都照吃不误，不仅照吃，而且还在这些冒险的味觉中，咀嚼到了食物各种形态的精髓，他醉心于张小露端上来的每一盘菜，而且以对待新生婴儿的态度，纯真无邪，甚至是神圣的。

可以这么说，一个忙着烧菜，一个忙着吃菜，张小露和林求安各取所需地享受着，这种享受，就跟油和盐的搭配，木耳和滑肉片的搭配，烤鸭和甜面酱的搭配一样，相互汲取，相互利用。

每天下班回家，张小露左手和右手从来都不空，家住在二楼，可不少时候提着那些沉甸甸的食物，爬几级楼梯就耐不住停歇一会儿。最使张小露感到头疼的是，她必须两次放下手中的东西，开两次门，一次是大楼的铁门，另外一次是自家的家门。每当张小露来到铁门口，将手上的若干个塑料袋子一个一个卸下来，然后掏出钥匙，将铁门打开后，用自己的屁股顶住铁门，再转身将那些散落在地上的塑料袋一个一个重新挂回自己手上，最后才成功地走进大楼里。这些时候，遇到有邻居帮忙，张小露反倒更加窘，因为那些人都会问张小露，家里没人？

林求安当然在家，可是只要张小露不在家，家里等于没有人，就算快递邮差或者抄水、电表工在门口把门拍烂了，里边都没有丝毫动静。那些时候，张小露想得出来，她的丈夫林求安正在客厅里，慢慢地咀嚼一块牛肉干，或者正在将一块巧克力递到嘴里。

张小露知道，推开门，她就能欣赏到了一幅很有功力的油画，这张画是一幅静物画，有着恒定的线条，有着光与影雕刻出来的不同层次的颜色，林求安就融合在这幅静物画中，张小露感到一种和谐的温暖。林求安的呼吸道因为脂肪的挤压，喘气动静很大，也因为脂肪囤积起来的温度，总是那么恒定，这些温度烘托下的一切，包括流动的空气，包括那些固定的茶几、桌子、电灯，甚至冷冷清清的电话机，都无一不带上了暖流，形成了一个林求安的气场。这种温暖，使张小露手上的东西全都消失了重量，好像拎着几大包棉花，轻轻地走到林求安的面前，一放下，她的整个身子顺势就坐到了林求安的身体上，柔软、温和，如坐凌波上荡舟，而且一荡就是烟波浩渺，世事如烟。

张小露对林求安的爱，不仅跟着林求安的食欲一起膨胀，而且也跟着张小露日益精湛的烧菜技能一起膨胀起来，你可以说它没有斤两，然而却在她精心做给林求安无限满足的菜肴中，以及林求安那没有任何曲线和轮廓的肥胖的身形里，称出了沉甸甸的分量。

三

大概除了张小露，没有一个人不认为林求安生病了，但却谁也说不清那是什么病，出自什么原因，一个大男人，吃着吃着，就成了一个大胖子，体重越来越重，话语越来越少，整个作为人的人越来越迟钝。

张小露承认林求安从一百四十多斤的体重长到四百斤是个事实，她也承认林求安现在的嘴巴多用来吃食物而不再舍得发声，然而，她却不承认林求安迟钝。相反，林求安越来越灵敏了，他就算闭着眼睛，都能把张小露摆在桌上的食物一一辨认出来，连那些真空包装还没拆封的食品，他也能准确地通过鼻子将它们分辨出来。当然，这都只是林求安拥有的一些基本功而已。

每当张小露在厨房里忙乎的时候，林求安无论待在房间的任何一个位置，他都能准确地判断出，张小露此一刻进行着的步骤，更重要的是，他必能在关键时刻，及时指出在他看来是技术上的一点瑕疵。

排骨，两勺糖。

林求安分辨着空气里的味道，及时地冲厨房里的张小露喊了出去。

张小露手里必定正拿着一小勺白糖，正要朝锅里的红烧排骨投放下去，听到林求安的声音，手上改变了分量，直接将两大勺白糖撒到了泛着金黄颜色的肉骨头上，不一会儿工夫，那些闪亮的晶体便刻骨铭心地融化在了一大锅红烧排骨里边，变成了寻找不到的精灵。

有很多这样的寻找不到的精灵，时刻都在跟林求安捉迷藏，可是，这些精灵在林求安的味蕾里，统统原形毕露，回复了他们依附在食物当中最原始的形态。

有一天黄昏，张小露把掐剩的青菜梗像往常一样要送给隔壁家，还没走到门口，就听到从沙发上传过来林求安的声音。

兔子没了。

张小露朝林求安看去，去找他的眼睛，由于脸上的赘肉往下沉，林求安的眼睛轻易找不着。加上他一脸沮丧的表情，似乎所有的五官都披挂在一脸肉上，簌簌地往下掉。

什么没了？

兔子，兔子被宰了。

你看到了？

用八角给焖了。

说完，林求安一深呼吸，整个身体很艰难地向上提了半寸，一呼气，沙发就响了起来。

张小露很不相信地看着林求安，根据她的判断，林求安是不可能跟邻居有任何接触的，更不用说见面聊天了。

林求安没再多说什么。

张小露将信将疑地出门了。

过了一阵，张小露果然将那把青菜梗捧了回来，如林求安所说的，隔壁家那两只小白兔真用八角给焖了。

小白兔在隔壁家已经养了大半年了，几乎每天张小露都会将掐剩的青菜梗拿过去，有的时候还亲自拿到阳台上去喂，两只红眼睛的小白兔咀嚼青菜发出的沙沙声，总是让张小露感到愉悦，而小白兔从半斤不到一直长到三斤多重，张小露不能说没做出贡献。在笼子里被圈养的两只小可爱，没想到会有一天因为长大而被主人焖了吃。

隔壁家说，两只兔子体积太大了，笼子太小，转身都难，过去看到它们在笼子里嬉闹、追逐，还挺有趣，现在长大了，像老夫老妻一样，整天各据一边，相对无言，傻乎乎的。宰掉一只嘛，又觉得活下来的那只可怜，只好两只都宰了，可以吃好几顿呢。

张小露临走的时候，隔壁家还热情地让张小露带上一碗兔肉，张小露心里一阵难过，谢绝了。

整个晚上，林求安和张小露都显得十分不安。电视开着，演什么都不知道，倒是林求安在旁边，隔一段时间便将一样什么东西送到嘴巴里，咀嚼的动静很奇怪地仿佛比平时都大，似乎整个屋子里都有咆哮的趋势。

林求安一个人在家的时候，闻到隔壁屋飘过来的八角味，非比寻常，于是停下吃东西的动作，聚精会神地分辨着这股肉味，一种筋肉分离的火候，一种精华一般的新鲜，一种难以表达出来的诱惑，乱七八糟地聚集在林求安两腮，他仿佛处于一座黑不见底的矿窑，四壁逐渐渗透出危险的水，越来越多，越来越浓，就要将他给淹没了。林求安感到一种无法自救的窒息，而这种窒息却带给他幸福感。

他还很困难地从沙发上站起来，走到门边离隔壁最近的一个缝隙，尽量地贴近着，吮吸着。最后，他判断出，这种幸福的味道，一定是张小露每天一捧青菜梗去喂养的那对小白兔。他没见过这对小白兔，但是他确定，它们一定肥美，一定白嫩，活脱脱一个丰乳肥臀的大美人。尽管在林求安的脑际，很多年来都没再出现过这样的美人形象了，可是这两只八角焖白兔的味道，却撩拨起了林求安的幻想，这幻想随着这股馥郁的味道与林求安纠缠了起来。

不多久，张小露无精打采地进自己房间睡觉去了。

林求安依旧在沙发上，沮丧地幻想着，那盘没吃着的红烧兔肉，一直盘桓在林求安通往睡眠的走廊上，他的味蕾一直处于亢奋的状态，他的舌头一个晚上都直挺挺的，那些像以往一样进入他嘴巴里的东西，头一回那么难对付，他的牙齿无法往下合，舌头无法向内卷，那些甜蜜的小精灵也全都跟无头苍蝇似的。

林求安从没有过地烦躁，他居然站起来踱步了，先是从客厅到大门口，几个回合后，延伸了路线，从大门口到卧室走廊，又几个回合后，又延伸了路线，从大门口到卧室的门口。林求安的卧室和张小露的卧室是并列的两个门口，林求安在里边，张小露在外边，林求安走向自己卧室门口的每一个回合，都经过了张小露门口，他的小眼睛看不清楚里边床上的张小露的形态，但是每经过张小露的门口，他都能闻到一股馥郁的芳香，肉的、骨的、筋的、皮肤的、指甲的、毛发的，这些混合的味道在林求安的每一个经过的回合里，在林求安亢奋的味蕾的分辨下，都组合成了一床的盛宴，召唤他入席。

张小露是被林求安的呼吸声吵醒的，在黑暗里，她感到了一阵袭向自己的风声，等她睁开眼睛，看清楚了一个巨大的阴影正朝自己挪动，她差点尖叫起来，经过大概两秒钟的辨认，张小露就认出了这个山脉一样挪动的，带着暖气流而涌过来的，是与自己相守了多年的丈夫林求安。

这座温暖的大山坐落到张小露的床上的时候，张小露被床的弹跳震清醒了，可是她依然猜不出林求安的意图，只是因为位置的逼仄，她自然往床的另一边移了好些位置。

林求安找够了床的位置，先是把一只脚伸了上去，另外一只脚依旧不急着跟上，而是九十度地支撑在地上，然后借用地板的力量，将身子平放在张小露的枕头边，再借用地板的力量，将身子稍稍侧向张小露的一侧。最后，那另外的一只脚就不动了，始终保持着与地板九十度的姿势，向地板借着力量。

张小露内心狂跳不已。她在等待的过程中，脑子里竟然还滑过一句古话，食色，性也。她朝黑暗腼腆地笑了一下，只有性，才是性也。

林求安用嘴巴去寻找张小露，在张小露的身上拱来拱去。张小露被他弄得痒痒的，同时，沉睡了多年的性欲也排山倒海地四处寻找出口，她索性将自己全部都蜷缩在林求安的嘴巴边上，以便于林求安用嘴巴触摸。然而，林求安找到了张小露的头部，先是吮吸了一下张小露的脸，然后又在张小露的鼻尖上停留了几秒钟，当他进入到张小露的嘴巴里，跟张小露的润湿的舌头刚一接触到，林求安便仿佛进入了永恒一般，他那直挺挺的舌头，迅速松弛了下来，并顺势平躺在张小露柔软而嫩滑的舌头上，他探索着尽力将自己的舌头完整地依附在张小露的舌头上，像着陆在某个温床上，一动不动，似乎连生命都没有了。

不知道这样过去了多少时间，张小露变得不耐烦起来，呼吸也有点困难，于是她挣扎着要把林求安的舌头推出去，然而，这种挣扎的力量是那样无效，就连话语的力量的一半都达不到，林求安的那根仿佛失去了生命的舌头，在张小露越来越使劲的挣扎中，长出了无数吸盘似的，任张小露如何辗转，都无法摆脱掉。

张小露生气了，她手脚并用地要推开林求安，先从那大山一般的身体开始，然后又转向林求安的头部，接着又去揪林求安的头发。林求安的舌头在张小露的这些行为中，也逐渐复苏了，从一条死蛇变成了一条猛龙，它变本加厉地吮吸着张小露的舌头，那些津液被他贪婪地吞到了肚子里，它的牙齿也加入了这些贪婪的需求中。

最后，张小露在一阵剧烈的疼痛中，使出了生平最大的力气，将自己抢救了出来。她花了好几分钟使自己的舌头放回到自己的口腔里，她也花了好几分钟将那些满溢的津液收拾干净，她忽略了从舌头上渗出的一点咸腥咸腥的异味。因为一股来自鼻腔的酸酸的刺激，代替了这种异味。

林求安，你就吃死算了！

张小露的哭声，在整个黑夜里，显得那么空旷。林求安始终支撑在地面的那只呈九十度的脚，被这种空旷抛弃了，他轰然跌坐在地板上，脑子一片空白，跟这夜的颜色形成了强烈的反差，他像坐在空中一样，沉重的肉身让他无法登陆一方。

四

这是在张小露与林求安的婚姻生活中，首次出现的僵局，这种僵局并不因为每天晚上七点新闻那熟悉的前奏而变得有些许熟络以及缓和。

尽管好几个晚上，张小露跟林求安都坐在客厅里，脸朝同一个方向，跟在那个钟点的大部分中国公民一样，目光朝同一个焦点集合，耳朵接收着同样频道的信息，但是，张小露头一次感到她的丈夫林求安，那么庞大地占据在自己家里，像一个从天外偶然着陆的不明飞行物一样。同时，她也头一次在林求安持久地咀嚼着某样食物的声音里，听到了自己愤怒或者说是嫌恶的鼻子出气的声音，在她的脑海里，甚至避开了主持人几十年如一日字正腔圆吐出的字眼，头一次出现了诸如肥猪、笨瓜、饭桶、大草包这样的字眼，这些字眼的所有指向不但没有使她有发泄的快意，反而使她更加忧伤了。她的忧伤是因为自己无法去解释，自己怎么可以这样嫌恶自己的丈夫呢？怎么可以这样嫌恶自己丈夫吃饭喝水甚至呼吸的声音呢？

没等天气预报播完，张小露就早早进自己的房间，并且关上了门。灯不开，被子也不敞，只是倒在床上，呆了一阵子，眼泪顺着眼角淌了下来，有一些洇湿了被单，而有一些，被存在了张小露的耳窝里，由热变成了冷。张小露在独个儿的、慢慢的哭泣中，还不时去把那些耳窝里的泪水掏出来，因为那些泪水曾经一度地挡住了房间外面的林求安的动静，这是张小露绝不允许自己人生当中出现的差错。

张小露意识到自己的人生在某个地方，一定已经出现了严重的差错，她难以辨析差错的方向，也难以当这些差错不存在。这跟烧菜不一样，在张小露烧菜的过程中，无论出现任何差错，林求安都会将这种差错缺省。林求安那只看不见的胃，一定比大海还要宽阔，比一个千年长寿仙还要慈祥还要宽容，这些年来，林求安的胃吞下了张小露所有的差错，无论这些差错是有意的还是无意的。

　　那天，张小露下班路上，手上拎着的那些食物，每一个袋子都仿佛鼓着一包脾气一样，越拎越沉重，走到那条少人的林荫道的时候，那些袋子里的东西便开始张牙舞爪地挣扎，死活不愿意跟张小露回家。张小露瘦小的臂膀跟这些挣扎进行了对抗，越对抗仿佛越无效，最后，她只好将这些东西一股脑地扔到了小道的阶梯上，自己一屁股地坐在了地上。张小露喘着粗气，恼火地看着散落在地上的那大包小包的东西。她用脚踢了踢那块猪肚，猪肚原先已经鼓得很胀的气包，一踢之下，竟然嘶嘶地泄气了；她又去翻其中一个黑袋子，里边有几只土豆，纷纷生气地长出了长长的芽，一掀开，仿佛就要往天上蹿去了，张小露将它们逐个拍打了一下，土豆的气焰一下子竟然也消掉了，那些芽迅速消失得无影无踪；张小露还朝着一捆涨红了脸的胡萝卜生气，她喋喋不休地指责它们——你们这群懒萝卜头，来到这个世界上，什么也不用想，就跟着命运一起，落地、生长、结果，最后到处游荡，什么也不用搭理，什么也不用刻意选择，你们还敢生谁的气？我要是你们，感激得屁滚尿流，连大气都不敢出了……胡萝卜在张小露一连串的指责下，涨红的脸即刻平复了它们正常的颜色……

跟变魔术般地，当那些食物被张小露一一教训后重新拎在手上，它们无一不恢复了正常的重量。

　　张小露自己也松了一口气，因为教训这些被她一直认为是自己下属的痛快，竟然使她的内心滋生了一个玩恶作剧的念头：路过自己巷口的一个小药店的时候，张小露进去买来了一小包巴豆。

　　在厨房里，张小露小心地用碾胡椒的木碾子将巴豆碾成了粉末，然后倒进一盘刚刚烧好的香喷喷的红烧肉里，细心地搅拌均匀。

　　林求安毫无例外地将这一片片红烧肉送到嘴里并且做习惯性的咀嚼运动，一下，一下，又一下，节奏均匀有序，深浅力度如常。看着林求安一下一下地把红烧肉安全地消灭掉，张小露原先设想的那种痛快和解恨，竟然被眼前林求安专注的样子过滤得荡然无存，相反的，张小露所有感觉都依附在了那一片片红烧肉上，一一被林求安送到他宽阔的大嘴里，接着在林求安牙齿的切割下支离破碎，在林求安舌头的搅拌下翻江倒海，最后顺着林求安喉管的吞咽辗转进入到一个无知的、潮湿的黑暗里。

　　张小露陷入了一片黑暗里。

　　这里是林求安无边无际的胃。在这个潮湿而温暖的黑暗地带里，她头一次与自己的丈夫感同身受。她像进入到了一个孕育着生命的子宫里，蓬勃而尊严，柔韧而强硬。

　　就这样，张小露在林求安若干次进出厕所的痛苦中，感到了无比的愧疚和悔恨。她在厨房的案板上，找到了几颗剩余的巴豆末，她将它们放到嘴里舔食精光，就像一个诚心要取得谅解的罪人，心甘情愿地舔食毒药一样。

五

　　林求安很少再梦到自己飞了。他的梦跟自己的胃一样，空荡荡。而他的意识却像一只时刻都担心被惊吓的小鸟，一个激灵，总是让他在床上猛地睁开眼睛。

　　五点十七分。

　　这个钟点数在这段时间总是被林求安逮到。林求安很纳闷，每每睁开眼睛，在晨曦的光影里，旋亮床头灯，直接寻找到对面墙上的钟摆，一看，时针和秒针总是不偏不倚地搭成五点十七分的角度，像一棵树的两根枝丫一样，上边栖着一只可恶的小鸟，把林求安从睡眠里啄醒。

　　很多次，他那样被啄醒后，故意不开灯，在朦胧的光线里，屏住呼吸，想要在钟摆的方向聆听一些动静，然而，这些都是徒劳，整个房间里没有一点响动，就连一点端倪都找不着。

　　连续多次后，林求安被这种叫醒感到很恼怒了，他相信在他陷入睡眠的整个过程中，一定有什么在捉弄他，弄得他精疲力竭。紧接着袭来的巨大的空虚，是林求安最难以忍受的，那种从口腔到胃部的巨大的空虚，使清醒过来的林求安在孤单的清晨如一个弃儿。他气愤地从床上折腾着连滚带爬下来，光着脚丫，走向客厅，在桌上找到一包东西，不管那是什么，一拆开，气急败坏地连嚼带吞起来。很奇怪的是，在这些时候，那些多年在林求安的味蕾里升腾起来的小精灵，全都不知所终了，他再欣赏不到它们翩翩起舞的华丽，更捕捉不到它们甜蜜的幸福表情，似乎从他胃的底部，伸出了一双双利爪，将它们掐死。

张小露是在一个清晨被一阵沙沙的响声吵醒的。她朝着这种声音的方向找出去，看到了一团巨大的阴影在厨房里，借着晨光，她看到她的丈夫林求安缩着粗壮的脖子，头颅稍微向前倾，在嚼一把昨天晚上烧饭时没用光的大西芹，连梗带叶地。他咀嚼的频率是如此的急促，表现出如此地饥渴，连张小露走到近旁了，都一点没察觉。

狼吞虎咽着的林求安，把张小露所有的滋味都调动了起来，她感到内心无比地哀伤，凉沁沁的。

如果说，张小露把所有的享受都献给了林求安泛滥的食欲，那么，现在张小露就下决心把所有的精力都拿来压制林求安的食欲。她相信，只要在这个屋子里林求安找不到吃，那么他是不会出门找吃的，林求安已经快三年没出家门一步啦，夸张一点说，张小露都怀疑林求安的身体上，除了嘴巴还在使用之外，其他的器官还能否正常使用。

张小露对林求安变得吝啬了起来。每当她到超市里，那些林求安一贯要吃的东西，连招呼都不打张小露都会去理会它们。然而等到张小露推着满满的购物车要到收银处结账的时候，她的舌尖总会隐隐作痛。于是，她狠狠心，找到僻静处，将它们一一卸下车。

强制禁食，对于林求安是一种痛苦的本能的压制，而对于张小露又何尝不是？她现在每天在厨房里，严格规定自己只能烧三个菜一盘汤。这样的分量早已经不能满足张小露烧菜的瘾了。很多次，她用筷子夹起一块烧好的肉，尝了尝，然后找各种借口来挑剔这块肉，于是，又一盘新的肉开始下锅了。有的时候，说好是三菜一汤的，可一端出来，又是五菜一汤，更让张小露对自己无法原谅的是，她竟然有一次烧一盘排骨，连续换了五种烧法，最后为了不让林求安吃掉五盘排骨，不得不把其中的三盘偷偷地倒进马桶冲掉了。那天，她又把一大盘还冒着热气的香喷喷的牛腩倒进马桶，看着它们哗一下冲得无影无踪，她难得趴在马桶边上，号啕大哭起来。

最后，张小露给自己想到了一个好办法，那就是把有限的菜尽量弄得漂亮一些，同时也可以延长她在厨房里烧菜的时间。比如一段要放到锅里炖的淮山，她会花很长的时间，用小刀把它雕成一个小白兔的样子；一把准备要炒的芥兰，她会精心把它扎成一个开屏了的孔雀；她甚至在一个猪蹄上，用绣花针刻上两首古诗，然后再放到锅里焖。她每每将菜得意地端到桌上，就像端出一道道精美的工艺品，无论林求安对于这一盘盘工艺品似的菜如何熟视无睹，如何风卷残云地将它们消灭掉，她都一点也不会心疼，因为她知道有很多明天还可以重来。

然而，随着张小露的禁食运动的开展，她发现林求安对于寻找食物的能力越来越高，需求也越来越大了。每天下班回来，她经常会有可怕的发现。她偷偷藏在米桶底部的一串香蕉无影无踪了；她到阳台去，抬头找那包被她用几层报纸裹起来的一大块叉烧却找不着了；她到马桶的水箱里想捞那几根用食品袋隔离起来的火腿肠，水箱里却只剩下了水；她到衣柜放棉被的那一格去摸几包刚塞进去不久的花生米，却再也摸不着了。

诸如这样的发现，张小露总是会觉得惊恐。惊恐之余，又生出一点心软。谁也无法想象，一整个白天，对着空空的桌子以及这间空空的屋子，林求安再不像过去那样安详地度过他那些贪吃的时光，而是像一只困兽般，拖着肥胖的身躯，在整个屋子里寻找食物的蛛丝马迹，调动了所有的感官，焦灼而艰难寻找着。

　　面对林求安的眼神，才是更可怕的。林求安的眼神藏在两扇肉帘里边，仅仅是一条狭窄的缝隙，过去那缝隙里的光是温和的，稍嫌迟缓。张小露一直认为林求安的这种眼神，是安乐而家居的，但是现在，林求安的眼神逐渐找不到了，要不是仔细去看那缝隙还在，张小露几乎找不到他那称之为眼睛的部位。

　　在若干个五点十七分的鸟嘴将林求安啄醒之后，林求安终于开始暴怒了。他让张小露把一个闹钟放到床头，把时间闹到了五点整，他要看看，究竟是什么样的东西将他吵醒了，他要在五点十七分之前等待那个可恶的怪物。

　　当闹钟在五点准时响起的时候，张小露醒了，她轻轻走到林求安的床前，坐到床沿上，在房间半明半暗的暧昧中，等待一个谜语的揭晓。

　　在墙上的时针和分针逐渐走成五点十七的枝丫形态的过程中，张小露一直紧张地注意着屋子里的每一种动静。事实证明，整个屋子里一点异样都没有，既没有谁向林求安扔去一块石头，也没有谁在窗外大声地呼喊林求安，只有黑夜的尾巴从窗口安然地扫射过的轨迹。

　　然而，被时间吵醒了的林求安，却仿佛接受了某个命令，竟然从床上坐了起来，自觉地下地，迅速地穿越走廊，径直来到厨房里，觅食。张小露在昨晚临睡前就将所有能吃的东西统统搬离了厨房，并且各自藏好，冰箱里只孤零零留着一块生肉，林求安却毫不犹豫地将它拿了出来。

当张小露看着林求安背对着自己，将那块冰冷的生肉放到嘴里，连拉带撕吃着的时候，张小露的脊背上一阵冰冷，她迅速跑上前去，跟林求安抢起了那块生肉。

被张小露抢到手里的那块生肉，布满了林求安的口水和牙齿印。

张小露彻底绝望了，她决定求助医生。

根据医生的建议，像林求安这类暴食巨胖者，比较有效的方法就是割掉一部分胃，以减少胃纳，强行阻止进食。医生认为张小露过去太无节制地让林求安暴食，将林求安的胃给撑大了。换句话说，张小露把林求安的胃给宠大了。张小露一阵懊恼。

除此之外，没有别的办法了？

四百斤是重度肥胖了，绝食对患者已经没意义。医生用了患者这个术语。张小露感到很不舒服。她的丈夫林求安这么能吃，身体一点毛病也没有，这个医生连人都没见着，竟然就判断他是个病人。

医生对张小露的感觉一点也不关心，很专业地继续说服张小露：这样的患者当然有几种，有内分泌失调型的痴肥症，有先天遗传的痴肥症，还有一种现代人比较普遍，那就是抑郁肥胖症，这种患者大多是因为意志消沉，兴奋点严重丧失，只有通过不断地吃东西来刺激自己的兴奋点，或者说缓解自己的抑郁。

医生认为林求安属于后者。

可是，无论哪一种都好，医生给出的结论都是——割胃。

张小露一点也不相信医生的判断，他要是看到林求安吃东西那种愉悦的神态，他一定会认为自己过于武断。相反，张小露认为这个世界上再没有人能比林求安快乐了，就算一小段没多少肉但藏有脊髓的筒骨，都能让她的丈夫兴奋不已。

然而，不相信归不相信，张小露还是带着医生的建议，到水果市场搬回了一箱石榴。要知道，她很久没那么大方了。

林求安坐在沙发上，一把一把地将充满水分的石榴籽儿放到嘴里。林求安说，石榴汁液溅到衣裳上，不仅洗不掉，还会留下浅紫色的斑痕，童年时代，在孩子吃石榴之前，大人总是先命令小孩把上身的衣裳脱光。所以，张小露在林求安吃石榴之前，将林求安的上衣给脱掉了。说林求安的身体是一座山峰，其实还不准确，他是由若干个山峰堆聚而成的，峰峦叠嶂，身体的每个应呈现的部位都被遮蔽在皮肉之下，若非张小露不是林求安的妻子，这么近距离地看来，一定百感交集。

张小露对这具肉身没有表现出突然，只是裸露着上身吃石榴的林求安，重新呈现了过去的纯真无邪，让张小露感到唏嘘。原来林求安吃东西的时候，整个身体都在抖动，随着咀嚼吞咽的开始，就一直在抖动，肉体的每一寸皱褶都充满了愉悦，被遮蔽和不被遮蔽的，都显得那么坦荡，况且，这种愉悦是以细胞的独立个体为单位的。

张小露从来没有见过这么快乐的人。看着看着，她的脸上悄悄地淌满了泪。

那天晚上，医院开了救护车来，医务人员将林求安一步一步地扶下楼，从二楼下到一楼，林求安已经气喘吁吁，刚坐进车里，一个早已准备好的氧气罩利索地挂到了林求安的脸上，他仿佛被戴上了一副面具。

六

张小露将那把布满灰尘的磅秤重新找了出来。隔几天，她就让林求安踏上去，指针经过一个大幅度的轮转，颤悠悠地停留在某一个刻度，总会引起张小露的一阵欣慰。林求安一点也不去关心这个刻度，他多半时间把注意力留在了胃里，他盘算着那被切剩了一半的胃什么时候才能消化掉刚才被他吞下去的一方豆干，或者是它对于刚才自己吃下去的一包怪味蚕豆有没有感到抱怨。

现在，林求安将食物放到嘴里，很缓慢很缓慢地咀嚼，最后一点一点尽量控制住速度将它们送到喉咙里，并且丝毫不放心地感受着它们运行的信息。他像个病人一样小心翼翼。

然而，谁也没想到，手术麻醉过后来自胃部的那次剧烈的疼痛，竟然成为了林求安感受疼痛的最后一次机会。

有一天，林求安盯着桌上的一只大苹果看了老半天，他最近对于食物的味道变得有点迟钝，他想了很久，似乎遗忘了苹果的味道，他看着苹果的形状，这种熟悉的形状也没有勾起他对味道的回忆。

林求安用水果刀围着苹果转圈，然而不到两圈，他的味觉似乎醒了过来，一种很奇异但是很幸福的味道让他重新看到了那些小精灵，它们似乎从天外飞了回来，重新回到了主人的怀抱。暖暖的，流淌的，像一股蜜流。他的舌尖上，重新感觉到那些小精灵踮着轻盈的脚步，在滑行。

当张小露尖叫一声，把林求安的手举起来的时候，林求安的大拇指已经被水果刀划出了一个很深的口子，血就从那里顺着苹果的弧度流淌了下来。林求安对于张小露的行为表现出了无动于衷，倒是对那只苹果恋恋不舍，他试图将沾着自己的血的苹果塞到嘴里，被张小露及时制止了。

你不知道疼的吗？

张小露一边给丈夫林求安包扎，一边担心地观察着他的表情。

的确，自从林求安从医院回家，张小露觉得他就像灵魂被切掉了一半一样，经常会做出一些很令她难以理解的举动来。比如有一天，她走到林求安的身边，在一个空出来的地方一屁股坐了下去，林求安一下子便喊了出来，你坐着我的手了。张小露看了看林求安安然摆在膝盖上的两只手，一阵纳闷，但还是不自觉地往外移了移身体。又比如有一天，林求安竟然会很反常地将他的头埋到床下边，找来找去，张小露以为他在找鞋子，走过去将鞋子拎到他的脚边，可是林求安好像没看到似的，问张小露，你看到我的脚了吗？

张小露以为动手术将林求安的某根神经给压迫或者影响了，可医生说，这种情况绝不可能，而且从检查结果来看，一切正常，是不是患者情绪不稳定造成的？据临床实验来看，减肥的人是最容易情绪波动，因为他得不到满足，更何况林求安还是一个那么顽固的肥胖患者。

张小露想不起来林求安除了食物以外，还有什么需要自己满足的了。她唯一能做的，就是用美味使林求安的情绪好起来。

事实证明，美味也无法使林求安的情绪好起来了。他最近总是有幻觉，他坐在沙发上，无来由地就会发现自己的手臂好像被卸了下来，被放到了沙发的另外一头；他躺在床上，老是觉得他的头跟身体分离了；他站在阳台上，又以为自己的腿已经踩进了一楼花坛的草地上；他喝下一杯凉开水，立刻感觉到他的喉管被牵拉到了饮水机里边，咕嘟咕嘟地冒着泡泡……

一天又一天，林求安的体重真的在下降，虽然降幅不大，但是，足以向医学界证明，这种将一个完整的胃切小的治疗方法，的确是有效的。而且，还不仅仅是下降，很多时候，林求安都觉得自己没有任何体重了，他曾经尝试过走到磅秤上，低头去看，指针无一不停留在零的刻度上。他找不到自己的体重，就像他找不到自己的四肢、五官、皮肤甚至毛发一样。

这些幻觉让他整日萎靡不振，而那些吃东西的行为，仅仅作为他一个习惯并且有能力完成的动作而已。

经常面对着桌上的食物，林求安感到无所适从，他已经全然不记得它们的味道，换句话说，已经不需要它们了，它们或香或甜或辣或酸，都不能使林求安有一丝一毫的兴趣，这些东西就像他在少年时代迷恋过的玩具一样，只让林求安闻到一股熟悉而深情的味道，但是却挑逗不了林求安去碰它们一下。

丧失了食欲的林求安，整天窝在沙发里，发呆。只从腮帮里发出一种单调的出气的声音，像搁浅在荒滩上的一条大鲸鱼，沐浴着空气的最后的无用的眷顾，等待着某个时刻的到来。

求安，我没有照顾好你，我真的，没有照顾好你。

张小露的内心酸楚，但是已经不知道再说什么好了。她面前坐着的她的亲人，仿佛一个绝症患者。

林求安缓缓地看了看半蹲在自己身前的老婆张小露，想对她说点什么，可是，他那可恶的幻觉又出现了，这次他看到自己的胃，瘦瘦小小孤单单地被吊在逆光的窗沿上，微风吹过，它弱不禁风地摇晃了两下。

张小露靠近林求安的细眼，她看到了一种怜悯的光。

如果我死了，你还能活吗？

这是张小露脑中若干个信号厮杀到最后的结果，弱肉强食，这句话唯一存留在张小露的头脑里。

这个世界上有很多难以兼容的事情，就算亲如孪生的兄弟，甚至从母胎里就连体出生的婴孩，同样，即如仅有手心和手背之分的死亡与疼痛，在大多数情况下，都在相互抵触，相互竞争，最终在挣扎中合二为一。

不懂得疼痛的林求安却未必不害怕死亡。跟吃一样，死与生俱来，因此，"死"这个字眼刚从张小露嘴巴里伸过来，林求安便像被喂进了一块带毒的巧克力一样，忐忑不安。

在林求安暴饮暴食的岁月中，出现过各种美好的丑陋的，绚烂的残酷的幻觉，唯独对死的幻觉，他从来没有遇到过。记得在小的时候，他可以为了跟同桌的一个女同学争吃一颗水果糖，最终以死相挟。在那个三楼教室的楼道上，围满了看热闹的小朋友，林求安屁股坐在栏杆上，双脚钩在栏杆内，对远处那个女孩子大声地嚷嚷着，如果不把水果糖掏出来，他就跳下去。他是那么的认真和执着，以至于老师和同学们刚开始以为他是淘气，开玩笑的，直到他将自己的一只脚跨出栏杆外，做出真的要跳下去的姿势，老师才认真了起来。那个女同学被吓坏了，拼命地哭，那枚被她揣在口袋里，用手紧紧捂着的水果糖，已经潮湿了，流出一些黏糊的糖汁来。等到林求安将那颗半湿了的水果糖塞进嘴巴里，他才安全下地。为此，老师还让他在教室门口罚站了三节课。

林求安开始有意无意地想象死的情景。遗憾的是，他对于死的理解，绝对比不上他对吃的理解，多少年来，吃这种本能的训练，已经被他训练成一种高超的技术，一种超越了本能的高超的技能。

他经常赖在床上，身子躺得不能再平，一动不动，闭着眼睛，很多时候还练习屏息；他还经常在沙发上坐着坐着，忽然身体一斜，轰然倒到地上，闭上眼睛；他会忽然让自己感到心脏停止了跳动，慢慢地坐下去，然后顺势倒下，巨大的身体堵住了通往厨房的道路。

有一天晚上，林求安难过地拉住张小露的手，无奈地告诉她，他真的不怕死，他已经开始练习死了，他只是害怕死了以后，张小露怎么把他弄到殡仪馆啊？他更害怕送到殡仪馆以后，火葬的炉道能不能躺得下自己啊？

张小露沉默地用两只手臂，尽量伸得很长，想把林求安抱在自己的怀里，可结果她像一只树袋熊一样，很费劲地攀上一棵没有温度的大树。

七

为了求证火葬的炉道到底是否能装得下自己的身体，林求安打过电话到市殡仪馆。可接电话的人无一不认为他是个疯子。

第一个接电话的是个女人，她开始很礼貌地询问林求安，是他的什么人死了？死亡时间是什么时候？当她弄明白林求安说的是自己的时候，她很生气地对着话筒喊，你神经病啊，有你这么消遣人的吗？你不缺德啊！第二个接电话的是位老同志，他慢条斯理地告诉林求安，有什么问题请打到青山医院去，这里解决不了。青山医院是本市的唯一一家精神病院。最后一个接电话的是一个男人，他喘着粗气朝林求安咆哮起来，像你这样的社会垃圾，到哪儿死都轮不到上这儿死，干脆叫你老婆买块豆腐让你在家拍死自己得了！

没有一个办法可以解决林求安这个耿耿于怀的问题。当他想跟张小露商量的时候，他被张小露忧伤的眼神给吓怕了。

林求安开始注意镜子里的自己，他用目光丈量着自己的手臂、肚子、大腿，并且根据前边所看到的形象想象自己的脊背、屁股，他真的觉得自己确实像一个怪物。林求安第一次在镜子的面前重视起自己的体积来，就算他从磅秤的踏板上走过，他也不会去看一眼上边的刻度的，然而，当走到浴室的镜子前，他将长久地注视着自己。

可是，这个问题实在困扰得他太长久了。

有一天，他竟然在午睡的时间，打开了门，扶着楼梯栏杆，一级一喘地往楼下院子里走去。说实在的，就算不存任何歧视心理的人，看到林求安，都会惊奇地瞥上好几眼，在他迟缓的步伐中，看遍他一身的赘肉。院子里的人都知道二楼住着个大胖子，有的人还有幸从他家阳台对面守到过他的出现，但是，当林求安走到院子里的时候，所有的人都震惊了。仿佛他们看的是一个奇迹，而不是一个活人。

　　要是在平时，迎着这些几乎内涵一致的目光，林求安一定会感到特别难受，可是，这些时候的林求安顾不得那么多了，他迫切地想要拉住一个人问问，到底那通往灰飞烟灭的炉道能否装得下他。一个人从身边侧目走过了，又一个人从身边侧目离开了，还有的甚至经过他拐到门口了，又装作落了东西折返回来，但是，这些人都没有停留在林求安身边的打算，尽管林求安对这些目光准备好了友好的表情。

　　有一只沙皮狗，跟在林求安的旁边，张着一双好奇的眼睛瞪着林求安看。过了不久，一个中年妇女朝林求安直直走了过来，一边看着林求安，一边嘴巴发出"露丝，露丝，回来，回来"的唤声。她是沙皮狗的主人。那只叫作露丝的狗狗看到主人过来召唤，乖乖地离开了林求安。可是，过了不多会儿，露丝又来了，接着，妇女又喊着露丝的名字过来了，又过了不多会，露丝又不知道从哪个树底下窜到了林求安身边，然后妇女又不知道从哪个地方冒了出来。

　　如此好几个来回，只听到一个男人的声音从一楼的窗户里传了出来，别看了，别看了，有什么好看的？把咱家露丝都支使累了，撑的你啊！露丝，回家！

　　露丝和女人这才消失在林求安的视线内。

林求安终于还是决定亲自到殡仪馆实地考察。

那天，林求安在院子门外成功地拦截了一辆出租车。他成功地把自己塞进车里，因为空间狭小，他被迫将头朝前，背佝偻着，脑袋顶着前座的靠背。出租车司机以为是某人在搬一个大件物品上车，等他看清楚后，吓了一跳，即便他十七岁开始就干运输，有着走南闯北的经历，但还是使劲地整个身子朝后惊讶地细看，他看到了一个大活人，气喘吁吁地，正在将一只腿上的肉从另一只腿下扒拉出来，然后又将腹部因为挤压而凌乱的几层肉重新整理叠顺。如此几分钟，林求安终于整理妥当后，司机心不在焉地发动了引擎，开了好几码地，才醒悟过来，自己还没问这个巨人，到底要到哪里去。

不知道是因为林求安体重的缘故，还是司机的驾驶技术的缘故，出租车开得比别的车子都要慢些。林求安的头并不能很自如地转动，只好眼睛向着前方。

师傅您坐稳了，前边要拐弯了。

其实不用司机说，林求安也坐得很稳当，他的体重岂是一两个摇晃足以撼动的？不过，话说回来，司机也仅仅是想借这句敬业的话，跟这个怪人套上话，要知道，在他的运载经验中，这是第一次遇上这么一个重量级的人物。

师傅您上那儿去干吗啊，还自己一人去啊？

就是去看看，没别的。

司机在镜子里看了看林求安，笃信这种异类人物确实跟正常人不一般。

您知道，人死了都必须得火化，对吗？

那不废话吗？土地现在那么稀缺，房地产那么贵，随便让人土葬，不就等于给死人穿上黄金甲吗？那是皇帝才能有的咯，咱们老百姓，一跟这个世界拜拜，连骨头都捞不着看喽。

司机是那种爱说话的人，整天在这个城市转悠，在封闭的玻璃门里，对着外边发无比多的牢骚。

那，您见过火化的炉道吗？有多宽？

嘿，那地方谁能见过啊？用得着多宽啊，难道还给你三室两厅不成？

司机再次在镜子里看了看这个大胖子，看上去他不像拿自己寻开心，那表情是认真的，他再次确认，这个大胖子脑子确实有点问题，报纸上看得多了，那些暴饮暴食的或者厌食的，全是心理不健康的。他心想，弄不好，这一遭十来公里地会白跑了。

当林求安独自停在一个矮小的门，朝里张望的时候，守门的老头带着惊奇的目光从保安亭走了过来。全无例外，他对林求安肥胖的身体感到了一阵兴奋。他今天上班之前，还对自己的生活发出过一些肤浅的感慨，生活平淡，日复一日，越来越多的人来这里报到，死的无知无觉，生的哭哭啼啼，都不知道什么时候该轮到自己了。他还跟自己家的那个老太婆吵了一场大架，问题很可笑，大家不知道说什么就说到百年之后回哪里。老太婆是山东人，他是湖南人，老太婆坚持自己的骨灰一定要放回山东老家，他却认为自己是长子，毫无疑问是要放回湖南家族里的。两人各不相让，而且吵得比任何一次都激动，最后老太婆还哭了，说自己几十年为了伺候他，背井离乡跟着他到这里来生活，吃饭睡觉，哪样不依着他，难道死了以后还要依着他，他就不能依自己一回吗？老头最害怕老太婆哭，他脾气一向暴躁，老太婆一哭，他就更暴躁了，当然，通常是暴躁过后就好了。可是，这个没有解决方案的问题，的确让老头感到很烦恼。

林求安告诉老头，他想来这里参观一下。

老头表现出很不高兴的样子，这个地方，又不是博物馆，有什么可参观的？你嫌自己活在这个世界上，命太好了不是？

林求安低声下气地向老头解释说自己只是想弄清楚，那个火化的炉道到底有多宽，能不能装下自己。

这个问题刚被老头听明白，老头就暴怒了起来，那架势，好像林求安是来了解自己家存折密码一般。这地方也是你看的吗？连死人家属都不能看，你算老几？

他上下打量着这个奇怪的人，问出这样奇怪的问题，他不是一个神经病就是一个想自杀的人。他遇到过类似的人，有好几次还漏网让这些人进到馆里，害自己被领导批评。一次是一个刚刚失恋的男青年，说是要进去祭奠他死去的女朋友，带着一大捧鲜红的玫瑰，谁知道一进去，花一甩，掏出一瓶农药咕嘟咕嘟地喝了下去，最后那个他声称死去的女朋友却出现在抢救的医院里。还有一次，一名中年男子，溜进去不知道怎么就爬上了高高的烟囱顶，上去了却也不着急跳，愣是让围观的人仰着脖子干着急，周旋了两个多小时，最后被警察从上边解救了下来。最滑稽的一次，老头将一个穿着一身黑衣的女人放了进去，她说她要最后看一眼自己的老情人，工作人员让她出示家属证件，她掏出一张照片，那照片上她跟一个男人亲密搂抱着，她竟然神秘地对他们说，她是FBI的，不方便透露自己的名字，他们在一起已经几十年了，都没有人知道。最后，她干脆就坐在地上不动了，她边哭边骂，说自己不干了，她要他起来告诉别人，她叫什么，她才是他老婆什么什么的。工作人员将她抬了出去，并且把这个神经病送到了附近的派出所。

跟他们一样。老头断定，这个胖子一定有问题。长这么胖，没问题才怪。老头铁下心这回一定不犯错误，一定不把他放进去。

真的不能看看吗？那个地方。

有什么好看的？年轻人？跟农村家里边的炉灶差不离，不过长点宽点而已，跟大跃进时代的大炉灶一样。老头为了骗林求安，尽量说得详细一些。

不看也行，那么您告诉我，那个炉道，能装得下我吗？林求安意识到要进去看看是没机会了。

老头装作很认真地丈量起林求安的身体，围着林求安转起了圈，这样，他可以光明磊落地详细看林求安的身体了，他早就想详细地看看这个巨大的胖子了。他不仅看了，还发出了轻微的啧啧声，不仅发出了声音，他还用手去捏了捏林求安肩膀的肉，他马上被林求安的脂肪震住了。这个年轻人看上去四十岁左右，自己比他活多了快二十年了，他一个人却能顶自己两个，生活太好啦，他家亲人一定宠他宠得不行，几十年养成这样也不是件容易的事啊。这年头，养尊处优的人越来越多，胖子也越来越多啦。唉！

年轻人，你到底有多重啊？

林求安坦然地回答老头，接近四百吧。

斤？公斤？

斤。

呀，怎么养的啊？

林求安沉默了，他无法回答这个问题，三年了，他就被养成这样了。

嗬，真不简单，你家爱人很疼你是吧？

林求安的脑子里出现了张小露的身影，拎着一大袋食品，吃力地用屁股将门顶开，随即他的脑中就出现了张小露的脸，这三年来他唯一看到的一张亲爱的脸。

我看管够，相信我吧，回家吧。半晌，老头终于看够了。

真的够？要不你提供一个尺寸给我回家？林求安不放心。

年轻人，相信我，你连这里的工作人员都不相信，你还相信谁？不知道什么原因，习惯了这个肥胖形象后，老头对这个患上了肥胖症的年轻人感到了怜悯。他知道，异常的肥胖是一种病。年轻人是因为肥胖来这里寻死呢。

再说了，你这四百来斤，也不算胖啦，去年九月，我们这里还料理了一个六百多斤的呢，比你还多二百斤哪，他都够，你还不够吗？放心吧，回家吧。话出口，老头都不知道自己哪来这种编故事的急才。

一听这话，林求安的小眼睛似乎放出了一种神采，要不是自己手心因为激动淌满了汗，他都想去跟这个老头握手了。

真的吗？六百多斤？

当然，三百多公斤，顶一头大牛哪。老头故意夸张地说。

年轻人，好好活着吧，比你胖比你惨的人能从这排到市中心呢。老头不知道怎么的，想到了老之将至的自己，心里一阵凄凉。

这个时候，我们的林求安反而感到了一种久违的兴奋。他的内心此刻充满了爱情，他马上爱上了这个瘦小的老头，他相信，无论现在谁出现在他身边，无论他的眼光是如何异样地看着自己，无论他的鄙夷如何地伤害了自己，他都会马上爱上他们，甚至他还会爱上一个满脸黑斑的姑娘，爱上一个散发着馊味的男人，爱上一条沙皮狗，爱上一辆豪华的车，爱上一阵喧嚣的吵架声。是的，就像一把白糖撒进林求安嘴巴里，他的口腔到咽喉到食道到肠胃到灵魂，都被这些甜的刺激所击中，所亢奋。

八

太阳就在林求安的正前方，他第一次感到了太阳对他的善意，他打算走回家。殡仪馆位于家和郊区接壤的地方，人少，道路就显得特别空旷。

他忍不住要抬头看太阳。他真的很有本事，也因为太阳的亲善，他竟然能够直视这火辣的太阳。他想起若干年前，看过一本杂志里介绍那些印度的苦行者，风餐露宿，一路行走，坚信只有行走才可以抛弃所有的欲望，以及所有因为欲望所带来的苦。

尽管林求安走得很辛苦，可他还是希望自己能走回家。

走着走着，他的幻觉又出现了，每当他直视天上的太阳，他发现眼前四周都出现了一连串会游动的小虫，白色、透明，尾巴时隐时现。

他一直辨认，一直追随着这些游走的小虫。

看久了，他发现这些小虫竟然满天空，满宇宙都是。他并不感到害怕，相反，他感到亲切，他认为那是太阳的能量射向这个宇宙的精虫，而这个世界上的每一个人，就是这种能量与宇宙交配后所繁殖的。

一点也不夸张的，他还在这无数个精虫里认出了自己，那么轻柔，那么身轻如燕，那么神清气爽。

傍晚，张小露用屁股顶开了自己的家门，她发现那幅一贯被她熟悉了的油画，少了一个局部，沙发上空无一人。她扔下手里的东西，正要跑到房间里找林求安，可是她却被门口的一样什么东西绊了一下，她低下头去，看到林求安那对巨大的拖鞋，整齐地摆在门边，鞋口朝门外，鞋头朝屋里。

林求安不在房间。

张小露盯着那两只巨大的拖鞋，她在琢磨，林求安换了鞋出门之前，到底花了多大的工夫和力气，将鞋子整齐地摆成一副进门的状态。

证据

　　搬进新家后不久，他们在水世界订做了这只高一米七、长三米的鱼缸。店家赠送了二十八条红通通的发财鱼，唯独挂单了一条黑色的蓝鲨。大师说，这是风水。新鱼缸进屋的头一个月，必须单出一条黑色鱼类，等过了一个月，才可任意改变。

　　这群红光满面的发财鱼并没讨得沈笛多少欢心，她喜欢那条挂单的蓝鲨。沈笛认为她不应该叫作蓝鲨，她完全不是那种凶猛的鲨鱼类，相反，她比水还柔软。她全身黑得发亮，丝缎般绵柔；她紧致细长的梭形身体，拖着一条长纱裙，优雅独立。她从不搭理那群忙碌的发财鱼，她对它们避之不及。她一来就总在鱼缸左上方那只出水小孔边转悠，只吃漂浮到小孔周围的那几粒鱼食。

　　沈笛认为蓝鲨是女性。沈笛倚在她的玻璃前，跟她讲话，她一点反应也没有，即使用手去拍玻璃，她也无动于衷。沈笛对她产生了怜惜，想，她应该找个男朋友。沈笛在那群发财鱼当中为她物色了一条。他身材魁梧，反应敏捷，抢食生猛，尾巴上有一块霸气的黑斑，特别好认。她有意用鱼食将他引向她身边，好几次，他的嘴巴都要吻上她的纱裙了，却被她果断甩开。沈笛叹了一口气，说："真是个傻妞啊，从这个小孔钻出去，你就没命啦，知道不？"她浑然听不到沈笛的话。

有一个晚上，沈笛梦到了她。她从那只小孔钻了出来，浑身伤，挂着荧光，游到沈笛的床边，她张开口，想要说话，没想到却吐出了很多水，哗啦哗啦把沈笛弄湿了一身……沈笛一个冷战，醒过来了，听到外边下起了大雨。卧室格外黑，只有墙上的电视机亮着一个小红点。大维裹得严严实实的，露出一只脑袋在枕头上，睡得很沉。沈笛披衣走到窗前，掀开窗帘一角，雨点就像一群群疾行的人，在路灯前踮着脚尖赶路。她朝暗处的桂花丛望去，差点没叫出声来———一个穿着黑裙子的女人站在那里，向她看过来。她惊了，扔下窗帘。隔一会儿，再掀开一点点窗帘，看向桂花丛——女人没有了。她捂着自己的胸口，仔细看那个地方，才相信是树影。沈笛又走到客厅，打开鱼缸的灯，在灯光亮起的瞬间，她看见一堆红影从那只小孔周围急速散开，那群发财鱼慌乱地躲回到假山背后。跟所有的白天没两样，她依旧附在那个地方，一动不动，任流水撩动她的黑纱裙。什么都没有发生。

"老公，我们给她再配一个同伴吧？嗯？"讲完昨晚那个梦之后，沈笛从后边抱住大维，将双乳压在他的后脑。

大维正坐在电脑前浏览当天新闻和论坛，这是大维一日之始的必修课，他总在上边觅些有价值的言论，收藏起来。

大维看得很专注，他的脑袋纹丝不动。沈笛又用乳房蹭了几下，撒起娇了。大维终于理她了："那可不行啊，得一个月后，一个月后格局才能改变，风水不能轻易破坏的。"大维的后脑勺朝后点着，一下又一下，触着她年轻的乳房。

沈笛继续磨他。大维只好转向她，如同他每一次在公共场合讲话一样，认真地说："所有真理都是经验总结出来的，是踩在前人反复失败的惨痛中获得的，所以，你要认真相信。"

关于给蓝鲨配同伴的话题，实际上他们讨论了不下五次。

"风水是真理吗？不是那些骗钱的大师乱扯出来的规矩吗？"沈笛嘟嚷着。

"傻妞，这些话语能被众人相信，肯定有很强的逻辑，是不好推翻的，不然什么叫话语权？"

"你呢？你信吗？"

"我信。"

大维这副表情是很有说服力的，她屡屡被他说服。"好吧，你信我也信。"

大维温柔地亲了她一下。

大维的话就是话语权。无论在哪方面，只要他说出来，就会有人相信，必要的时候，还会被引作争议的佐证。"如同大维说的……""大维在去年的国际论坛上说过……"大维的名字通常被夹在一连串的话语当中，仿佛他就是一个证据的戳印，一旦盖上，争议就变得稀疏。这些年来，大维这只戳盖在了法律、军事、文学、国际关系，甚至婚恋的言论上。沈笛曾在一档红遍中国的婚恋交友节目中，看到过大维作为特邀嘉宾出席。主持人问他，比较看好哪一位女嘉宾？他说，从结婚的角度看，是四号，她虽然不是最漂亮的，但秀外慧中，是中国男人理性的选择；最不看好的呢，是九号，她虽然貌美，又是外企高管，但这类女性往往很难将自己嫁出去。在当下，女性有个金字塔定律，九号女性是塔尖上的，四号女性是塔中间的。一般来说，塔尖和塔基都是老大难。这是中国目前的现状。大维的一番分析，赢得了台下热烈的掌声。不仅如此，沈笛还在一档热门歌手比赛节目里，听到了大维的声音，他煞有介事地评价了歌手的水平和出身，还从娱乐文化角度预测了哪位歌手今晚将夺得冠军。

无论哪个话题，大维都不怯场，而且信心百倍，仿佛地球是被他说圆的。

如果你刚刚知道大维这个名字，是难以确定他的职业的。沈笛也是后来才清楚——大维是个律师。准确地说，他曾经是个律师，从为落拓的盗版书商打官司开始，发展到为房地产老板处理离异家产，二十多年后，他不再接官司，自己开了家"大维律师事务所"，手下养着七八个夹公文包到各地开庭的年轻律师，他则变身为一个人物，某个引发社会反响的案子冒出来，他的头像同时会出现在电视电话采访和网络微博上。

沈笛第一次是在电视录播现场见到大维。他在台上，是嘉宾，她在台下，是群众演员。那会儿，沈笛还在艺校读书。那档电视节目播出的时候，她统共有三次特写镜头，偏着脑袋，像在听，又像在想心事，感觉到镜头正对着自己的脸，刚要调整表情，电视又切换到大维的脸了。他很有镜头感，脑袋总是侧偏在四十五度位置，这可以修饰他过于浑圆的脸，五官能被镜头摄出些轮廓来。沈笛在微博上，将她那三个特写镜头截图发布。大维就在那三个镜头中，定格了她。

"你崇拜我什么？"第一次约见的时候，大维直接问沈笛。

沈笛回想起那条微博，只记得当时光顾着自己那三张照片了，她写下：第一次在电视上看到自己，竟然是跟大维老师一起做节目，他简直就是我的男神啊！！

　　是啊，她崇拜他什么？要不是他在微博上给她发私信，她差点就忘了他长什么样子，他长得实在太不深刻了，她更加不记得那次节目他讲了什么，他的话对她而言，实在太深刻了。她只记得他的名字，他有几百万的粉丝团，而她，算上那只上门灭白蚁的推销公司，勉强刚够两千五百粉。

　　"我崇拜你什么……"　在大维强势的目光下，沈笛脸红了，仿佛虚荣心被看穿，"你，你是名人呀。"

　　"哈哈哈。"大维爆发出一阵笑声……

　　结婚后，沈笛问大维："你喜欢我什么？"

　　大维想了想他们的第一次见面，很快浮现出那个白皮肤的性感美女，实际上，她当时脸一红，他就心动了。

　　"我喜欢你什么？你现在还不知道？"

　　沈笛真的不知道，即使她已经成为他的妻子——这个合情合理合法的角色，她还是满脑的不知道。沈笛，沈笛，不要去想啦，想太多会长皱纹的。这是沈笛自己对所有问题给出的答案。她今年二十六岁，衣食无忧，唯一烦恼的是，到了三十岁，该穿什么风格的衣服。

　　跟大维结婚后，沈笛就成了全职太太，大维说，你现在的工作就是当个好太太。沈笛点点头。在超市选围裙的时候，看到有一个牌子就叫"好太太"，沈笛差点笑出了声音。

　　沈笛的确是个好太太，又好又美。她会赶在大维下班的时间，精心打扮好自己，穿着漂亮的裙子，在灶台边洗菜、择菜，掀开蒸锅的那一阵烟雾，让她觉得自己是下凡的仙女。看起来，大维很满意这个"好太太"的形象，心情好的时候，他会走到厨房，从身后抱着她，脸贴着她优美的颈线，手把手地跟她一起炒菜，像跳贴面舞。沈笛的幸福感从背后升起。

不过，沈笛这个好太太又跟其他的太太有那么些不一样。他们住的这个高档小区，花园中心有个喷水池，白天，那里总会聚集着一些穿睡衣的太太，她们或者推着婴儿车，或者拉着买菜篮子，坐在长凳子上，叽叽喳喳，嘻嘻哈哈。沈笛每次都会绕过这个喷水池，穿过一条窄窄的花径，绕远路回家。说不出什么理由，沈笛不愿意与她们为伍，她宁可待在屋子里，看那些不会讲话的鱼儿。

那只用来搞风水的鱼缸，成了沈笛的万花筒。她可以很长时间地站在鱼缸前，看里边那个世界。假山上的水车一直在呼溜呼溜地转，鱼会用唇去跟它嬉戏。最有意思的是，那两条一直匍匐在缸底吮吸垃圾的清道夫，瞅着某个安全的时刻，也会升起来，嘴巴磁石般黏牢一片塑料水草，身体自由地在水中三百六十度旋转，就像两个花样游泳的美少年。她还注意到有一条双颊特别鼓的发财鱼，有一种绝活，在鱼食被统统抢光之后，它会从嘴里吐出一小撮嚼碎的渣沫，引起了鱼的新一轮抢夺，而它则得意扬扬，享受着那种众星捧月的感觉。

鱼已经习惯这个站在鱼缸前的女人了，它们有时会随着沈笛的走动而游动，一忽儿左，一忽儿右，仿佛在自觉接受训练。当然，那条蓝鲨除外——无论沈笛怎么设法引起她的注意，她都泰然若素。看久了，沈笛就有一种冲动——躺进鱼缸里去。她记起那次到澳门的威尼斯赌场，满墙做成一个海底世界，有各种叫不出名字的鱼在游，猛然，灯光一闪，水里竟游出两条美人鱼，苗条的"鱼身"丰满，裸露的胸部看起来也水分饱满，两条长腿裹在分叉的"鱼尾"里。也不知道她们如何能固定在水中的。她们长时间贴在水墙内，长发披散，面带微笑，引得游人争相合影。大维站在两条美人鱼中间，拍下一张颇有奇幻效果的照片。沈笛说，发到微博上，一定被置顶。在这方面，大维从不接纳沈笛的意见。离开赌场前，大维要求在门口留影，并一再叮嘱沈笛，拍进门口旗杆上飘扬着的五星红旗。几分钟之后，这个跟五星红旗一起站在威尼斯赌场门口的男人，就站在了他的微博上——"我在这里。"他的脸上，表情认真。大维总是能找到他"在这里"的位置。这张照片转发一万五千五百七十次，评论两千八百九十二条，令沈笛咋舌。

站久了，沈笛的腰有点酸，肩膀发硬，索性，她扶着鱼缸壁，练起功来。好两年不练功了，艺校的那点基本功眼看就要荒废。她挺胸收腹，时而踮脚，时而弯腰，时而后踢腿。她在鱼缸前跳起了简单的舞蹈动作，边跳边从玻璃上看自己的影子。那群发财鱼被她的一阵乱晃吓住了，集体逃逸到假山背后，有几条探出了脑袋。那条孤独的蓝鲨呢，她的唇一开一合，追逐着从那孔里冒出来的一串水泡，眼睛仿佛斜瞅着她。沈笛觉得她比来的时候瘦了，虽然还是固执地待在那个位置，但是，身体多少有些不支，在一串水泡带来的冲击之下，有些摇摆不定。唉，这傻妞，看来是养不活了。

身体的活动多少排遣了一下沈笛的郁闷。书上说的，人在运动的时候，大脑会大量分泌内啡肽，也被称为快乐激素，能让人产生欢乐、幸福的感觉。如何保持年轻和欢乐，是沈笛结婚后的专业必修课。她都想要拜那群多动症的发财鱼为师了，它们或许连睡觉都不需要呢。沈笛羡慕起鱼来。当然，不包括那条忧郁的蓝鲨。

大维有个很奇怪的习惯，每次在外边接受采访或者出席完一次演说，回家一定要吃水煮鱼，最好能把自己的舌头辣得麻痹。娶沈笛前，大维对她提的唯一要求是：能煮一锅香辣的水煮鱼。于是，沈笛报名学烹饪，专攻川菜水煮鱼。沈笛到现在都搞不懂，大维是广东人，为何独爱这一味？大维脱下西装，穿上阔大的家居服，被一盘水煮鱼辣得感激涕零的样子，沈笛顿时滋生母性。

她替他擦去额头上的汗。

"年轻的时候，我说了很多真话，也没人相信……现在，我说一句是一句……嘿，这世界……"实在太辣了，大维把舌头伸出空气中，仿佛那东西膨胀得塞不进嘴了。

沈笛有点心不在焉。她不知道怎么开口跟大维提。上午，当年在艺校玩得比较好的那几个女同学，约沈笛参加她们的闺密会，其中一个小有名气的演员，包了一个会所，请她们过夜，吃大餐品美酒做美体SPA，重头戏是同居卧谈——就像当年住集体宿舍一样。

"呃，老公，明晚同学聚会，我要在外边过一夜……"

"过夜吗？跟谁？"大维警惕地盯着沈笛。他的嘴唇被辣得像抹了口红，眼睛也红红的。

沈笛只好向大维介绍起那几个女同学，她下意识地没说起那个演员。

"亲爱的，我想，你还是不要去吧，倒不是怕什么，你难道不清楚，你睡着了之后……"大维停了下来，两人陷入一片安静中。

沈笛听到鱼缸里水循环、冒泡的声音，夹杂在增氧棒轻微的嗡嗡声中，如同客厅里建了个荒郊小水库。

大维说过，沈笛睡熟以后，鼾声如雷，简直，简直不可想象，这么苗条精致的年轻女孩，哪来那么大的力气？"你连矿泉水瓶盖都拧不开，可打起鼾来，就像一个疲惫的送水工人。"大维第一次半开玩笑地说这事的时候，沈笛想死的心都有，她红着脸争辩："怎么可能？简直就是诬蔑！"读书的时候，一间宿舍六人同住，从来没人提过她打鼾。

"那是别人包容你，不忍心告诉你，你想啊，这事发生在一个美女身上，还不等于毁容？"大维轻轻地刮一下她的鼻子。

沈笛不敢相信这是真的，但也再不敢在其他人面前睡着，对于她来说，睡着就是一种冒险。

沈笛总是会费很大力气去控制自己的睡眠，她希望自己能睡在大维之后。一旦意识开始迷离，她就用理性把自己摇醒。这是一件非常残酷的事情，就像站在悬崖边上，欲坠未坠之时，被巨力狠狠地拉了一把，清醒过来后，久久难以入睡。大维多次阻止她这么做。他拥着她，轻轻地拍她入睡。他轻声说："没关系的，没关系的，夫妻之间哪有什么隐私？夫妻之间就是要彼此包容彼此的缺点，这样才真实，才长久，知道不？"大维的话即使变成了催眠曲，还是那么有力量，不可抗拒地使沈笛彻底放弃理性，乖乖地睡着了。

某些个清晨，她睡得饱饱地醒来，伸个幸福的懒腰，大维会调侃她："睡饱了吧？鼾声都快把你老公震到床底了。"

沈笛把头深深埋在棉被里，就好像刚发现下体的经血渗漏到了白裙子上。

对于打鼾这件"怪事"，沈笛很多次严肃地问过大维，到底是不是真的？

"当然，我骗你干吗，又不是什么甜言蜜语。"

现在，看起来，大维的舌头已经恢复了些知觉，不再做出在空气里伸缩的动作了。沈笛的筷子搁在那只卧虎筷架上，她不吃了。

"老公，我睡着了真的会……"

大维毫无保留地点了点头："会。"

"你……有证据吗？"

"我就是你的证据。"

沈笛真想大哭一场，就好像确诊出了一种不治怪症。

沈笛没去参加那个同学聚会，她的心情很坏。她端着一杯伯爵茶，坐在阳台的摇椅上，回忆起上次她们的聚会。那应该是在她结婚不到两个月之后。她们要求她讲讲自己的名人老公，沈笛既感到虚荣，又不知道讲些什么好，只是对大维酷爱水煮鱼这件事说了好几遍。有个专门研究男人的女同学说："看来，你老公，是个喜欢刺激的人……"神情暧昧。其他女同学都起哄，要沈笛深入讲讲大维床上的事儿。沈笛从不松口。一帮子二十来岁的年轻女孩儿，谈性事几无障碍，甚至跟评价某种美食般自然。可是，沈笛在这方面是不能说的，是绝密，是封存的档案。大维半开玩笑地告诉过她，除非他死后，她在写回忆录的时候才允许解密，顺便赚取高价的出版税。大维比沈笛大二十一岁，这点完全可以等到。因为大维是个公众人物，目前，沈笛在微博上只能晒晒他们家阳台上的生活，花、草、躺椅，充其量加上那只硕大的鱼缸。最出格的就是一张他们在瑞士滑雪的合影，两人裹着厚厚的滑雪衫，戴着大墨镜，肩挨肩地相拥，身后是反射着刺目阳光的雪山谷。

事实上，结婚后沈笛微博上的粉丝如同洪水起涝，很快从两千五百个涨到了四十七万个，沈笛还来不及兴奋，感觉很不真实地试发了几条，就发现自己被监控起来了——那条拍下生日时大维送的浪琴表，几小时后即被后台删除。沈笛感到很纳闷，不知道是哪只手删掉了自己的微博，后来才渐渐明白，那只手就是大维，他是她的后台。久而久之，沈笛对发微博丧失了兴趣，偶尔上去浏览一下，查看那四十七万粉丝，整整齐齐，不多不少，就像摆在大维书房的那两只海龟标本，是死了的生物。

一个月之后，鱼缸"刑满"了。沈笛用手拍着那条蓝鲨跟前的玻璃，说："傻妞，你快解脱了，你的同伴要来了啦。"她的唇蜻蜓点水地在那块玻璃上碰了一下，黑纱裙荡了两个涟漪。她终于听懂自己的话了！沈笛高兴地给了她一个吻。

一夜春雨洗净的上午，他们开车穿过小区。沈笛看到昨天黄昏散步时经过的那棵广玉兰，花全都零落了，枝丫上只剩些坚实的花苞。"啊，这么快，花都落了。"大维不经脑地应了一句："春天嘛，万物生长。"沈笛看了看他，便不再吭声，摇下车窗，空气里湿润的水分黏上了她的脸。沈笛明白，不能要求他太多。昨天，她对大维说，再这样下去，那条鱼就要得抑郁症了。没想到大维竟然很爽快地答应明天到水世界买鱼。要知道，除了过生日和情人节，他从来没有那么干脆。

快要到水世界的时候，路面忽然变得狭窄起来，这样的路况却不让人生烦，一溜花鸟摊档霸占了道路。车开得很慢，但并不会停下来，这节奏让沈笛满意，她在车上欣赏起那些盆栽。这些花他们也买过，只是不知道为什么，进了他们家，花开一季，就再没开过了，最后，他们的储藏室里，留下了一排空花盆，扔也不是，不扔也不是。沈笛在浏览各种花，心里却盘算着买几条蓝鲨，还要再买几条清道夫，当然，还得再买多几罐鱼食，人口增多了，粮食要备足。

水世界在花鸟摊档的尽头。他们在这里买的那只鱼缸，果然是限量版，现在，它的位置已经换成了另一款。大维一下子感觉良好，跟那个递给他水喝的女服务员开起了玩笑——"你是老板娘吗？"

年轻的女孩吓到了，连忙说："我不是，不是。"

"哦，那你是老板他娘？"

女孩被逗得不知所措，脸都红了。

上次卖鱼缸给他们的那个老板娘很快从办公室出来了。她记得大维这个VIP，马上让女孩到办公室，拿那罐新茶沏给大维喝。

大维坐在茶桌前，惬意地品起了茶，跟那女孩聊天。

沈笛看到了不少跟那条蓝鲨长得一模一样的鱼。她们在这里，显得很活泼，没有一条像她那样忧郁。而且，她们都不在高处活动，几乎贴着鱼缸的石子游动。沈笛好奇地问老板娘："这些都是蓝鲨？跟我们家那条很不一样啊。"

"是的，都是蓝鲨，上次送你们的那条，也是从这里拿的。"老板娘陪在沈笛身边。

沈笛开始唠唠叨叨地向老板娘诉说起了她的各种毛病：清高、懒散、不好动、食欲不振、适应性差等等，仿佛在数落一个女儿。

"清高？你说蓝鲨清高？哈，不可能啊，蓝鲨是底层鱼，它们几乎不在高处活动。"

"怎么可能？她一来我家，就老是浮在鱼缸顶部那只出水孔附近，几乎没看她下来过！"

沈笛简直怀疑她们说的不是同一类。

"噢，那是因为氧气不足？"

"不可能，四根氧气棒，二十四小时不停，那些发财鱼嘴巴都舍不得闭上呢。"

老板娘响亮地笑了，大大咧咧地说："那就别理它，蓝鲨出了名的神经质，胆小怕事，所以才被喊作'鲨'嘛，就像人的名字一样，缺哪样补哪样。其实，它们只是鲇科鱼类。"

沈笛最后选了三条，跟她一起，凑够两对。大维挑了两条清道夫、两条剑尾鱼、四条地图鱼。他们各提着一只塑料鱼缸，有点像过节提灯笼。沈笛心血来潮，掏手机让老板娘拍下他们的合影。

在水世界逗留不到一小时，没料到花港路的塞车状况严重多了。来的时候，是两边店面的花盆霸占了道路，如今，不知从哪来了不少挑担的花农，他们不管三七二十一，箩筐放下就占自己的码头。

大维的车排在一长溜车龙的后边，进退两难。一时间，喇叭声、人声不断。大维脾气很大，朝着玻璃外边发牢骚。这通牢骚没有听众。他便扭过头对沈笛说："我上次在法制台那档一席谈上就说，如果今天取消城管，明天他们就敢挑到天安门上卖去，中国人的素质决定了中国特色。嘿，那次老钱还跟我死磕，说什么法治摊贩，没搞错吧，那是美国……"大维又说了一大篇。沈笛接不上话，也懒得费神听他唠叨，她把鞋子脱了，双脚盘在座位上，玩手机。

跟大维不一样，沈笛的心情不错。"我们在这里。"她把刚才拍的那张合影放上了微博。距离自己上一条微博的发布，已经快半年了。沈笛想，如果微博是一盆花，那么久没人去打理，早就成枯枝败叶了。

微博地图准确地定位出了花港路，可惜，这地图显示不出目前的路况。沈笛瞄了一眼正在愤怒地唠叨的大维，心里暗笑。她不怕塞车，她的时间不怕浪费在等待上，她慵懒而舒适的坐姿，就跟坐在阳台的椅子没什么区别。

半小时的车程，他们走了快一个半小时才回到家。打开门，沈笛习惯性地朝鱼缸的那个小孔的位置瞄了一眼——那团黑影竟然消失了！沈笛小跑到鱼缸前——她竟然不在那里！那群发财鱼被沈笛的忽然到来惊吓得四下乱窜。沈笛找遍了假山、水草，甚至石子缝，都没有发现她！

"天啊，她不见了，她不见了！"沈笛冲大维喊叫。

他们几乎将鱼缸翻了个遍，就连底座的循环水箱、过滤网，甚至放鱼食的柜子都找遍了，她都不在那里。

沈笛觉得头皮发麻。怎么可能？那只孔，只有一元硬币那么大，她怎么可能钻得出去？

大维也觉得此事蹊跷。不过，等他们快将鱼缸翻个底朝天后，他果断地结论："它被它们吃掉了。"这是唯一的可能。

沈笛一听到"吃掉"这两个字，惊悚地叫出了声，身体不由自主地抖动了起来。"怎么可能？怎么可能？……"她恐惧的反应激起了大维的保护欲。他把她拖到沙发上，紧紧地搂着她，用武力摆平她的抖动，用自己的身体去摆平她的情绪。他对她只有这一招。如同她每次跟他闹别扭一样——他二话不说，将她的意识统统收齐到身体的快感中。

"性是一种理想的调解通道，它可以绕过头脑，抛弃理性，直接进入一个欢乐境界。"大维在一次读书沙龙上这样说过，台下的一群妇女把手掌都拍红了。

就像某个机关被大维扭开了，沈笛不受控制地轻声哼起来……

蓝鲨果然是底层鱼类。那三条新买回来的蓝鲨，一直匍匐在鱼缸的底部游行。偶尔上升，也只在中间地带往返。它们小心翼翼地跟其他鱼类保持着距离。如果不是它们丝毫对那只小孔不在意，沈笛都会产生错觉，有三个她在那里边，又像是她的三个影子在摇头摆尾。它们长得太相似了，无论个头还是体态，就连吞吃食物时四处流转的眼神都是一致的。可是，她的确跟它们又太不一样了。沈笛怀疑，那个逃跑了的她，其实并不是蓝鲨，只是外形一样而已。

沈笛始终认为她并不是被"吃掉"了，而是从那只小孔逃出去了。

"能逃到哪里去？你倒是说说看。"等沈笛从恐惧中平静下来，大维跟她辩。

"她在那个小孔转悠，不是一天两天了，她每天都在谋划着从那里逃跑。"

"亲爱的，就算它真的每天都想从那里逃跑，可现实是，它的身体怎么能通过？你要有充分的理性。事情不是想想就能实现的。"

"也许，也许，她每天都在练习呢。"

"练习什么？缩骨功？"

"……"

"好吧，就算我同意，它刻苦练就了缩骨神功，它从这小孔越狱了。那么它钻到哪里去了？这个密闭的水箱里，什么也没有。我们甚至连桌子、沙发底都翻过了……"

沈笛是辩不过大维的。从来都这样。

"可是，证据呢？她被它们吃掉的证据呢？"

大维在鱼缸前转了片刻，不知是对鱼说，还是对沈笛说："他妈的，这群发财鱼也真够狠，吃得连骨头都不剩一根。"

现在，那群发财鱼成群结队地在鱼缸里游来游去，仿佛在朝新加入的那些家伙确认自己的领地。那几条新鱼，既谨慎又新鲜，它们用尾巴一摇一摆地交谈着。有几条鱼不断用嘴去翻检缸底的小石子，觅些食物的残渣，偶尔撬动出石子挪位的声音。这些声音使沈笛的胃一阵抽搐。

沈笛的眼睛就像个摄像头，一直盯着那小孔。就像过去那样，那里间歇性地冒出一串水泡，咕嘟咕嘟，现在沈笛看来，有什么东西刚从那里遁走了。沈笛坚持认为——这就是她越狱的痕迹。

"你是说，这些水泡就是她越狱的证据？哈哈，你等于在对一个律师说，因为所有人都说人是他杀的，所以肯定就是他杀的。亲爱的，你要动动脑子……"

新鱼的加入，很奇怪地，使这只鱼缸仿佛变成了另一只鱼缸，它的改变不仅仅是里边的鱼世界，就连在大维的嘴里，这只鱼缸也变成了——这该死的鱼缸。他当然不是对那条死去的蓝鲨耿耿于怀，而是对他眼下摊上的一件烦心事感到焦虑重重。

那天傍晚，沈笛坐在沙发上，喝着一杯下午茶。这杯茶喝得有点晚了，是因为她中午补了一个长觉。自从那条蓝鲨越狱之日——她还是不能接受她被吃了，沈笛晚上总是睡不好，有几晚甚至彻夜不眠，生物钟被打乱了似的，她又不愿意吃安眠药，反正她不上班，白天可以补睡。沈笛喝着这杯茶，看着窗外混沌的夕阳，也不知道为什么，每次睡饱之后，面对这种金黄的颜色，以及这安静的环境，即使身处自己熟悉的家中，她都会感到莫名其妙的不安。她抱着茶杯，渴望的却是握着亲人的手。是的，她此刻从来没有那么想念他。她需要听到他的声音，闻到他的气息，以确认自己没有从这世界逃跑。

沈笛侧耳留意着门口的方向。当门锁转动的声音响起，她就像一只敏捷的猫咪，飞快地扑了过去，以至于门还没打开，她就已经站到了门边。

大维一进门，就被影子一般的沈笛吓了一跳。他并没有把她抱住，他的身体虚弱得不堪一扑，他差点被沈笛压倒在墙边了。

沈笛好不容易才站稳。大维也站稳了，重重地呼了一口气，"怎么啦？"沈笛闻到了一股腥臭的味道，是那种消化不良的胃气。

沈笛没接话。她觉得莫大的冤屈，她不知道该怎么对他说自己的心思，她只是像只猫咪一样，无声地跟在他背后，跟着他把背包和外套挂到书房里，跟着他到书桌前拿起那只iPad，跟着他重新走进客厅落座到沙发上。他打开那只iPad，她也凑过头去看，他的手指熟络地在屏幕上划拉几下，一会儿工夫，蹦出了一张照片。沈笛便呆住了。她看到了自己，笑得眼睛只剩一条缝，她也看到了大维，他们头碰着头，各自手上举着两只鱼缸，里边的那几条鱼，现在正安闲地游弋在他们右侧的大鱼缸里。这些鱼顿时消灭了沈笛对这张照片的陌生感，这就是那天他们去水世界让老板娘拍的合影。

"我们在这里。"是沈笛那天发的微博，地图上的红点还没消失，花港路。

"什么时候发的？"

"就是那天，堵车的时候。"

大维呼出了一口气，跟刚才那口气的味道一样。沈笛这才意识到大维的情绪不对。

"这张照片差点把我搞死了！"

"为什么？"

"你不是不爱发微博嘛……我太久没进你那里看了。"

紧接着，大维的手划拉划拉几下，又翻出了一条微博，那上边放着两张图，一张就是沈笛那条"我们在这里"的微博截图，另一张呢，也是一张微博截图，放大了看，是大维的一张单人照，内容只有一句："我在澳洲圣安德鲁大教堂前为此刻抗争的弟兄们祈祷。"两条微博发出的时间，日期一样，前一条显示的是上午的十时三十七分，后一条显示的是上午的十二时零三分。

这条署名"跟你丫死磕"的加V博主，截取了沈笛和大维同一天的微博图片，写着："一个人不能同时蹚进同一条河流，知名律师大维却可以同时身处越城和澳洲，缺席林照案真正的原因是什么，到底是'我们在这里'还是'我在这里'？求真相！！"

读完这一段话，沈笛全身如被冰浸，一把将摆在大维膝盖上的iPad夺了过去。

天！短短一天之内，这条微博竟然转发五万三千四百五十六次，评论有两万四千五百七十八条。

沈笛逐条浏览那些评论，越看心里越慌，就像闯下弥天大祸。从那些评论里，她大致知道了"林照案"的基本内容。

……

沈笛的那只红点标在与法院所在的政法路几乎平行的那条花港路上。那只红点成了大维故意缺席的一个证据。

沈笛觉得血液都停止流动了。评论里全是不堪入耳的斥责、攻击，甚至还有人骂到了自己。

她丢下iPad，寻找着大维——他不知道什么时候已经离开了沙发。"怎么会这样？怎么办？"她从沙发上跳起，跑到几个房间去找大维，连鞋子都没穿。

大维在厨房里，东翻西看，不知在找什么。沈笛这才记起，还没做饭。那些被切得薄薄的鱼片，还摊在冰块上，还没被放进辣油锅里，几个小时了，它们已经被冻得惨白惨白的。

大维从冰箱里取了罐可乐，又走回客厅。沈笛还是像个影子一样跟着他。"怎么办？事情到底会变成什么样？"沈笛不停地问。

"大体解决了。只能这样了。"大维话音未落,"噗!"可乐罐里冒出了一股清冽的气。

"怎样?"沈笛怀疑大维是在安抚自己。

大维咽下了一大口可乐,眉头条件反射地皱了起来。

沈笛没料到大维会那么平静。平静得让她觉得——害怕。她仔细地看着大维的脸,喝下那口冰冷的可乐,不知道他是爽,还是恼。

"我帮你发了一条微博。"很快,大维打出了一个可乐的嗝。

在沈笛的微博上,在四十七万粉丝簇拥着的空旷舞台上,这条发于今天下午三时十一分的微博是这样写的:

"致老公@大维的一封信:老公,对不起,我撒谎了!四月十二号,你因要事到澳洲,没能陪我去买鱼,我在微博上发了张过去我们一起买鱼的合影,希望你在澳洲能看到,没想到竟有人质疑你有意缺席当日的林照律师团。我为自己一时无聊闯下的祸感到羞愧!"

这条微博转发三万三千四百六十七次,评论七千六百七十八条。是沈笛有史以来最受关注的一条。

下午三时十一分,沈笛正睡得深沉,也许,还打着如雷的鼾声也不一定,谁知道呢?

"这样,就能解决了?"沈笛一脸茫然。心里说不出什么滋味。

大维习惯性走到鱼缸前看鱼。"谁知道呢?总是会有些搅事的人跑出来死磕,那件去澳洲的要事是什么?甚至会去人肉出那家买鱼的店……不过,水搅浑了,总会好一些。"话说间,大维朝鱼缸扔进了一勺鱼食,引起了一阵争抢,水底的沉淀物翻卷了起来，一片浑浊，就像马蹄在战场腾起了杀气。

这个夜晚，因为白天睡饱了，沈笛一直没有睡意，当然，还因为她心里不痛快，她没有开口问，但她心里想：他总该对自己解释一下，或者申辩一下。

大维也一直没有想睡的意思，不知道他还在烦恼白天的事，还是烦恼着沈笛的不痛快。

过了不知多久，大维开始动作起来了。如同他们过去每一次生闷气的结局，他把那些痛快的液体，注射进了沈笛的身体，治疗沈笛的不痛快。这样，那些内啡肽汁液饱满地灌满了沈笛的脑子。

结束之后，沈笛心虚地问大维，是因为，因为要去买鱼吗？大维在即将被袭来的睡意冲决之前，咕哝了一句："这帮人，太不理性了……"

沈笛不再上网看任何消息。她不想知道自己的道歉是否有效。网络上的事，冒一阵热泡，自然就会烟消云散的。她像过去那样，把自己打扮得时髦青春，看上去如同未婚女子，一个人逛街，购物，吃美食，刷卡的时候，她脑子里的内啡肽会活泼地游来游去，就像一群鱼碰到了一勺鱼食。其实，她从大维的烦躁里，隐约知晓了事态的发展。在家的时候，大维总围着那只鱼缸转悠，频率很高，鱼跟着他的身影，游向这边，游向那边，刚开始以为他要发放鱼食，久而久之，发觉受了愚弄，就不再跟随他了。"这该死的鱼缸。我早就说过，不该轻易改变风水的。"

几天后，大维真的去了澳洲。是为了那件"要事"去的吗？谁知道呢？沈笛并没多问。她只是将他七天换洗的衣服整理进行李箱。大维的衣服都是沈笛包办的，外套一律是质地精良的休闲西服，裤子一律是韩版的窄腿裤，袜子一律是矮矮的船袜，刚好没入舒适的鞋子里，走路，脚踝必现，坐着，二郎腿一跷，露出几寸瘦长的小腿来。他被打扮得越发年轻了。每当他那样穿着出门，沈笛就像看到自己满意的作品公布于众。

一个人在家，房子那么大，沈笛有些害怕，她把所有能打开的门窗都锁上了。接完大维那通有两小时时差的电话后，她靠在床上，盯着墙上那张硕大的婚纱照看。两年前，他们在三亚拍婚照的情景她还记得很清楚——那个尽职的摄影师，端着相机，扑到地面朝上拍，据说这样会显得人高大些。他不断指挥沈笛摆造型："美女，表情不要太夸张，只要傻傻地看着老公就好了……"

她傻傻地看着墙上的大维。

她躺下去了。她不需要在意睡着，更不需要用理性来干预自己的睡着，她放任着自己的意识，直到这些意识逐渐下坠、弥散。

在这张大床的正前方，架着一只摄像头，正对着沈笛的身体。她只想取下这一夜，当作自己的证据。

病鱼

八块钱不打表，全程不到五分钟。出租车停在马王巷口，司机笑眯眯下车，打开后备厢，稳稳放下我的行李。这路程要是在广州，司机的脸会比锅底还黑。

从巷口进去，还有五百米才到地质局宿舍。那只新买的拉杆箱，轮子被路面咯噔咯噔弄得很响。我的样子，像个游客，误闯入了不是景点的地方。这是黄昏时分，巷子几乎没什么人，坐在老房子门厅里的老人，在薄薄的暮光下，认不出这个老孙家的女儿。他们要等到次日才慢慢知道，老孙那个出去"捞世界"的女儿回家了。这里的人，但凡离开，都被认为出去"捞世界"，一度，他们还认为除了这个小城外，所有的地方都是"北方"，统统外地人都是"北方人"。

就像出国回来的人要倒时差，一进这个小城我就要倒空间差。如同进入一个小人国，房子、街道、车，甚至人，仿佛微缩了一倍。前方走过来那个矮小的人，朝我挥着手，加快了脚步，是我的母亲。她似乎也小了一倍。

母亲在窗边听到了拉杆箱的声音。"我猜就是你。你爸还不相信。"她得意地笑了。当门那排雪白的烤瓷牙，是去年在广州过年装上去的。我用另外一只手，搂着母亲。

"你爸真的越老越顽固，害你浪费那么多钱。"母亲不好意思地看着我。

"还好。"

几天前，我还在电话里冲她发火，埋怨他们不服从安排给我带来的麻烦，我甚至专找他们的痛处戳——你知道吗？国际机票退掉，要损失一半的钱！这两个老人，听到浪费钱，就像浪费生命一样心痛。

"你爸说今年不能跑了。他，呃，养了些鱼，哪都不能去……"母亲似乎有些怕我——是那通电话的后遗症。

离婚后我就执意不回家过年，团圆饭的桌子会让我如坐针毡。连续四年，我带着父母东跑西跑，第一年跟旅行团欧洲十国游，第二年在东北数着雪花听新年钟声，第三年在三亚的沙滩写下新年贺词，去年，是在广州我自己的家，在熙熙攘攘的花市里挨过了大年夜。今年，本来订好了去新马泰，后来父亲不干了。

母亲的表情弄得我有点沉重，加上倒空间差的那种心理感受，就没多说什么。

地质局宿舍门口，不堪一击的铁门象征性地闭着，隔宿的气味像猖獗的老鼠钻出来。门口那几级楼梯边上，人为地加出了一截钢管，J形，一直延伸到铁门。母亲下意识地扶着钢管登上了那几级楼梯。"五楼李伯伯儿子装的，李伯伯中风后，走路不方便……"几级楼梯使说话的母亲不那么流利，"装了不到一年，李伯伯就没了……"

就算闭着眼睛，我也能在这暗沉沉的楼道里找到家门。母亲却像主人领着客人一样，让我觉得不舒服。这是我拒绝父母去接站的原因。

打开门我就笑了。尽管母亲已经多次预告过，父亲弄了个鱼缸，但我没想到鱼缸这么大，是落地的那种。老房子空间狭小，加上光线又不好，这家伙如同外星人入侵地球的座驾，散发着蓝晶晶的光。

父亲从鱼缸的背后猛地闪了出来，就像小时候在拐弯处等着吓唬我那样。

"啊哟！"倒是母亲被吓了一跳，"老头子，发神经啊！"

从母亲喋喋不休的埋怨看来，在回家前，他们就已经开始争执。这气氛我并不陌生。我猜母亲更在意父亲把钱扔进这个大鱼缸里。

父亲一句没还嘴。他的热情全在这鱼缸上。我还没来得及脱掉鞋子，他就忙叨叨地开始炫耀这些鱼。

"小妹，你看，这些鱼，红得多漂亮，他们说，叫发财鱼……"

鱼就几种，那些红色的发财鱼居多，有几条黑的，几条五彩的。水草倒是不少，绿绿的漂在水中，跟真的一样。父亲好像认识它们，指着这条说，前几天还有点傻，不吃东西，今天倒精神了……这条最爱打架了……说着说着，母亲也加入了。她指着角落那条精瘦的发财鱼说，这个满崽，养不大的，肚子薄得像刀片。

"嗯，这个满崽，白吃了我们那么多。"父亲用手指敲着鱼缸。

他们叫它满崽。我爆发出一阵大笑。父母也笑了。满崽削尖脑袋正在撬石子底下的食物残渣，毫不知情。

说起来，满崽现在怎样了？

母亲没了笑容："你还记得满崽？"

在我给他们换的那张皮沙发坐下去，父亲摆起了他那套功夫茶具。茶三酒四，一直像家训一样遵守。小茶盘上，三只小杯，三口人。

"小妹，满崽现在是孤儿了。"母亲一口喝光了那小杯里的茶。

我并不震惊。现在，天大的事都不能吓到我。在我看来，没有比离婚那天，在民政局门口，那女人揿着喇叭催我前夫上车那一幕更令人心惊肉跳。我的心肠患上了硬化病，痛症在父母身上扩散。不止一次，母亲抹着眼泪对我说："哪怕有个孩子，都不会那么容易被拆散。"我报以恶狠狠的反驳："我最讨厌看到你们这个样子，有孩子就不会离婚？离婚跟孩子有什么关联？"很多事情，发生得突然，没有任何由头，像母亲活了一辈子还在找由头的人，太无知了。我希望有谁来反驳我，那样我就可以趁机大吵一架。可那个最喜欢反驳我的男人，已经滚蛋了。

回家无非就是聊旧事，在这个一成不变的地方，我们聊起了那个满崽。

满崽是父亲老同事杨叔叔的儿子。父亲当年因为华侨成分不好，大学毕业后从江苏支边到这个小城的地质局。杨叔叔的命运也一样，他来自广东湛江。第八地质局。这是我认得最早的几个字，印在父亲每一件工作服上。杨叔叔比父亲大一些，老来得子，夫妇俩恨不得把身上的肉割给满崽吃。记忆中，满崽不爱吃米饭，他只吃肉和零食。那年月没什么可吃的，杨婶婶手巧，用各种水果和蔬菜腌成美味的酸，储在大大小小的醋坛子里，还会晒牛肉干、猪肉干、番薯干等等。他家阳台上长年高挂着一个藤篮子，里边总会晾有吃的，我和满崽像猫一样，伸着长长的脖子打主意。杨婶婶在床底藏有一个瓦坛子，捉迷藏的时候被我们发现了，我们一勺一勺地挖坛子里边的东西吃。杨叔叔下班回来，看到床边横竖卧着两个小人，酒气冲天，瓦坛倾斜在地，里边酿的甜酒糟，被挖得差不多了。

"那时才多大点？你四岁，满崽六岁半。"陈年旧事，讲不厌，也悄悄地消解了母亲和父亲的怄气。

"满崽就是老不吃饭，才会长成倭瓜丁的样子，他有没有一米六？"

"不会有，看起来比小妹还矮。"

早些年，杨婶婶生病去世，后来，杨叔叔也走了，剩下满崽。母亲说，他那形象，怕是一辈子再娶不到老婆了，可惜你杨叔叔一表人才，也没遗传下来……

杨叔叔的确一表人才，不过我知道母亲指的是他的外表，她一贯认为杨叔叔仅仅是个书生。二十世纪八十年代，国门开闸，华侨终于可以返乡探亲，偷渡到印尼打工几十年的杨爷爷，年近八十，夙愿就是来看看他的儿子。那年月，宿舍是那种统一分配的小两居室。杨叔叔硬着头皮找局长，想借用一楼那间值班房给老父亲住。老局长是退伍兵，最看不起杨叔叔这类书生，对他们一直沿用"臭老九"这个称呼，他没在"臭老九"杨叔叔的申请条上签字。杨叔叔只好求助于我父亲，让满崽到我们家阁楼借住几个月——我父亲在客厅搭了个阁楼，据说是预备老家来人住的，不过也没用几次，充当了杂物间。父亲看不下老局长的霸道，力劝杨叔叔继续争取，华侨归国探亲是国家政策，要给好的待遇，再说，老华侨看到儿子生活条件那么差，怎么能放心？杨叔叔犹豫再三，放下面子去求老局长，依旧遭了冷拒。父亲一气之下，拎起一张报纸闯进局长办公室。那张《人民日报》顶上有一篇文章，呼吁重视高级知识分子。父亲将这张报纸作为武器，威胁老局长。可是，那个大老粗没被《人民日报》唬住，再加上山高皇帝远，政策的飓风刮到我们这个小地方早变成微风，哪里挡得住一个单位头头的威风？父亲失败而归。两个身世一般的哀兵在一起喝酒，喝得微醺，杨叔叔连喊了几句："以实玛利。"大学历史系毕业的父亲一听，酒醒了一半，才知道，杨叔叔竟然还是个基督徒，从小就抄《出埃及记》。父亲忙把杨叔叔的嘴捂紧。世事难料，一个信洋教的"臭老九"，保不准又会被打下十八层地狱。

　　还是母亲给父亲出了个点子——去跟局长说，要是不借，就写你大字报，揭发你擅自指挥地质局的车和职工为自己岳父搬家。这事情谁都不敢吭声。母亲说，一吓他，准保答应。果然，值班房的钥匙顺利到手。不仅如此，老局长从此再不敢当面呼他们"臭老九"，多少让这两个知识分子感到了"扬眉吐气"。母亲为此得意了一辈子，这是她的"战利品"。

　　父亲和杨叔叔也有"战利品"。地质局宿舍几次搬迁，那件"战利品"都没被遗漏。算起来，四十多年的老东西了。在我一岁几个月大的时候，还没住进单元宿舍，地质局的房子散落在郊区的一座山腰上。我们住的是一间平房，屋门口有菜地，屋背后有山泉，父母上下班要爬半小时山路。外婆从老家来带我，兼种菜、烧饭。有一天，父亲下班后邀请杨叔叔来收获成熟了的葫芦瓜。走到菜地，回头朝屋里望一眼，两人顿时腿软——我独自坐在饭桌上，双脚垂落半空，离我不到五米远的门边，一条擀面杖般粗的金环蛇正昂起头，虎视眈眈，垂涎三尺。父亲说："那两条胖嘟嘟的小腿，在桌子下晃来晃去，我和老杨魂都吓飞了。"接下来父亲的描述，实在有点像给小孩子编睡前故事一样，很是离谱的。他说，他跟杨叔叔情急之下，只找到身边一把扫帚和一条做菜园篱笆剩下的长竹片。用这两件武器，竟把这条金环蛇抓住了，弄死了。"没有其他人帮助？""哪里敢喊，大气都不敢出一口。"父亲笨拙地比画着当时捕蛇的情景。要不是那条金环蛇四十多年来都被囚在那个玻璃缸里，谁会相信，这两个手无缚鸡之力的书生，仅凭一把扫帚一根竹片就捕到了一条毒蛇？他们甚至连智斗都谈不上。那条泡在米酒里的金环蛇，已经不止擀面杖粗了，颜色还鲜亮，蛇鳞还泛光，盘踞得安详，眼帘紧闭，看上去就像在冬眠。杨叔叔生前跟父亲喝过无数顿酒，没钱的时候甚至喝过木薯酒，但却从没打过这坛酒的主意，他说："以实玛利。神听到了，神助我们，敬众神酒。"这坛蛇酒已经泡了四十多年，没喝过一口，酒已下降一大半，倒是被时间偷喝了去。

讲起这段经历，母亲都会万幸我那时什么都不懂，要是懂得害怕，可能就没命了。"以实玛利，以实玛利。"杨叔叔经常挂在嘴边的这句话，因为顺嘴，也被母亲学了去，那口吻，就像在说"菩萨保佑，菩萨保佑"。

出于好奇，我问母亲，满崽现在做什么？

母亲隔了好一阵才说："无业游民，没读好书，又不懂什么技术，帮饮食店送送外卖也是有一搭没一搭，杨叔叔这辈子好没用，连儿子都帮不上……"

关于满崽的现状，母亲似乎不愿意多说什么。不过我也能想象得到。

晚饭的时候，大概因为自己一直引以为荣的女儿回家了，父亲脸泛红光，拍着母亲的肩膀，高兴地说："我呢，这么一个没用的人，能养出一个有出息的女儿，这辈子是很满足了。"母亲撇撇嘴。"当然啦，也有你刘利英一份功劳的。"父亲将酒杯碰了一下母亲桌前的那杯饮料。

还没到年夜饭，父亲就嗨起来了。我这个"有出息"的女儿，只好陪着父亲喝酒。我的酒量不比父亲差，跟前夫白手起家成立公司那一阵子，我们的酒量在各种饭局练得上乘。赚钱之后，那男人说给我父母买一套房，因为我父母一直倔强不肯搬离这个小城，没要，后来那套房子给了另外一个女人，我父母自责至今，在我提出给他们在小城买一套新房的时候，他们表现出了更为决绝的态度，受虐似的死守在马王巷。

深夜，躺在我睡过多年的那张旧床上，没什么心事，倒像是认床般难以入睡。辗转至后半夜，即将被睡虫咬痹之际，迷糊中看到床前一条黑影，窸窣挪近，我吓一跳，喊着坐起来。黑影也被吓出了声。原来是母亲。她怕我的被褥不够暖，想进来探探我的脚底，就像小时候那样。我亦记得这些细节。结果我们相互被吓着了。

"妈，以后再不要做这些，会吓着你。"

"哦。"

母亲讪讪地出去了。

我又彻底清醒。月光从窗帘的一角漏进来，悲伤也漏了进来。这些年独居，深夜里稍微一丝动静都会引起警惕。不知不觉中，我已经成为这样一个讨厌的中年妇女，穿戴着用疑心缝制的猬甲，皮肤上长满了长短不安的刺，即便住在家这个地方也不能脱下。

第二天早上，我陪父母去购买年货，在嘤嘤嗡嗡的露天菜市场，走几步路，就会有一个人热情地过来攀谈。"宝贝女儿回家啦""老孙，你女儿捞世界捞得很掂啊"。无一人直接对我发问，一如他们一贯对新鲜事物的态度——熟人的转述更可靠。当然，也有人会扫兴地问："女儿一个人回来？女婿呢？"父母从不告诉他们我离婚的事情，我猜那人多少已经知道。母亲天真地认为，他们对这里什么事都清楚，可对外边却一无所知。

在这个小城，除了回忆童年趣事会带来些许意思，当下，就如脚上所踏的地方，烂菜叶被脚碾压出的汁液和痰液搅拌在一起，黏糊得让人挑不起一丝好感。我无聊地站在一个鱼档口，等着老板杀我们买的那条桂花鱼。忽然，母亲扯了扯我的衣角，示意我看旁边那个鱼档。我望过去，那群正在鱼池选鱼的人边上，有个小矮人，一边朝人堆里挤，一边将一个夹子伸进一个人的衣袋里。不到一分钟，那夹子钳出了一沓钱。

不知道还有没有人看到这一幕。我张望一下，本能地想要喊出声，没想到父亲狠狠地拽了我一下，低声说："别叫，是满崽。"

是他？我的心一沉。

那个背影如少年一般的他，动作麻利，得手后还不忙着离开，他扯高了嗓子朝鱼老板嚷："给我一副鱼肠。"鱼老板无暇理会他，要是生意闲的时候，他会在篓子里，翻捡出几副肠肚，像打发叫花子那样扔出去，可眼下他没工夫，他连手套都没戴，两只长年被水浸泡得惨白肿胀的手，一直在鱼池里捞来捞去。

见没人理会，满崽才转身离去。这下，我看到了他的脸，挂着一抹得意的诡笑。就像对着一面布满水汽的镜子用风筒吹头发，不到几秒钟，那镜子就现出像来。偷摸出一小块牛肉干，或者发现了藏在米缸里的几个柿饼，满崽就会这样笑着，分给我一点吃。

几乎是一瞬间，我成了满崽的同伙。我一直盯着那个人看，尽管口袋的里布像舌头一样伸到了外边，他还毫不察觉。现在，他满意地挑到了一条白条鱼，那鱼挣扎着差点蹦出了他的双手。

我们没法继续按计划前往香烛店去买祭拜用的东西。也许这些东西并没那么要紧，父母不见得会信什么，但是，过年过节，他们会在阳台设个供桌，烧香燃烛，朝西天方向深深拜下去。父母的故乡都不在这里，他们祖宗的坟茔就是空茫无边的西天。每一次跪拜，母亲都会朝天上唠叨：请老祖宗来我们家吃饭，坐坐，山长水远，老祖宗多喝几杯，保佑我们一家平安……事实上，在我的记忆中，我家极少有亲戚来探望，过去有不少年节，我们跟杨叔叔家合过。

"妈，你知道满崽干这个？"走进马王巷口，周围得以安静下来，我问母亲。昨天我们聊起满崽的时候，不知基于什么心理，母亲并没提起。

母亲知道的。

其实满崽原先有工作。杨叔叔托人在医院给他谋了个急诊窗口挂号的工作。也曾试着找对象结婚，姑娘们都对这个看上去还没发育好的小矮子深表怀疑，拖拉到三十多岁，杨婶婶在菜市场托人在郊区找了个女人，年龄倒也相仿，就是，第一次见面就挺个大肚子。将就着结了婚，户口也从郊区迁出来了。孩子生下来没到两岁，女人就带着孩子跟别人跑了。据杨婶婶说，那女人受不了满崽上急诊夜班，孩子白天是有爹了，女人晚上却没了丈夫。后来，不知道被谁带坏了，满崽开始搞那些名堂，工作也丢了。

"开始偷东西？"我很怀疑。我断然认为，一个人即使离婚，自暴自弃，也不至于沦落到去偷东西。

"吸毒。"母亲迅速地送出这两个字，好像怕这东西在她嘴里待久了。

"妈，你经常见到他？"

"偶尔。不过，这些买菜的人，口袋里不会装很多钱。"

已经走到地质局宿舍的铁门口了，那截 J 形的钢管，不知道被谁缠上了些喜庆的红纸，看上去却更像是在悼念谁。母亲没再往下说，去掏钥匙开门。我回过头想让父亲先走，却看到那个一路沉默地跟在我们身后的父亲，眼中已经蓄满了泪水。

铁门一打开，我抢先冲进了那暗绰绰的楼道。

大年三十早上，母亲在阳台摆起"供桌"。无非就是把茶几端到了阳台，铺上一块红布，上边放一只香炉，中间摆一只完整的白切鸡，两侧摆一碟水果，三杯茶，四杯酒。在茶几的下边，母亲特意用一只抱枕垫在小板凳上，那样，跪拜的人便不至于因为膝盖难受而草草了事。这一套，我闭着眼睛都能想起，这是我们这种离乡家庭，跟逝去的亲人唯一的联系方式。

　　摆"供桌"是各司其职的。水果、茶酒这些简单的东西，自然是父亲的任务。倒酒的时候，父亲叫我帮忙。他从杂物柜里抱出了那只玻璃缸。"今天破戒，给老祖宗尝尝这宝贝。"他把缸口那些已经快霉烂的布条，一圈一圈地松下来，费力地拔开塞子。奇怪的是，竟然没有浓烈的酒味蹿出来，是一种很奇怪的味道，比腥味淡，比酒味软，有点像古井里冒出来的石头的味道。

　　母亲也从厨房出来看，围观什么仪式似的。

　　塞子一打开，父亲就朝里边喊了一句："喂，老友，你还在睡呢？"他敲敲缸壁，抖抖里边的酒，就像对待一个俘虏。接着又跑到厨房去，拿了一根磨刀棒，悄悄从瓶口伸进去，轻轻敲了敲那家伙的脑门。

　　母亲笑着拍打一下父亲。

　　有那么一刻，我很担心，它会被父亲的恶作剧惹恼了，一个翻身，脖子一昂，吐信如飓风，就像神话那样，瞬间冲出，翻天覆地。

　　父亲让我把碗紧紧抵住缸口。"一滴都不能浪费，四十多年陈的大补酒哇！"父亲总是掩饰不住对酒的贪婪。

　　父亲的担心是多余的。这些酒，迟滞地，犹豫地从玻璃缸

病鱼

里逶迤而出。滑进碗里那些金黄色的，仿佛不是液体，而是一条蛇，以盘踞的状态，渐渐扭化为一摊。我呆望着这摊奇怪的酒。

父亲迫不及待用嘴去舔了一口。近乎本能地，我那套惯用的怀疑机制瞬间启动了，一下子把碗夺了过去。"别喝，可能有毒。"

"傻瓜，哪里会有毒。当年我跟你杨叔叔一起，费九牛二虎的力气，给这家伙拔牙，又用高度双蒸米酒泡，几十年了，毒还藏在哪里？"父亲要我把碗还给他。

"会不会，真有毒？是条毒蛇呢。"这么多年来，每隔一阵，母亲就会用布清洁这个玻璃缸，像给那条蛇洗澡，她却头一回想这个问题。

我把碗攥在手里。我没有研究过毒蛇泡酒是否有毒的问题，或许我得去查一下百度。但我怀疑。

我只能说："当年条件那么差，没有一套完整的工具，说不定毒素没清理干净呢。"

看上去父亲有些不高兴了，他一直试图说服我。

这些酒，分别匀到了四个酒杯里。"只能敬祖先。不许喝。"我强势地命令父亲。

在供桌前，父亲并没有跪到母亲垫上了抱枕的板凳上，他坐在了那上边。他坐了很长时间，直到我处理好几封公司邮件，一根蜡烛快要燃尽了。他跟母亲说，他把老杨夫妇都邀请回来了。母亲边烧纸钱边说："好啊。老杨，老姐姐，你们都回来啦。你们过得好吗？"父亲忽然笑了，他偷偷地瞄了我一眼，对母亲说："老杨刚才对我说了，那酒香啊，真带劲。他已经搞下两杯了，嘴里还黏着呢。"

母亲也笑了："那你就跟老杨喝一口吧。"

父亲冲母亲点点头，看都没看我，就把桌上的一杯吸进了嘴里。杯子被嘬得响亮。

我没有阻拦父亲。我料到，这杯迟早是要喝下去的。

"嗯，真带劲，浓得嘴唇都黏牢了。老杨说得没错。"父亲心情畅快，是酒起的作用。

后来，父亲跪在了那椅子上，鸡啄米般拜了三下。

香火袅袅，加上母亲又在铁桶里烧起了纸钱元宝，一阵暖意腾了起来。我抬头望望远天，还是那种阴鸷的天色。

不知是因为气温低的原因，还是水被污染了，鱼缸里一条发财鱼在一夜间，额头上长出了两个白脓包，而且左眼暴突。这个发现让父亲心情很不好。围着一条生病的鱼，父亲在鱼缸边转来转去。他说，这两个脓包很像他前些年做胃镜时看到的溃疡，要不给它吃点消炎药？母亲赶紧制止了他。鱼和人哪能一样？

水族馆卖鱼的那一家外地人，早早就打烊回家过年了。父亲大清早跑去敲门求助，房东告诉父亲，元宵节后才正常营业。这时，才年初四，窗外稀稀拉拉地还传来鞭炮声。

我在网上搜索给鱼治病的方法。过滤掉一些有广告嫌疑的答案，我找到了最为科学的方案：在水里加入福尔马林溶液，同时用药饵给病鱼喂服呋喃西林。父亲立刻说要去找药店。他拿着我写给他的那张条子，一趟一趟地跑出去。小城不大，药店就那么几家，过新年，药店的门口统一地贴着一张红纸条：东主有喜。这里的人，认为过年卖药，等于卖霉运。

最后一次，父亲说要到医院去碰碰运气。母亲听说父亲要到医院去，心里不情愿。我也立即阻止他。要不是看到父亲那么紧张，我对那条病鱼倒没那么上心，大不了扔掉再买。可是，父亲还是要往外跑。他抓起那顶绒帽子戴在头上，又跑出去了。这是今天他第五趟跑出门了，他甚至没有睡他雷打不动的午觉。

大约四点多，我和母亲就听到了楼下的铁门响。我猜父亲肯定又空手而归。医院哪里会给一条鱼挂号？又有谁会给一条鱼开药？我这样想着的时候，门打开了，那个满崽像只瘦猴一样从我父亲身后蹿出来。

"嗨，刘阿姨、小妹。"满崽就像昨天才从这里走出去。实际上，父亲和母亲只有到菜市场才能遇到他。

母亲回过神后才小跑到门边的鞋柜，忙不迭地乱翻。翻出了一双男式棉拖鞋，犹豫一下，又放回去。她嘟囔着说，这双太大了，你穿小妹的吧。于是，又翻出一双粉红的。

母亲低头弯下身去，将那双粉红的棉拖鞋摆到满崽脚边。满崽不知所措地搓起了手。"不用不用，我赤脚，有袜子。"母亲制止了他。

事后我们才知道，父亲到医院给鱼挂号，碰巧看到满崽，他无所事事，在挂号窗口陪旧同事聊天，烤电暖器。听说父亲要开药，满崽积极地帮他找熟人，才开到了福尔马林药水和呋喃西林。在父亲身上，我终于理解什么叫"急病乱投医"。

"福尔马林一定要兑水配比例。"仅凭满崽这句话，父亲就毫不犹豫地把他领了回来。

满崽一直在小口小口地喝茶。我和他几乎没有对视过。自他从玄关走进客厅，我的心里就密密地长起了刺。

父亲和母亲不断逗满崽说话，就像他还是那个过家做客的小孩子。

"满崽，你们小时候真是很淘气的。你带着小妹，用火柴棍把孙大娘的门锁堵死了，她站在楼道骂了一个下午，她那口宁波话，没几句能听懂的……"母亲记性真好，"娘稀皮的，娘稀皮的。"母亲学得我们都笑了。

那些趣事，我和满崽听得有味，好像说的那两个孩子是别人。

父亲给满崽又斟满了一杯茶，顺手敲了敲他的后脑勺："你这捣蛋鬼，放屁就爱站到人跟前，一抬手，一枪，大屁就响了。"

父亲的手做出一个手枪的姿势。

"是这样。"满崽忽然站起来，屁股一撅，左手叉腰，右手往天空举出一个"八"字，"噗！"他给屁配了个音！

这个即兴表演，让整个房间轻松了很多。

"我们还以为你将来会当兵呢。问你，长大了想当什么，十次有十次都说，要当兵，要当警察。"母亲笑着说。

说到这个，满崽忽然不笑了。

"我老爸死都不让我参军。高中毕业那年，我打算去街道报名，老爸把户口本锁起来了。那个暑假，我天天到西江钓鱼，差一点就跳了河了。我记得很牢。老头子脾气，死偏的。"满崽说完从衣兜里掏出一包烟，也没征求我们意见，"嗒"的一下，清脆的火苗就蹿了上来。火苗在空中颤动着，有那么几秒钟。烟点得不是很利索。

父亲从茶几底下，摸出一个小杯子——那是父亲平时一个人在家喝酒用的，放到满崽跟前。满崽顺手往杯里弹了一下。没成灰。

"你老爸老妈，这辈子最疼你了。"母亲叹了口气。

"哼。"满崽从鼻孔里哼出了一句。

我不明白为什么满崽会对参军这件事耿耿于怀。从他的表情看，他是在抱怨着杨叔叔。这种表情，我在公司员工的脸上看得多了，他们总是会抱怨别人，却从不在自己身上找原因。

"搞笑得很，你也太不切实际了，你什么体格啊？"自满崽进来之后，这几乎是我跟他说的第一句完整的话。

坐在身边的母亲碰了我一下。

满崽一声不响，又把烟伸进杯子里弹了一下，一截子灰掉了下来。

"满崽，要接受自己的命运，爱惜自己的命运。你老爸是个读书人，有见识，值得尊重。只是没能遇上好时候。"

"孙叔叔，什么才是好时候？"

我父亲摊开了两手，明明白白地告诉他："现在就是啊。"

"哼哼。"那是两声冷笑。

父亲接下去还想给满崽讲些道理，就像从前对我那样。不过，我认为父亲开场的方向就不正确。遇到这类人，我会先在他身上挑出一百个毛病，彻底打垮他，然后再帮他重新建立正确的人生路径和信念。在给员工培训时我总会说："命运本身就是一道错误的试题，人来到这个世界就是为了修改的。"这几乎是我的口头禅，也是给他们灌服的心灵鸡汤。

可是，满崽没给机会我们。"我老爸……没用。"满崽的声音忽然低了下去，低得像是在呻吟，又像是吐烟那么轻。他把那根没抽完的烟，搁到杯口上，转身走去看鱼缸里那条病鱼了。

那根烟自顾腾云驾雾，也没人敢把它掐灭。也不知何时燃尽的。

福尔马林的气味实在太刺鼻了。直到满崽将清水兑进脸盆，那气味才稍微减轻一些。

现在，满崽脱下了那件黑色的外套。那是一件仿皮外套，买它的人，大概只冲着它发亮的威风。他把毛衣袖子撸得高高的。鱼缸比他还高半头。父亲给他端来了木板凳。他踩上去，同时将鱼捞伸进去。没想到，那条怏怏的病鱼，在鱼捞伸进去的瞬间，立即开始振奋，它左右闪躲，拼命逃离。不仅仅是它，鱼缸的鱼都被动员起来了，四处乱窜。一度，我们甚至找不到那条病鱼。满崽只好将鱼捞取出来，等待机会。

我们站在鱼缸前，几乎屏住了呼吸。我瞄了一眼满崽，他的脸都要贴到水面上了。

鱼捞再次下水的时候，果断，准确，眼看就要罩住那条病鱼了，没想到，那条瘦小的满崽突然窜了出来，直接撞进鱼捞里。鱼捞一抖，病鱼就趁机挣扎了出去。

"哎呀。"我们不约而同地叫。

"这个满崽！"母亲长叹一声。

"这个坏蛋！"父亲又加了一句。

满崽自始至终没吭一句，目不转睛地盯着那条满崽，仿佛眼睛里能伸出一只钩子，将它牢牢钩住。

在我们意识到尴尬的时候，鱼捞已经再次下水。那条满崽不知道受了什么刺激，一直跟在病鱼的后边，仿佛刚才自己的举动增加了它的好胜心。就像玩游戏一样，它使那条病鱼几次虎口脱险。最后一次，鱼捞直接朝满崽罩过去，满崽为求自保，一溜烟射箭一般躲到了假山背后，鱼捞一个回马枪，迅捷地反扑病鱼。失去保护神的病鱼终于受擒。

"哈哈，满崽！跟我斗？他妈的！"满崽将病鱼捞上来，狂妄地笑了。

父亲鼓起了掌，母亲也跟着。

我看着满崽脸上那得意的笑容，瞬间产生了一种胜利的轻快。

"满崽，你过得还好吧？"辅助满崽给病鱼喂药的时候，我没话找话说。

满崽将那颗呋喃西林掰成了两半，小心地塞进病鱼的嘴里。"嗯，马马虎虎吧，你呢？"他回答得有点漫不经心。

"我？嗨，一般般吧。"我故作轻描淡写，压抑着自己的那些优越感。实际上，这些年来，优越感就像我的口红或者眼影，掩饰着我的虚弱，它们不能缺少，出门前我总是会下意识地检查，有没有将它们遗漏在化妆桌上。

满崽抬起头来，扫了我一眼。

"你肯定很好，买这么豪华的鱼缸。"他又打量起了那只硕大的鱼缸，蓝晶晶，像外星人座驾的天外之物。

已经潜沉下去的那种紧张，忽然又升了上来。我没再继续这个话题。

喂好了药。满崽又检查了一下鱼的眼睛。"嗯，我想，应该给它这只眼涂点四环素眼膏。"那语气，倒像是个医生了。在这方面我开始相信他。我到药柜找出一管四环素眼膏给他。

这时，母亲在阳台叫了我一声。她正利用一只网袋，做一只简单的鱼篓。父亲在工具箱里找出了一根铜丝，绕成三圈，将网袋撑成椭圆形。现在，母亲要用线将网跟铜丝固定起来，需要我为她穿针。

"爸，你不该进去，呃，看着？"我一边穿针一边问父亲。

父亲侧过身朝客厅望了一眼，拒绝了我的安排。"没事，不是外人。"

母亲也顺势朝客厅张望了一眼，朝我摇摇头，示意我小点声。

我一直留在阳台。等到这只鱼篓做好，拿进客厅的时候，满崽已经穿上了那件发亮的黑外套，抱着双手赏鱼。

"啊？你把它放回去啦？"父亲和母亲几乎异口同声。

满崽不知道发生了什么，点点头，眨巴着小眼睛，望着我们三个。

"你怎么那么笨，那下次还怎么喂药？"我着急地嚷了一句。

看到母亲手上的鱼篓，满崽才明白过来："你们，又不早说。"

"你真是没脑子，这还用说？"我像训斥公司里一个做错事的员工。

满崽没说话，小眼睛骨碌骨碌一直在转，好像在找自己的脑子。

父亲和母亲一直在为做了一个那么妙的鱼篓却派不上用场而感到可惜。

那条病鱼跟它的同伴会合，劫后重生般欢快。

空气里，有那么一些微妙。很多微妙的时刻，如果都能散发出福尔马林那股呛鼻的气味，我们怎么会忽略它？或者说，如果没有类似福尔马林那么刺激的气味，我们怎么会闻得到它？

满崽说要到厨房里洗手，那条病鱼弄得他手上黏糊糊的。他半晌都没出来。

我蹑手蹑脚走近厨房门口，却被正要走出门的满崽撞了个正着。"你以为我会干什么？"满崽变了个人似的，冷笑着问我。

我一时反应不过来，愣在门口。

满崽盯着我看了几秒，忽然回转身，在灶台的刀架上，准确地抽出了一把刀。他的动作那么准确利落，仿佛此前经过了练习。

我本能地朝客厅奔去，没几步，我就被满崽控制住了。

"你以为我会这样，是吗？"

水果刀架在我的脖子上，满崽另一只手绕住我的脖子。就像电视新闻或者警匪片里的那些劫匪一样。

我的叫声尖得像把刀。我得承认，这是我一生中，最为惊心动魄的一次经历，胜于任何一次。每当我闭上眼睛，回想那个情境，那种浓浓的恐怖很快就会遍布四肢。

满崽架着我，拉到客厅。命令眼前那两个簌簌发抖的老人，只要乖乖拿钱出来就好了。

我已经不听指挥的脑子，还能搜罗出钱放在哪个地方。"妈，床头柜里，我的钱包。"

大概是吓傻了，母亲一步都没挪开，她只是口中喃喃有词，眼睛一秒也不肯离开我。

"以实玛利，以实玛利。"母亲一定又在念了。我的双腿发软，嘴里再也吐不出一句话，我的力气只够我在心里喊："妈，不是这样的，只要拿钱就好了。神听不到的。"

"满崽，你想干什么，有话好商量。"父亲克服了他的恐惧，终于敢跟满崽谈判了。"满崽，你这样是犯法的，快放下刀。"父亲的话带着颤音，一点震慑感也没有。

不过，满崽竟然有些害怕。他一度将刀从我的脖子上拿开，在空气中胡乱挥舞。"不许说话，再说话我杀了她。"

我的脖子被他勒得很痛，其间，我还试图挣扎，越挣扎，他的力气越大。他其实并没那么矮，至少跟我一般高。

母亲从口袋里掏出一只红包。那是她刚才在阳台跟父亲一起准备的，当时她悄悄地对父亲说，满崽还单身，还是孩子，要给的。

满崽愣了一下，随即又挥了挥手上的刀："蒙小孩吗？统统，都拿出来！"

这时，站在对面的父亲忽然开口了，他几乎是哀求着说："让我换下小妹，她去拿钱，行吗？"父亲不知道是朝谁哀求，他的眼光所看向的地方，是两双同样恐惧的眼睛。

父亲真的朝我们走过来了。我绝望地吼叫了一声，用尽了全身的力气，幅度很大地挣扎了一下。随即，我被一阵巨大的刺痛笼罩，那刺痛，砍断了我所有的神经。我挣脱了。

不是我挣脱了。在医院里，那个来录口供的警察说："罪犯逃脱了，你们是认识的吧，你认为那家伙会躲到哪里？"

"差一点就刺到动脉了。"每天来送汤的母亲，说到这句都会抹眼泪。

实际上，拆线的时候，我看到了伤口，没那么危险，那把刀插进了我的肩膀跟脖子连接处，病历上称为"右斜方肌"。

"小妹，以后再遇到这种情况，千万千万不要挣扎。这次万幸了。"父亲一说这话，立即被我母亲打了一下："哪里还有以后？"

"我就是害怕啊，很害怕，很害怕。"想起那一幕，我哭得稀里哗啦的，就像是受了天大的委屈。

出院之后，我得在家继续休养一段日子。那天，父亲和母亲支支吾吾地说要出去看一个老朋友。我猜他们是要去看满崽。我坚持要一起去。

除了斜方肌那个五厘米深的伤口之外，他并没给我留下什么，也算不上什么阴影，就像开车被人追尾了，或者下楼梯不小心摔重了。我母亲说，就当逃过了一劫，因为这事发生得毫无由头，甚至有点无厘头。不是的，一贯善于寻找由头的母亲，跟我一样清楚，要不是那条病鱼，怎么会发生这些？

我们的关系有点奇怪。父亲对那个把我们领到探视室的警察是这么说的："我们是他亲戚。"

说是即将要送到蒙山去。那里有个监狱，既服刑，又戒毒。

探视规定不超过十五分钟。满崽的道歉多次堵住了父亲和我的嘴巴。我以为我们最终会以沉默结束这次见面，后来满崽说起了杨叔叔，冷场才缓解。

"老爸其实并不是那么……没用，他曾经勇敢过。"满崽咧开嘴笑了。

我母亲连声赞同。她替父亲简单讲了一下那个快讲烂了的捕蛇故事。

"嗯，我指的不是这个。老爸只跟我一个人说过，他跟老妈结婚不久，跟着单位造反派去斗一个人，他用了最大的力气，踹了那人一脚，踹到台下去了。他还学给我看，他是怎么踢的。"满崽的脚抽动了一下，"老爸说，要不是那一脚，我恐怕也不能来到这个世界上，我们家也就不存在了。"

父亲整个身子战栗了起来，我们都没留意，他什么时候开始哭的。我听过很多关于父亲和杨叔叔的旧事，这一件我却从未听到过。父亲哭得一点预兆也没有，是否因为也记起了他伸出过的那一脚？我实在不敢往下想。

　　母亲却表现得出奇地平静，一直在轻轻拍打着父亲的背。

　　"以实玛利，真的有神，老爸说，神看到他那一脚了，所以，我注定成了这个样子……老爸给我讲这件事情，是为了跟我道歉。"满崽的眼睛红红的，嘴巴扁了扁，但是没有哭出来。

　　等到父亲好不容易平息下来，警察提示我们时间到了。我和母亲拉起了父亲。

　　警察没让满崽把我们送出门外。站在门边，他忽然想起了什么，对父亲追出了一句："孙叔叔，我曾经努力改变过的，那个，命运。""命运"那两个字，听起来是那么生涩，仿佛这是他最难把握的发音。父亲走在最末，不知道该对他说些什么，只是伸手跟他握了握。满崽拍拍父亲的手臂，说："孙叔叔，你们多保重身体。"那表情，就像在跟一个兄弟告别。忽然，父亲猛地一下子把满崽拉近，一下子把满崽抱了起来。这两个动作很连贯，但看得出来，是很费劲的。父亲喘着粗气说："我以前，经常这样抱你。"

　　被举离地面的满崽，脑袋伏在父亲的肩膀上，他全身耸动着，发出了奇怪的哭声。父亲在他的耸动下，彻底丧失了力气，他一点一点地让满崽滑了下去，滑到了他的胸前，直到满崽双脚落到地面。

　　仅仅喂过一次药，那条病鱼竟然就好了。父亲指着一条鱼，说，你看，它完全没事了。我不确定父亲是否指对了，那些病症消失了之后，这些鱼长得几乎一模一样。我能认出来的，只有那条满崽，腹部薄得像刀片。它经常落单，在一个固定的角落转来转去，偶尔也会追着一串水泡跑远一点。它那么瘦小，让人难以想象，在扑向鱼捞的那个时刻，曾经那么勇。那几乎是它最勇的一次了。

三皮

一

三皮家那三棵挂绿树，管三口人的饭：三皮、三皮爸、三皮妈。丰收的时候，三皮他姐也会从下村骑辆自行车来果园，把两个箩筐装得满满的，在面上盖几张大芭蕉叶，颠颠地骑到集市上卖，换些小孩的营养钱。

三皮从小就精，凡事喜欢换算来换算去。三皮姐载走的两箩筐荔枝，由于是地道的挂绿品种，所以身价会比别的贵，少说也能卖个三百五到四百，等于三皮家一月的伙食花销，等于三皮在镇上网吧玩四百个小时并获赠五张游戏点卡，等于三皮乘二十次中巴往返县城，等于三皮在小卖店买二十五支百事可乐加十包脆脆面，等于……没事可做，三皮能躺在果园的小棚里，算上很长时间。但凡外人取走了这果园里的任何东西，在三皮心里，就要开始换算，换算越多样，仿佛就越变得值钱起来了。

　　三皮姐虽不是外人，但三皮的换算方式不会因为姐姐而改变。三皮姐跟三皮一起共同生活了十来年，三皮到广州念大学之前，三皮还是跟姐姐住在一屋。三皮大学没毕业，姐姐就嫁了。现在，三皮姐没在三皮家住了，就不算是三皮家里的人了。就好像长在果园里的那三棵挂绿树，跟隔壁刘胜利家果园里的树们，即使树叶跟树叶挨得那么近，几乎可以握手、亲吻，都不能算是一家人，因为它们没长在三皮的果园里。

　　在三皮看来，植物跟人没任何区别。种子落地，发芽，生长，开花，结果，最后又落地，都是独来独往，独自完成的。而植物跟植物之间的相处，完全靠缘分。仅仅是缘分。比如说，跟三皮朝夕相处的那三棵挂绿树，没有任何血缘关系，只是从小到大生长在一起而已，都是大自然安排的缘分。

　　三皮跟树相处得久了，也完全接受了自然界的相处道理，无论三皮爸、三皮妈还是三皮姐，跟他相处起来，就像一棵树跟另一棵树相处一样，即使同在一个屋檐下，同吃一锅饭，即使彼此近得只有指甲缝的距离，都亲近不起来，更闻不到血缘在他们之间散发出热乎乎的气味。

　　三皮横竖觉得自己从一出生落地就是个孤儿。因为三皮跟他父母长得一点都不像。三皮爸和三皮妈，在三皮一点一点长大的过程中，无数次对村里人指天发誓，三皮绝对绝对是从他们身上掉下来的肉，绝对绝对是一九八六年秋天由三皮妈耕田三皮爸播种分工明确生产出来的亲儿子。然而，三皮甚至跟这个地方的所有人都不像，他长得太丑了，丑得让人生疑。三皮的左眼比右眼明显要大，看什么都是一副"大细瞅"的怪相；三皮的鼻梁低得如无界的田埂，可忽然间鼻头又兀自肥沃起来；三皮的上嘴唇厚而凸出，可下嘴唇却又无端端地薄了起来，还拼命往里收；三皮的脑门圆圆大大的，但下巴却莫名其妙毫无过渡地尖刻下去……

总之，三皮从头到脚没有一个地方是均匀的，仿佛造物主一直在他身上做一个实验——人类啊，别以为基因的力量有多大，我才是造万物的主，你看，我给关照到的地方，发育是这样的；我不给关照到的地方，发育又完全不同了！作为检验造物主权威的实践成果之一，三皮早就完全臣服于造物主的脚下了。他想，要是将这个世界上最不值钱的东西换算到他身上，也能等于他那些莫名其妙的丑陋的五官再加上他那一米五七比例严重失调的身材。不过，多年来他在读书方面比别人要优秀的这个事实，又让他相信，自己身上最值钱最难换算的东西，一定是自己的脑袋。

十九岁那年，三皮靠自己灵光的脑袋考上了师范大学，让三皮一家在村里很是光荣了一阵。四年以后三皮顺利毕业，正当三皮爸和三皮妈觉得苦日子终于熬出头，三皮就要领工资帮他们脱贫的时候，谁料到，三皮却在那年夏天，背着包袱回家了。

三皮跟所有应届毕业生一样，到过许多家用人单位面试，却没有一家录用他。同学们都被单位"认领"，宿舍里留下三皮一个人孤零零的。三皮并不是在等单位，他早在面试的时候就知道结果，那些人无一例外使他"见光死"。三皮只是在宿舍里，独处。他太需要独处的时光了，当四周跟自己的内心完全高度一致的时候，三皮终于看到了那个多年来一直在关注着自己的造物主，多么得意，多么霸权，随随便便就把他的人生拿捏成一团泥巴。那些时候，三皮最大的心愿就是自己今生能做一棵树。树没有长相的美丑之分，也没有出生地的贵贱之分，树只要一站进泥土里，就凭自己的造化生存，而最关键的是，可以使三皮摆脱造物主在他身上的实验，他知道，造物主是不屑于在一棵树上做实验的，那太没意思了，造物主折磨人类，不就是为了搞点意思吗？

回到家，三皮爸和三皮妈没多说什么，叹口气，摇摇头，就让三皮去做守果园这个最没意思的工作。他们把果园里那三棵挂绿树交给三皮后，就到镇上去做人力三轮车生意了，两人每天早出晚归，三皮就有更多时间在家独处了。

说来也怪，三皮家的挂绿树，自从归三皮管理之后，年年盛产。人们说，这三棵树怕是知道主人是大学生，也都被管得服气，收了野性，好好学习，天天向上啦！还说，大学生管理的树，知识都变成肥料了，能不挂果吗？三皮爸和三皮妈听了这些话，感到酸甜苦辣，好不容易培养出一个大学生啊，到头来却只能管三棵树。村口李顺家的儿子，大专生，现在管一个厂两百多号人，管人的嘴巴管人的脑袋管人的命运，想想都威风。这样一来，再丰收，三皮爸和三皮妈也觉得好没希望。可不是吗？把希望挂在三棵果树上，跟他们祖祖辈辈的希望有什么区别？没区别，就是没希望啦。

去年，三皮家的挂绿树又迎来了大丰收，果子仿佛结得比树叶还多。那些荔枝圆头圆脑，沉沉的，都坠枝了，严重的地方，人走到树下，用手一拨，一串荔枝就欢天喜地留在人的手掌上，死活也不愿被挂回树上了。如果稍迟一些摘，恐怕果实就要一只只迫不及待地往树下跳了。所以，三皮一家整整一天一夜都没睡，赶着将树上的果子都摘下来，生怕这三棵挂绿树等不及了。三皮妈累得腰都直不起来，喘了口气说，多少年都没这样结果了，这三棵树，今年怕是发情了，下那么多崽！

三皮蹲在树底下歇着，听了他妈这话，不由得昂起头来，看这三棵树，只见这三棵树的确异常丰满，身躯壮实却不臃肿，枝条圆润好比女人的手脚，每片叶子都圆圆亮亮，就像女人性感的嘴唇，满树的果实，每一颗都像女人风情的眼睛。三棵树，的确像处于哺乳期的三个女人，全身上下从根到枝连同那叶子脉里也都流淌着荷尔蒙。三皮心里欢喜了，当然，也骄傲——夸这三棵树，就像夸自己女人一样！

其实三皮并不认为这三棵树会结果就是母的。这些树的性别有的时候会变，连三皮都很难甄别，因此，三皮在心里一一把树称为Ta。从果园的门口进去，迎面的那棵最为高大，身材最匀称的，是Ta甲；右边的一棵稍微矮小但是却又最粗壮结实的，是Ta乙；靠左边最接近门口的那棵，是三棵树里最矮小最瘦弱的，是Ta丙。三皮把小棚安在门边，正好在Ta丙的脚下。由于Ta丙矮小，枝丫垂到小棚的顶上，三皮只须站上那张小躺椅，一伸手就能跟Ta丙握握手，亲昵亲昵。

春天的夜晚，三皮躺在果园的小木棚里，偷听那三棵树发情。他发现Ta丙原来是个小美女，Ta甲和Ta乙是追求者。Ta甲虽然跟Ta丙离得最远，但是，却会仗着自己身材高挑、长得又帅，不仅频繁朝Ta丙扭腰跳舞、抛媚眼，还会讲许多甜言蜜语，让风帮传了过来；而Ta乙嘴巴虽笨，但却占有地理优势，近水楼台先得月，时常借助风的力量，用手去撩拨Ta丙。面对

Ta甲和Ta乙激烈的战争，Ta丙却不为所动。Ta丙似乎暗恋着隔壁刘胜利家的一株龙眼树，总是借故侧向龙眼树的方向。三皮躺在椅子上，忙得不亦乐乎。一会儿帮Ta甲求情，一会儿帮Ta乙用手去抚摸两下Ta丙，一会儿又为Ta丙干着急，想着办法溜进刘胜利的果园里，朝那棵龙眼树狠狠地撒了泡尿，舒舒服服地帮这三棵树解了口爱恨交织的怨气。

　　不过，到了秋天，三皮又觉得其实Ta丙是个货真价实的男子汉。秋天是这三棵荔枝树最不爽的季节，干燥。还没走进果园，三皮老远就能听到这三棵树此起彼伏的抱怨声。噼噼啪啪，这些干渴的情绪还时而会爆炸。在这些交杂的声音里边，三皮听到最多来自Ta甲和Ta乙身上，这两棵树像两个老妇女，相互倾诉着这令人抱怨的季节，细细碎碎，还经常翻出若干年前的那些陈年老账——哪一年的秋天是最大度的，只干燥了那么一两周就消停了，哪一年的秋天比现在还小气，对面山岭的一棵树实在忍不住，自己冒起了火，自杀了……Ta甲和Ta乙相互抱怨的时候，矮小的Ta丙，更多是在沉默地忍受着。Ta丙粗糙得就要裂分两边的树皮，就像绷着一副紧巴巴严肃的脸，那蜷缩的枝条，仿佛是因为忍耐而握起的拳头，而泥土底下那些不为人所知的根，在多么严谨而努力地为树干传递着仅存的水分。三皮走到Ta丙跟前，立即听到一种粗粝浑浊的呼吸声，同时感到一股刚毅的男子汉气息。三皮用手轻轻抚了抚Ta丙，Ta丙却一点不为所动。三皮觉得这个样子的Ta丙，跟自己很相像。

　　跟Ta们相处的日子，三皮觉得自己像这个果园里的第四棵树。他成为Ta们中的一分子，他把自己排成Ta丁，陪着Ta们，守着Ta们，听Ta们说话，帮Ta们争取一些举手之劳而获得的权益，Ta们自然就把三皮当成Ta丁了。三皮一旦成为Ta丁，就能感觉到自己的双脚变成了泥土里的树根，头发变成了树冠上婆娑的绿叶，两手一平摊，就像撑开的树枝一样招来了四面八方的风，这风经常将三皮一抬，就抬到了树顶上，三皮顿时像树一样魁梧。这些时候三皮有说不出的爽！

二

Ta，其实是三皮之前认识的一个网友的名字。Ta跟三皮果园里的那三棵树不同，Ta在网上陪三皮，听三皮说话，陪三皮发泄，跟三皮一起打网络联机游戏。

初春的时候，三棵挂绿树乖乖地待在果园里，开花、受粉，等待果实的孕育，享受着生命最妖娆也最奇妙的一个季节。三皮在这些时候也是最自由的，他完全可以不必待在果园里。南方春天暖和、晴朗，三皮徒步一个半小时到镇上，也不觉得乏累。那段时间，三皮天天到镇上的网吧里等Ta。哪天在网上见不到Ta，心里就空荡荡的。

三皮喜欢约Ta打网络联机游戏，他俩配合得很好，无论是三皮经常玩的《魔兽世界》还是《求生之路》，Ta都是三皮默契的搭档，就算三皮趴着被狙，被狙到快要挂了，Ta也不知道从哪里就出现了，能帮三皮转移火力，援助三皮。每当这些惊险万分的时刻，三皮就觉得Ta是他的兄弟，断定Ta跟自己一样，是个他。然而，玩《快乐西游》的时候，Ta又让三皮怀疑为一个女人，是个她。因为Ta时常会建立一个性感十足的女人，有着长长的头发，胸部很大，衣着暴露，眼睛大而黑，虽然网名依然还是叫"Ta",但是三皮感觉到Ta分明就是一个女孩子,而且还是个大胆、叛逆的女孩子。相比而言,三皮更喜欢《快乐西游》里的Ta。玩得兴奋的时候,三皮看着Ta,顶着两只丰满的乳房,在屏幕上,身手敏捷,野蛮凶猛,神秘莫测的样子,三皮喜欢得不得了。

有一次,三皮忍不住问Ta,你到底是男是女?Ta给三皮送了个红唇的卡通画,说,你猜猜看?三皮嘿嘿地傻笑了笑。过一小会儿,Ta反问三皮,那,你希望我是男是女?三皮薄薄的下嘴唇使劲地弹着厚厚的上嘴唇,发出"啵啵"的声音,这是三皮的习惯动作。半天,他回答Ta,是男是女我都喜欢。接着又加了一句——是鬼我都喜欢。Ta立刻传来几个大笑的图案。从此以后,Ta再也不叫三皮的网名"潇洒哥",而直接称他为"兄弟"。

Ta也陪三皮聊天。数来数去,Ta是三皮这辈子说话最多的朋友了,两人相互探讨游戏攻略,犹如高手拆招,但是又毫无保留地贡献着自己的"秘笈",争论激烈的时候,也会相互赌气,和好以后三皮会感到心里一暖,特别特别想拥抱Ta。

看起来,Ta跟三皮有着相似的经历,都是在学校毕业之后就找不到工作了,目前Ta在县城,吃住都靠父母养着。三皮劝Ta不要白白浪费时间,好歹要做一些事情。Ta说,找的那些工作,挣的钱都不够自己买饮料喝。三皮就花了很多口舌,给Ta说起人生大道理。Ta不接话,只是接连回答几个"嗯"字。三皮也不知道自己为什么要跟Ta讲这些,他从来没跟谁说过一套套的人生道理,也没机会说。最后,Ta打断三皮,问,那你为什么不找工作?三皮想了一下,对Ta说,因为家里人必须要我在身边照顾，离不开。他正等着Ta追问下去，谁知道Ta却没再问了。三皮觉得Ta真好骗。

　　三皮不去网吧的时候，躺在果园里，会想Ta。除了回忆跟Ta一起在游戏里并肩闯关的细节，也回忆跟Ta的谈话。只要三皮一想Ta，果园里就沉静了，似乎风也住了，树也被催眠了，剩下三皮和三皮的Ta。想着想着，三皮竟然发现，那个Ta，在他的脑海里，切切实实地变成了一个女孩子，一头飘逸的长发，一双又黑又大的眼睛，虽然个子不高，但是身材很好，胸前顶着两只丰满的乳房。想着想着，三皮又觉得她已经在这个果园里了，在三棵树上飞来跃去，手握兵器，跟这山林里那些看不见的敌人正在进行一场搏杀，好不厉害。三皮眼睛追随着她，从这棵树到那棵树，耳边还传来了那熟悉的"砰砰砰砰"的游戏音效。阳光从叶隙间伸到了三皮的脸上，变成了那女孩温柔的手，要轻轻地抚摸三皮。三皮本能地一闪。三皮的脸，多年来一直接受着他人毫不友善的检阅，含蓄的，直接的，三皮都已经习以为常，唯独对于抚摸这个动作，就连三皮自己都很少做。那女孩乘着阳光而来的手，一点也不因为三皮的躲闪而产生犹疑。那双手的皮肤细细滑滑，温温软软，像一道潺潺的小溪，流淌过三皮那张极不平整极不谐调的脸。三皮感到自己的脸就像一片凸凹不平的山区，那溪水流过，清凉舒适。三皮睡着了。就连睡着，女孩子Ta都像跟屁虫一样跟着自己，在梦里陪伴着三皮。三皮嘴角一歪，很大爷地嚷了一句："老跟着我干吗？自己一边玩去！"

　　三皮在网上漫不经心地说自己曾经梦到过Ta。Ta很兴奋，接连追问三皮，梦到自己干吗？三皮说，还能干吗？打游戏啊。

他说他在梦里拯救了Ta一次，不然的话Ta早就挂了。Ta听了之后，似乎很失望，说，噢……兄弟，你做梦都想打赢我啊！三皮偷笑了。他心里暖暖的，跟Ta的友谊，都发展到梦里了。

三棵树挂果时，三皮到网吧的时间就少了些。Ta见到三皮，表现出了不高兴，责怪三皮久久不来。三皮只好跟Ta说，家里的姐姐要生孩子，他要帮忙照顾。不知道为什么，Ta一不高兴，三皮反而觉得心里舒服。

有一天，快要下线的时候，Ta忽然对三皮建议，要不以后咱们视频？三皮先是吓了一跳。不过，脑子一贯灵光的他很快镇静了下来，他告诉Ta，镇上的网吧没安视频，很落后的。

Ta似乎对三皮的谎话没有怀疑，也就没再坚持，只是说忽然很好奇三皮长什么样。三皮大大咧咧地说，还能什么样？鸟样！跟一般人没区别！Ta笑。后来Ta又建议说，下次来我们上传照片吧，看看大家。

下线后，三皮从网吧出来，徒步走回家，觉得那条走了无数遍的山路陡然漫长起来。他翻来覆去地谋划着，下次再见Ta的时候，要是Ta真给自己传照片，自己该怎么办？他在心里习惯性地进行了换算。要是Ta看过自己的样子之后，Ta再不愿意跟自己玩了，那就等于这几个月来跟Ta的友谊积分归零，等于他以后有难的时候，Ta再也不会出现在敌人面前陪他一起狙击，等于他重新又回到了孤独，等于他以后又只能成为Ta丁……一系列的换算，让三皮感到这山路越走越黑，几乎看不到希望了。三皮慢吞吞地伤感着，仿佛已经跟Ta开始了一次漫长的告别。

Ta真的要三皮传照片。要求了多次之后，三皮只好在电脑绘画板上，给自己画了张脸。这张脸是三皮突发奇想画出来的：脑袋是一只圆冬瓜，眉毛是两根青辣椒，一对眼睛是切片的洋葱，一圈一圈的权当架着一副眼镜，鼻头是一粒大蒜，嘴巴则是一只横躺着的玉米，一颗一粒歪歪扭扭的牙齿，而耳朵，则是这里漫山遍野随处可见的两张蕨菜叶。这些蔬菜每一种三皮都画得很像，保证一认就能认出来了，但若要找出一张人脸来，那可费大劲了。

照片上的Ta果然是个女孩，只不过跟三皮想象中不太接近，并不像《快乐西游》里那个性感又野蛮的女孩。Ta长得一般。

Ta接收到三皮硬着头皮传过去的照片后，并不像以前那么爱开玩笑。她只发给三皮三个字：你——挂——了——！

Ta果然从此再也没出现过，她完全当三皮是一个被她狙杀之后，挂掉了的一个游戏角色。Ta从此真的成了一个不存在的人，Ta仅仅是三皮狂打键盘里那两个大小写的字母而已。

挂在树上的果子已经蠢蠢欲动，种果人的心也开始蠢蠢欲动，他们讨论着今年的收成，相互攀比着果实的货色。三皮家的三棵挂绿树，今年看起来也不负众望，一嘟噜一嘟噜地挂满了枝梢。然而人们看到三皮整天像条死蛇一样，赖在那张躺椅上。他们以为三皮因为看守果园不能到镇上的网吧，犯网瘾了。他们谁也不会知道三皮没了一个朋友。

没了Ta，三皮只好天天跟眼前的Ta甲Ta乙Ta丙一起。人们说，大学生回家没两年，就变回懒蛇的本性啦。当然，也有善良的人为三皮感到可惜，说，唉，龙不在天，在南陂村，还不都得变回蛇？

三

　　说起来，南陂村在粤东地区的农村当中也不算太差，只是由于大多数年轻壮劳力都跑到珠三角打工了，再加上，就连像三皮爸和三皮妈这种有点力气的老年人，这些年也转到南石头镇上去找活干了，所以人少、地荒、果园疏。有见地的人，还真能在这里寻觅到"世外桃源"的安静，但村民们只知道这样下去，以后可能狗都不要来这里拉屎了。

　　南陂村属于南石头镇辖区。南石头镇是合平县底下的一个小镇，屁大点地方，谱却摆得蛮大。就拿镇政府大楼来说，建得简直就像天安门的微缩版，几根华表柱子居然也像模像样地支撑起镇政府的门面。山高皇帝远，南石头镇胆子比合平县还大，所以，县政府领导喜欢来这里搞"视察"活动，他们喜欢在这里那种当"皇帝"的感觉，当然，当的是"土皇帝"。民间流传这样的一句话：合平县的政府是由南石头的石头砌成的。言下之意，南石头就是合平县的基层。在南石头当上了官，有本事的，奋斗几年基本能上调到县里。反过来，那些在南石头当了一辈子官还没摸到县衙门的门的人，都一一被视为窝囊货。

　　在南石头镇的官场里，韩及时就是公认的一个窝囊货。四十七岁的韩及时，自从三十八岁当上南石头镇派出所所长之后，就再也没腾挪过窝。升不上去，掉不下来，生生耽误了一大批人晋升的机会。其实，十来年之间，韩及时也不是没有机会。他有个在县里当公安局副局长的姨表哥，向韩及时承诺过，只要韩及时办一件大案，立一个功，他就担保能把韩及时调到县公安局。韩及时记得姨表哥好几次喝了酒之后，用劲地拍着自己的肩膀，竖起一根指节粗大的手指，说，就一件，一件就成了！

然而，在韩及时任上的这十来年间，南石头镇竟然就没冒出来过一件大案。南石头镇虽然也有灯红酒绿，也讲娱乐讲消费，但由于地方偏僻，外地人少，本地人闯祸，不外小偷小摸，小打小闹，根本摆不上台面的，更不要说立功受奖了。姨表哥那根粗大的手指头，一直就竖在韩及时的眼前，晃荡来晃荡去。

韩及时的老婆对他已经完全失去了耐心，前年她带着上高中的儿子迁到县里去住了，说是为了儿子在县城读好高中更好地考大学。韩及时孤家寡人留在南石头镇，倍加郁闷。下班之后，韩及时没事就拉上几个下属陪他喝两杯小酒，喝得有点多的时候，他总是会伸出一根食指，挨个指着他们，大着舌头说，一件，就一件！多了我不要，真的，一件！后来，人们都在背地里喊他"韩一件"。

或许是韩及时的"诚意"打动了上天，终于给了韩及时一件，一件大的。大到什么程度？韩及时下午听到下属来报案的时候，他激动地跳了起来。好像在案发现场发现的不是三具尸体，而是三个外星人，生怕去迟了，外星人飞天去了。

韩及时的警车，一路鸣笛，半小时就到达了南陂村。村口小食品店门前的空地，已经聚集了一大群村民。

一下车，队长李顺民向韩及时大致汇报了现场情况，之后，身子往右边一闪，一个小矮人就露了出来。李顺民说，这是报案人。

三皮卑微地朝这个韩所长点了点头。把今天下午在湖边所看到的情形讲过多遍之后，看起来，他的情绪显然已经平复些了。

韩及时的目光被三皮的脸吸引了一下，极少见到这么丑的脸，丑得印象深刻。

案发现场在山林里的杯湖。湖不大，因为形状有点像个杯子，当地人就叫它"杯湖"。韩及时跨过临时拉起来的黄色隔离带。湖边已经整齐地摆放了两具尸体，是从湖里捞起来的，看起来都是未成年少女，穿着色彩鲜艳的T恤衫。第三具尸体不在湖边，是离湖边不远处一个凹陷下去的草沟里，同样是个未成年少女。

根据队长李顺民的初步了解，三人都不是本村的。有村口小卖部的牛强可以做证：昨天中午看到这三个女孩进了村，还在他那里买了三瓶冰绿茶。至于有没有出去过，牛强说他就没注意到了。由于南陵村的地形有点像鸡笼，只有一个入口，只要进了村，再出来就必须得沿路返回，不然就得翻越一座大山，这大山没有路可寻，几乎没人愿意去翻。

大致可以判断，三名少女是结伴来这里玩而遇难的。而且可以肯定的是谋杀。草沟里的那具少女尸体，头部有被击打过的流血痕迹，明显是他人所为。

韩及时从警二十来年，在现场见到过的尸体数不出十具，当然要算上解剖课上见到的，也勉强能够数的，但那也已经是很遥远的事情了。

韩及时蹲在草沟里的尸体边上，虽然表面没有流露出任何不安和难受，但是他能感觉到自己的心在发抖。眼下这名少女，看上去也就十四五岁的样子，皮肤白皙，面容清秀，即使她的头部流了大量的血，她的表情有着挣扎的余痕，但是，不能否认，她躺在草地上，依然那么干净、单纯。

看了一会儿，韩及时长吁一口气，站起身来，才发现，刚才一直在湖边指手画脚地向他汇报着情况的那个小丑人，竟然也跟他一起蹲在尸体旁。那人神情专注、认真，并且还带着探索研究的意味。

谁放他进入到隔离带里的？这家伙，竟然一点都不害怕！韩及时侧头看了看三皮，心里嘀咕了一下，丑人多作怪啊，一点没说错。

回到派出所，已经是晚上了，韩及时还没有离开办公室的意思，他详细地看着今天下午下属在南陂村记下来的报案笔录：

我叫余三皮，男，二十六岁，南陂村村民。今天中午(7月24日)大约十二点半左右，吃过午饭，我从果园出到杯湖旁边的一个茅坑拉大便(这个厕所离果园最近，附近看守果园的人都会到那里使用)。拉完之后，我到湖边洗手。还没走到湖边，就看到湖里有东西，颜色特别鲜艳。走近湖边，发现是人，两个。两个都看不到脸，都是背朝天。一个浮在湖的中间，穿红衣；一个浮在湖的东边靠岸的地方，穿黄衣服。我吓死了，不敢仔细看，转头就跑，跑到村里就打电话报了案。警察还没来的时候，村里的几个人，听了我讲之后，就跟着我一起到杯湖看，没想到，除了湖里的尸体外，在湖边东面的草丛里，还发现有另外一具尸体。

韩及时反复琢磨着这段笔录。他了解到，这个报案人余三皮是名大学生，因为长相问题，找不到工作，不得不回农村看守果园。韩及时的眼前浮现出了余三皮蹲在草地上专注的表情，同时也对这个小丑人有了些怜悯。他感慨万分，这个社会，就是这么现实，现实到让人心寒。他还进而联想到自己的仕途。等了那么多年了，说什么破一件大案，立一个什么鸟功？屁话！说白了就是自己后台不够硬，那些当官的，甚至包括自己的那个姨表哥，又立过什么鸟功？宿命啊！宿命是什么意思？宿命的意思其实就是：有的人有背景，而偏偏自己却只有背影。韩及时孤独的背影，此刻就在派出所办公室的墙上匍匐着。不过，眼下的机会又让他心里跃跃然。怎么说呢，他毕竟是兴奋的，他似乎已经感觉到姨表哥竖在自己眼前的那根大手指要被他扳倒了。

四

南陂村发生了多少年都难遇的大案！除了派出所所长韩及时之外，最受这个消息振奋的，恐怕要算三皮了。人们第一眼看见三皮从湖那边气喘吁吁地跑回村里，边跑边大喊——出人命啦！出人命啦！从那个时候开始，但凡警察到村里来调查了解情况，三皮简直就成了联络员，他一直跟在人家的屁股后边，问这问那，比村长还热心哪！

要是警察不来村里调查，三皮就一个人到杯湖，东转西转，边看边琢磨，好像办案的不是别人是他。有时，果园里那三棵挂绿树甚至一天都见不到他一面。三皮爸和三皮妈似乎从遥远的记忆里找回了他们的儿子，他们说，没错没错，三皮小时候的理想就是当一名警察，抓坏人！他们甚至还想，要是三皮能在这件大案里做出点贡献，立下点功劳，说不定还能在派出所谋份工作呢。村里那些老人们说，破案要动脑子啊，三皮不愧是大学生，果然喜欢动脑子。

自从案件发生之后，三皮的脑子里就藏了一把枪，而且是一把装了消音器的枪，能把一切杂音都革除。枪口随着他想到哪儿，就能指到哪儿，指到哪儿，哪儿就开始了一阵无声的狙击。晚上，就算躺在果园里，他也听不到三棵树聊天了，更不要说像往日一样，能听到果子在树上逐渐膨胀起来的欲望的声音。从前，在三皮耳朵里，挂绿果的欲望是有声的——"嘿咻，嘿咻"，这是网上广泛使用的做爱的声音。好些个晚上，听着满树"嘿咻，嘿咻"的声音，三皮就靠在那棵美女Ta丙的身上手淫。可是现在，三皮对这些统统丧失了兴趣，他一心在琢磨那件大案，就好像这是他新开始玩的一种游戏，研究研究攻略，用什么兵器狙击更有威力，哪里能找到外挂帮忙……十足一个新手上路的热情。

三皮在琢磨的时候，还常常自问自答。清晨，三皮起床，匆匆吃了早饭，就到果园里去了，一路上，念念有词；晚上，躺在床上，像梦呓一样，念一大串，翻过身去，嚼嚼嘴，又睡着了。不仅自问自答，还跟果园里的那三棵树相互问答。树问，他答；他问，树答。总之，这般走火入魔式的劲头，让三皮爸和三皮妈都产生了错觉，以为三皮又回到了高中时代，每天抓紧复习备战高考。

　　警察很快又来村里了。他们对三皮在内的一共六个守果园的人进行了问话。

　　根据尸检报告，三名少女的死亡时间在七月二十三日中午到下午之间，而且，三名少女的胃里，都检查出了荔枝肉的成分，确定她们在死前两小时内都吃过荔枝。南陂村果园里种有荔枝的就这六家，如果死者吃过果园里的荔枝，说明她们生前肯定到过这六个果园中的某一个，那么，看守果园的人很有可能会见到过死者。

　　"请你如实讲清楚，七月二十三日中午到七月二十四日上午这段时间，你人在哪里，都做了些什么，越详细越好。"

　　这个问题韩及时今天已经问了第四次了。第五次，是问三皮。

　　如果时光可以倒流的话，三皮一定会认为自己又一次坐在大学生招聘会的凳子上。由于他内心十分笃定自己没戏了，所以，他比任何人都显得淡然、放松。这次也一样，三皮认为自己是报案人，警察问他问题，也是循例办事，所以，他轻轻松松地、慢条斯理地、一件件尽量详细地告诉韩及时，他在那一段时间都做了些什么。

　　看来，肚子里有货的人就是不一般，三皮跟韩及时刚才问过的那几个人区别很大。那些人，没读过多少书，几乎都是问一句，答一半，非要再换个角度问，才能将这个问题答完，就好像一管快用光的牙膏，压一下，挤一截出来，再压一下，又有一截出来。而三皮完全是一管饱满的牙膏，稍微用力，一大截就顺溜出来了。当然，这么顺溜，就很难免说出些题外话。三皮说他整个下午都待在果园里，看一本叫《鬼吹灯》的盗墓小说，十分好看，所以连上厕所都懒得到湖边的茅坑，就近在果园里解决了。之后，三皮为了强调《鬼吹灯》的好看，还试图对这本书的内容进行详细的解说，被韩及时打断了。

本来，三皮就不在韩及时他们的重点嫌疑对象之列，他们将重点嫌疑放在了一个叫廖森的身上。廖森的果园是离杯湖最近的一个，他本人则是个小混混，先是在镇上给人看守网吧，后来因为吸上了毒，被父亲强行抓回农村看守果园，跟那一群吸毒的同伙隔离开来，戒毒。据村民反映，不时还会有人进村里来找廖森。还有人看到过他们躲在山林里偷偷吸毒。

刚才，韩及时重点审问了这个廖森，虽然他的回答也排除了他的作案条件，但是从廖森那紧张的神色里，韩及时直觉他是最有嫌疑的，他似乎在向警察隐瞒着什么。

结束的时候，三皮提供了一条线索，让韩及时对嫌疑人廖森信心大增。三皮说，二十三日傍晚，他见到过廖森。就在他走回家吃饭的路上，廖森往果园方向走，由于平时从不跟廖森说话，所以也没打招呼，倒是廖森朝他"喂"了一声。三皮说，他觉得廖森当时的表情慌慌张张的，以为他又去吸毒了。说完这句话之后，三皮就一直看着韩及时，表情无辜，好像在寻求着什么支持——他当然知道说这话意味着什么。

傍晚，南陂村来了一群人，有男有女，浩浩荡荡。一进村里，这群人就开始四处抛撒纸钱。村里人晚饭都顾不上吃，纷纷跑出来看。看了一会儿，就明白了。是那三名死去的少女的家人。他们表情悲痛，女人们在伤心地哭。其中，站在队伍前头有一个男的，样子很凶，好像是来寻仇似的，见人就开口大骂：他妈的，杀人偿命，杀人偿命！他妈的，一命抵一命，告诉你，我在公安局可是有亲戚的，杀了人，一个也跑不掉……这男人，好像真的想要把那杀人犯骂出来似的。

有哭有骂，整个队伍从村口游进了村尾，纸钱满天飞，仿佛这里得了什么瘟疫，死去了多少人，把南陂村里的人一下吓住了。由于村里人本来就少，有力气和胆量出来说话的人也不知道跑哪里去了。队伍毫无顾忌地一直走向湖边。三皮跟自己父母一起，站在院子外，目送着这群队伍，没有跟上去。在他眼里，这一切如此虚假，就像那些地上的纸钱，既不是钱，又要做得跟真钱一样。人死了，非要跑到大路上来哭，哭给谁看？人死了，跟一粒荔枝熟了之后从树上滚落地上有什么两样吗？谁听到过荔枝树因为一粒荔枝落地而号啕大哭过？就算是在三皮玩了无数遍的游戏里，那些被三皮狙击挂掉的角色，有兵有贼，结果还不是一声不吭就消失掉了？

不过，树是会哭的。三皮就亲耳听到过自己果园里那三棵树哭。树的哭声，同样也是有形有声的。那个下午，他分明就看到他那三棵树，变身为三个大男人。身材最高的Ta甲，蹲伏在地上，头深深地埋在了臂弯里，号啕大哭；Ta乙则站得跟踉踉跄跄的，手抚着额，哭声凄厉，仿佛在无助地朝天上的云朵求救；而一贯沉默克制的Ta丙，也在一边呻吟般地低哭，像穿过萧洞的一阵寒风……

三皮已经记不清自己最近一次哭是在多少年前，他的眼泪就跟他的好运气一样，久久未曾降临过。那个下午，他发现，原来树哭听起来比人哭真切多了，凄凉多了。树一哭，三皮的愤怒就会自燃，脑子里的那把枪就会随时扣动扳机，进行一阵狙击。三皮捍卫着果园里的三棵树，仿佛对抗和狙击是让他和三棵树唯一生存下来的方式。"砰砰砰砰，砰砰砰砰"，开花结果，因果报应。

<h1 style="text-align:center">五</h1>

派出所对那个重点嫌疑对象廖森细查了一番，得出的结论很让人失望，廖森不是凶手！那天傍晚廖森的确见到了三皮，不过他是趁天暗下来之后，到山林里吸毒去了，有证人可以为他做证。

县公安局派人来过问这件案子，已经七天了，他们打算接手查办。韩及时急得要命，转头就给副局长姨表哥打电话，说自己好不容易等到一件大案子，怎么能说让给别人就让给别人呢？坚决不行！姨表哥倒也爽快，答应让韩及时独立办案，并且还出手大方地"赞助"韩及时一个测谎专家。最后，姨表哥还摆老资格，语重心长告诫韩及时："这年头的案犯，警匪片、法制节目看多了，一个个都懂得'反侦察'，我们现在办案，愣要把自己当个案犯，多动动歪脑筋！"韩及时表面上谦虚地接受着，心里却很不以为然，他难道还不清楚这个姨表哥是怎么爬上这个位置的？嘿嘿，遇到一些棘手的案件，总是会说——"案犯的反侦察能力特别强！"这样的话，韩及时听得耳朵茧都长出来了。

为了接受姨表哥的一番好意，韩及时将那六个守果园人带到派出所来，由测谎专家进行测谎。

六个果农，轮流被关在一个封闭的室内，身上被缠满了电线，紧张得手脚都不知道放在哪里，纷纷被这阵势给吓坏了。室内，只留下那个县里请来的测谎专家。他坐在电脑前，问一个问题，对方一回答，他就低下头去看电脑显示的数据图。

简直就像是在做体检！韩及时在监视录像前，看着整个测谎的过程，忍不住想笑。韩及时一点都不相信，通过这些管和线就能破解出人心里的活动？就能判断是或者不是，对或者不对？要是这样的话，往后公安就再不需要动脑子，不需要推理，不需要逻辑，只需要把测谎仪像背枪一样背在身上，碰到嫌疑人，就接通他们的心脏，直接问他——到底是不是你干的，说！

监视屏幕里最后一个进行着的，正是那个报案人余三皮。看得出来，他对这个仪器表现出了极大的好奇。他坐在椅子上的屁股也很不老实，总是要离开板凳，探过头去看那连接仪器的手提电脑屏幕。测试还没开始，测谎专家在他的胸腔、腹部、手臂、手指这些地方都缠绕上了线。他的表情有点新鲜，好像就要开始玩一个好玩的游戏。他不断地向测谎专家问这问那的，专家并没有对他的问话做出回答，而是用很庄严的表情将他制止了。

正如韩及时在屏幕里看到的，三皮对缠绕在自己身上的那些电线觉得很有趣，当然，他更想知道的是，这个仪器，是否像一个警报器，一说谎，就会让电脑上显示出信号，就好像他在几年前玩过的一个小游戏——九宫阵，一旦走错了线路，电脑就会发出嗡嗡的蜂鸣，其实并不是为了发出警告，而纯粹

三皮

是利用噪音干扰人的思路，打乱玩家的阵脚，一错再错，直到全盘都错。不过，九宫阵游戏到头来也被三皮攻克了，即使出错了，鸣声大噪，他也能纠正错误，将警报解除，出色完成任务。嗨，这种低级游戏，三皮早已经不玩了。

没想到，测谎仪一点反应都没有，专家一直在问三皮问题，问了好些。三皮回答一个，就看一眼眼前那机器，那机器无声无息，让三皮真搞不懂了。

从测谎专家始终板着的一张脸来看，做的几个测试结果都不太理想。最终得出的结论，正如韩及时所料的——"杨白劳"。

专家说，那个叫廖森的，从头到尾都紧张，几乎每问一个问题都混乱，根据记录显示，就算问他最与本案无关的简单问题，检测出来的数据都是撒谎的。这样的测试，并不说明受测人说谎，恰恰相反，是"假阳性"。而像余三皮几个人的数据，显示他在测试过程中的确有撒谎，但这些谎话跟案件无关，恰好说明了他对涉案问题的回答是诚实的。

专家一大堆结果分析，韩及时都没太在意，他只知道真相还有待进一步调查。他长叹了一口气。专家似乎为了安慰韩及时，说，当然，也不是说这六个人里边每个人都排除了嫌疑，在我们测谎实验里，还有一种结果，叫"假阴性"，也就是说，不诚实的受测人有时也会被判定为诚实！

韩及时一听，顿时笑了出声，他差一点忘记了专家是县里派下来的，边笑边说："他妈的，还当是做妊娠测试呢，阳性阴性的，还来假的！不灵，不灵！"他忍不住朝专家摆了摆手。

专家也不生气，只是微微报以一笑，很是有礼貌地对韩及时说："那是，这种测试都是辅助性的，不然的话，还要你们这些派出所干屁啊！"

韩及时一听这话，立马收敛了自己的失态。

当天晚上，韩及时好好宴请了专家一顿酒。专家喝下酒之后，表情暖和起来了，仿佛这酒是太阳，能把冰雪都晒化。不仅表情有了起色，专家的话还多了起来。专家跟韩及时讲了不少破案的"八卦"事。最好笑的是，说他去年跟局长破一个入室抢劫杀人大案。六个案犯，打算要抢劫，提前一年训练身体素质，每天号脉、量血压、保持运动量，就跟国家队培训运动员一样，完全把犯罪行为当一种职能来培训，每个案犯身体素质和心理素质都相当好，所以，这个头疼的大案，整整花去一年多时间才破掉。专家清楚地记得，审讯那个头目的时候，他竟然很得意地炫耀自己脉搏有多稳定，还把手伸过来给公安人员号脉。

哈哈哈，他妈的，什么鸟人都有啊！韩及时听得又好笑又好气。

专家带着他的仪器当晚就回县里了，韩及时循例塞了些这里的土特产，荔枝干、腐乳、腊肉之类的给专家。

六

再次被带到派出所，一坐到审讯室里，三皮就开始了他不动声色的懊悔。这种懊悔，三皮再熟悉不过了。每一次在电脑前，由于某个失误导致自己挂掉，那些紧张刺激就此停留在某一关，三皮的喉咙就会冒酸水一般地冒出了这种懊悔。他反思自己在闯关过程中的那些个失误之后，更感到了人生的无聊——只要按照电脑屏幕上的提示，在"是"和"否"的选择中，不断地选择"是"，游戏就重新开始，直到又被下一个不知道怎样的失误把自己弄挂了。生——挂——复生——再挂……构成了三皮的游戏生涯里，跟吃饭睡觉一样稀松平常的重复运动。当然，这种懊悔最让三皮感到痛苦的地方，在于给他提供了一次次面对现实的缝隙，现实就是——除了电脑屏幕上那些声光电组成的世界以外的世界。诸如二十六岁的三皮以后的人生，成家立业、养育后代、光宗耀祖等等这些，是世俗人生里既定的每一关，往往在游戏结束之后，悉数呈现，清晰而绝望。

呈现在审讯桌子上的，三皮眼皮底下的，是一个用塑料袋装着的黑色PSP2000。这种赫赫有名的掌上游戏机，三皮也不是没碰过。在广州上大学那一阵，三皮的一个舍友，每每下载了新的游戏，玩腻烦了，也会借给三皮过过瘾。在掌心里玩游戏，屏幕小是小点，但的确很爽，尤其坐在公共食堂的人堆里，埋头打机的样子，三皮觉得自己酷毙了。

这只黑色的PSP2000，三皮再清楚不过，里边下载的是那只《火影忍者疾风传究极觉醒3》，是今年《火影》系列新推出的一款，到现在，玩家所获得的攻略知识还不齐全，所以难度也相对大。帅哥鸣人、美女小樱、善战的佐井、勇敢的卡卡西……这些人物，以及那些好听的配音，出乎意料的搏斗，难以描述的紧张和刺激，都一一藏在这只沉默的小掌机里。

在这只《火影》游戏里，阿飞是三皮最喜欢的一个角色，并不是他技能有多么厉害，也并不是他做了多么帅的事情，仅仅因为阿飞从来没有脸谱。阿飞的脸，只用他那只"写轮眼"的图案来代替，是由一圈一圈的旋涡拼接而成，没有五官，更看不到表情。要知道，在《火影》的忍者世界里，并不是用脸来辨别人身份的，而是那些超凡的忍术。与其说三皮迷恋这个游戏，不如说三皮迷恋这个世界。托赖这个世界，三皮认识了阿飞，他跟自己一样，有着超凡的能力，却没有机会去展示。三皮总是能在阿飞那些圈圈旋涡般迷幻的脸上，找到自己的脸。

不过，坐在三皮对面的韩及时看来，三皮的脸简直就不是脸，那些丑陋的五官已经不能再称作五官了，是砖，是泥，是钢筋，是枪，是炮，是子弹，这些五官，垒起了一座坚硬的城堡，时刻捍卫着这个叫做余三皮的犯人。与报案时的谦卑完全不一样，眼前的余三皮有如一棵老树般的倔强和苍老。他的手指攀在审讯椅上，干干瘦瘦的，恰如一道道要扎进土壤里的气根。令韩及时感到气恼的是，三皮那两只相比起他的脸来说有点过分大的耳朵，仿佛已经不挂在那里了，而是被外挂在了一片遥远的山林里，他常常听不到韩及时的问话。

要不是在三皮的果园里，一块结构异常的稀松土壤，引起了韩及时的怀疑，在进一步翻查这块土壤之后，找到了埋在土里的这只被人严实地用塑料袋包裹起来的PSP2000，他哪里会对报案人余三皮起疑心？这只埋在三皮果园里的PSP2000，现在已经被证实是死者中一个名叫李艳的。

韩及时眼睛一直盯着三皮。后者低着头。已经一个上午了，他都没有说出任何有关案件的实情，至于那只PSP2000，他只是说，鬼知道那东西怎么会出现在自家果园里的？听起来，这只PSP2000好像是一只诡异的怪物。

现在，韩及时以及南石头镇的警察们，对于这件三尸命案的凶手，已经基本确信是三皮无疑。案发当天，三皮交代自己的所作所为，无法提供出时间、证人，而他自己也不能解释PSP2000是如何被埋在果园里的。更使韩及时铁板钉钉地相信的是，根据土壤结构的分析，这只PSP2000被埋在果园后，被人多次埋进去又挖出来，并且，这人智商还很高，每次都将指纹消灭得干干净净。

犯人不是别人，恰恰就是报案人。队长李顺民是第一个接触余三皮的，并且，他每次到村里查案，这个余三皮都热心地在他身前身后，说要协助警察调查。他回想起当时的情景，感觉余三皮镇定得不得了，不禁倒吸一口冷气，嘿，牛逼啊，杀了三个人，还敢跟警察玩捉迷藏游戏！

审讯三皮的过程中，软的硬的方法全都用上了。他们还带来了三皮的亲人。可是，就算面对号啕大哭的妈妈和姐姐，还是面对不断用袖子抹眼泪的爸爸，三皮脸上的城堡依旧关闭得死死的，一点动静都没有。事实上，从这个城堡里望出来的三皮，觉得整个世界毫不现实，已经成为一个巨大的电子屏幕的影像。他漠然地看着眼前发生的一切，并且坚信，只要像《火影》里的阿飞，将自己的脸藏在一只旋涡底下，那么，所有的武器都不能接近他的身体，所有的错误都将学会"影分身术"，再不会露出破绽。

——"这个世上没有谁比得上我的说！"阿飞这句日本动漫的配音，一直牢牢地送进了三皮的耳朵，这些略显幼稚的腔调，在三皮听来，却是一件铿锵有力的武器。独处的时候，三皮甚至还会模仿阿飞的腔调喊了出来——"这个世上没有谁比得上我的说！"这话激起了三皮的战斗欲，也让三皮不断回忆起了那个杯湖边的下午，他一个对三个，进行了那一场狙击。

那天下午，一点钟左右，三皮从杯湖边的厕所出来，走回果园的时候，头顶的太阳似乎早就预料到了一场狙击的开始，武器一般锐利地挂在三皮头顶上。三皮还没进果园，就发现了那些女孩子。其中一个攀爬在Ta丙的身上，折断了最低处的那两枝，撸下了几串荔枝，一个则在树下一边吃荔枝，一边翻着小躺椅上三皮看了一半的《鬼吹灯》，而另一个，则在更远一点的Ta甲身上，用一把小刀，刻着划着什么……三皮直奔进果园，生气地朝三个女孩子吼叫起来。女孩子们也不是没害怕，只是当她们看清那个吼叫的人，竟然是个比自己都矮小的丑八怪，便不再害怕了，反倒起了捉弄之心。她们最后扯走了树上一串荔枝，在三皮捏着拳头的姿势面前，依然一边嘲笑着他，一边跑出果园。"矮冬瓜""丑八怪""瘦鬼六叔"……这些声音夹杂着她们的笑声，一直往杯湖走去。

三皮的愤怒，是听到三棵树发出了痛哭的声音时开始迅速蔓延的。他决定教训一下这三个女孩子。仅仅是教训一下。在通往杯湖的路上，三皮是这么想的，直到他跟一个女孩子推推搡搡，一用力将她推进了湖里，直到另外一个女孩子连忙冲上来，又被他一用力推进了湖里，这些时候，他都是这么认为的——仅仅是教训一下。

至于倒在草丛里的那个被三皮用石头敲死的女孩子，三皮事后想了又想，不得不承认，好吧，这一下不仅仅是出于教训了。那女孩目睹两个同伴被推下水，才知道事情闹大了，她惊慌地要逃。她手上拿着那只屏幕发光，还在扑闪个不停的PSP2000。她坐在草地上，才开始玩第一关。屏幕上的帅哥鸣人，正朝着对手，出招前习惯性地大声喊道——"影——分——

身——术！"

在追逐这个女孩的同时，三皮猛然看到了Ta，那个早已经消失了的女孩子！Ta越过树林，从天而降，穿一条火红色的短裙，胸前紧紧地顶着两只乳房，脚上蹬一双长筒皮靴，手臂上文着一只妖媚的狐狸眼睛。Ta的手一甩，一阵电光闪过，火焰四起。三皮听到Ta娇声地喊："兄弟，我帮你决东面，抓紧把她干掉，不然你很快就会挂！"说完，Ta就跃过三皮，身轻如燕地朝东面飞去。三皮的石头，一下，两下，三下，敲击在那女孩头上的时候，他感到Ta一直就伴在自己身边。等到三皮捡起那只画面上还在进行着游戏的PSP2000，Ta才一头钻进了这只黑色的小机器里。嘿嘿，Ta这个家伙，不知道什么时候学会了用"影分身术"！

接下来的好几个深夜，三皮都忍不住偷偷从Ta甲脚下那块隐秘的泥土，挖出这只PSP2000，只要一打开它，Ta就跑出来跟他并肩作战。果园里的风，随着屏幕一明一暗的光，组合成了一个舞台，所有的人物都围绕着三皮和Ta，以及Ta甲Ta乙Ta丙，这舞台是三皮的全世界，华美，炫目，当然，最重要的是——三皮在那里边，是主角，他尽情地表演，尽情地炫技。

——"这个世上没有谁比得上我的说！"三皮纵情叫唤……

七

　　整整两天，韩及时和他的同事们都在找一个方法，一个令案犯余三皮崩溃的方法。眼看着本案就要告破，韩及时内心的激动和焦灼比谁都严重。余三皮的崩溃，意味着韩及时好运气的来临，而好运气，在人的一生当中，就像南石头这地方几乎要被猎杀光了的珍稀野味"五爪金龙"，往往一枪难求。"打蛇打七寸，攻犯攻心穴。"韩及时那个退休了的师傅总喜欢把这句话挂在嘴边，用南石头的土话念起来，还挺像一副工整的绝对。在关键时刻，韩及时竟然还能念起它来。可是，两天过去了，不要说余三皮的"心穴"，就连余三皮的表情，韩及时都还看不出个门道来。

　　"强手"余三皮无疑为这桩大案增添了魅力。这魅力很快感染了整个派出所，他们关注这件案子的告破，不亚于时刻等待着立功升官的"韩一件"。除了积极地打听有无新线索之外，他们甚至在审讯室内，连接了好几个摄像头，这样，就像收看现场直播一样，警察们可以在审讯室外，几台电脑前，同时收看审讯。这种犯规动作，在南石头镇这种偏远的派出所，也不算是什么大事，尤其在破一件重大的三尸命案过程中，似乎一切手段都不在话下了。

　　审讯到了第三天，韩及时慢慢发现，只要不涉及杀人案件的话题，三皮其实还蛮能说的，并且说得一套一套的。比如他说到关于果园里那三棵挂绿树的挂果情况，品种特点以及市场销售等等，三皮都充分显示出了一个接受过大学教育的人所应有的面貌，不仅思维清晰，用词得当，而且还赞弹有术，非一般果农能比。后来，韩及时干脆把笔一扔，跟三皮聊起天来了。

韩及时跟三皮时而调侃，时而友好地聊天。这些场景，同时出现在审讯室外的电脑上，那里的人，就像观看一次有意思的网络视频聊天，不时还发笑。他们没想到，这个丑八怪，死到临头还挺逗的。比方说，韩及时问三皮，有没有谈过恋爱啊？三皮眼睛一眯，整张丑脸就皱得像一只沙皮狗脸，滑稽死了。他想了想，开始跟韩及时大谈他的恋爱观。三皮具体说到他自己喜欢的女生，首先要好看。怎么个好看法？就两个字——性感。哈哈，那些围着电脑观看的警察都笑了起来，这小子，还懂什么叫性感啊？韩及时笑着逗他：性感是怎样的啊？三皮有点不好意思了，挠挠头，尴尬地笑。性感嘛，就是前后都有料，也就是说，前有咪咪，后有屁屁。三皮搞笑的话音未落，外头的警察不约而同地发出了一阵爆笑，饶是韩及时听不到，他也能想象得到他的同事们在外边的反应。他自己也笑了。三皮也笑了。三皮一笑，更丑。原来，那些不均衡的五官，比起冷漠来更经受不起快乐的挑逗。

三皮啊，你蛮可爱的嘛，应该很受女孩子欢迎的啊！韩及时用赏识的目光看着三皮说。

三皮的笑里，沾上了一丝表演的得意。

聊着聊着，三皮的手不再总是捏在椅子上，而是缓缓地将它们交叉着抱在自己胸前，双腿也缓缓地朝前伸出了一些，跟韩及时的脚，仅仅相差一个巴掌的距离。

韩及时的焦躁也降低了一大半，轻松了下来。同时，韩及时找到了自己头顶上，出现了另一个韩及时，这个韩及时清醒地意识到，这应该是审出真相的大好时机。

最后，韩及时问起三皮，你一个大学生，还这么有才，为什么不去上班啊？这个话题看起来比谈女人谈恋爱严肃紧张多了。

三皮先是不接话，韩及时就变换着方式一再追问，他只好说，工作太难找了，大学毕业的时候，他参加了不下三十场面试。结果呢？韩及时问。结果？还能有什么结果？这些人，没有一个重视人才的！三皮的愤怒，似乎一下子就到来了。韩及时很快看到了三皮脖子和额头上那些潜伏着的血管，随着三皮的记忆苏醒了过来。此刻，头顶上的另一个韩及时隐隐地感觉到，自己慢慢地在接近着杀人犯余三皮的"心穴"。

这个上午，韩及时花了很长的时间，用了很多的耐心，跟三皮扯起了关于现在找工难的社会问题。为了达到与三皮感同身受的效果，他"牺牲"了很多自己身边的人。他把在报纸上、网络上看到一些关于珠三角找工难的案例，都安在了自己某某朋友的儿子、某某表弟等熟人身上，这些熟人，无一例外地被韩及时说得很惨。三皮刚开始只是安静地听，不久之后，就忍不住要打断韩及时的话，让韩及时安静地听自己说。痛说社会的不公平，控诉用人单位的内幕，甚至声讨官场上的腐败……这些，不知不觉成为韩及时和三皮的共同语言。说到兴头上，韩及时还伸过手去，拍三皮的肩膀。触到三皮的肩膀，韩及时的手颤抖了，这肩膀瘦得跟非洲难民一般，骨头隆起，像木头一样，硬硬地硌着他的手，而他的手几乎可以清晰地感受到从这骨头里传来心脏的跳动节律。

正如三皮那一脸冰冷的城堡底下，封锁着不为人所察觉的疯狂一样，三皮那一身的瘦瘦的皮包骨里，也裹挟着外人所不能理解的世界。这一触摸之下，韩及时顿时对这个丑陋的小人产生了怜悯，他一度看不到头顶上的另外的那个韩及时，他一激动，计上心来，对三皮给了一个建议。他说自己有一个好朋友，在东莞经营一家规模很大的电子厂，让他来给三皮面试一下，给三皮安排个好工作。

这个建议一提出，余三皮那张奇怪的嘴巴，厚的上嘴唇和薄的下嘴唇，仿佛忽然想要相互拥抱，却又拥抱得犹犹豫豫的，发出了"啵啵啵啵"的声音，怪诞极了。

韩所长搞什么嘛！竟然有这样审犯人的？外边的警察看到这里的时候，觉得韩及时太跑题了。

简直是离谱！哪里有给犯人安排招聘面试的？

韩所长大概这几天累坏了，脑子短路了！

这犯人真不是一般强啊，反过来给所长洗脑了哈！

当然，大家都纷纷以为里边的"韩一件"是在跟罪犯开玩笑，其目的是为了跟罪犯套近乎而已。

没想到，下午，韩及时真的安排了一场面试。

这场前所未有的审讯室里的面试，吸引了所有警察人员，他们就像准备看一场智力游戏一样有趣，早早坐在电脑前等待。

"考官"确实是一个老板，他是韩及时的一个哥们儿，前些年的确在东莞开厂，也曾风生水起，但是前年受金融危机影响，破产了，只好弃甲归田，回老家南石头开酒楼、网吧，搞些娱乐。韩及时一呼，他当然就应声而来了。

韩及时之所以想到他，是因为他虽然破产了，但看上去依然还是个大老板的样子，挺着傲人的肚子、顶着保养得发亮的光脑袋。更重要的是，他曾经跟韩及时吹牛，在东莞风光那一阵，他亲自到北大清华，招硕士，看博士，阅人无数，挑剔无比，那些所谓的精英分子，在他面前，一个个都牛逼不起来。为什么？很简单，工作难找呗！韩及时记得当时他吹牛的时候，端着酒杯，口气大大地说，什么是精英？能找到钱就是精英！读那么多书有什么用？我一个高中毕业生，就算现在破产了，都还有一口饱饭吃，一间大屋住，还有靓车开，他们呢？除非中六合彩！

韩及时虽然从心底里看不起这个曾经的暴发户，但是，他说的，也还真是那么回事！唉，什么世道啊！

面试的时候，韩及时退出了审讯室。从屏幕里看到的三皮，比真人更丑，本来就拥挤在一起的五官，在镜头的变形之下，就像造物主随意呕吐在地上的一团糊涂物。

韩及时试图用鼠标点击出三皮一张特写的脸，遭到了身边年轻的记录员小韵的抗议，她嗲着声音对韩及时说——咿呀，不要嘛，好恶心的啦！全然一副台湾综艺节目腔。

韩及时没理会她，专注地监视着审讯室里正在进行的那场"面试"。

与其说这是一场招工面试，不如说这是杀人犯余三皮关于理想的一场演说。"如果……我会……"这样的句式在三皮的嘴里出现频率极高，对于自己能力的评价，自己的长处短处，对未来的假设以及自身的规划等等问题，听上去绝不是琢磨了一朝一夕能说出来的。

按照韩及时事前吩咐，"考官"对三皮的回答，无论真假好坏，都要给予适当的赞赏。这个"考官"还挺配合，在三皮对每个问题回答完毕之后，都自然地送给三皮一些点评和赞扬。说到得意之处，韩及时发现，屏幕上的余三皮还不自觉地跷起二郎腿，抖啊抖的。

嘿，还真像那么回事啊。

唉，如果这家伙不是杀了人，将来会有一番作为呢……

唉，如果给这家伙一片天地，说不定又是一个王石、张朝阳呢……

唉……

韩及时在心里暗暗嘀咕。

半小时左右，"考官"就从审讯室出来了。

紧接着，韩及时就进去了。一坐下来，韩及时的心竟莫名其妙地颤抖起来。他不断地旋转着手上的那支圆珠笔，越转越快，都转出声响来了。他的眼睛往上一轮，猛然看到那个一度消失了的、自己头顶上的另一个韩及时。这个韩及时很快替代了自己，发话了。他说，余三皮，成绩很不错嘛，刚才那个老板对我说，你的确是个人才，如果可能的话，他会录用你，而且还会重用你呢！

话音未落，出乎意料地，韩及时看到对面的犯人余三皮，两只眼睛一眨两眨之下，眼泪千军万马般奔跑了出来，仿佛那是一队队弃城逃窜的士兵。伴随着余三皮地震般剧烈的抽泣，他整张城堡似的脸，渐次崩溃。很难说这是什么样的一种表情，将那些五官都纠结在了一起，这简直不是上天所能安排的一种纠结。

这一切来得太突然了！一点过渡的情绪都没有！饶是韩及

时活了四十多岁的人了，一时间都被搞蒙了。

哭了一会儿，余三皮就朝韩及时竖起了三根手指，他哭着说——三条人命，怎么换算，我那三棵树也赔、赔不起啦……

审讯室外，一片欢呼声，几乎是在同一秒钟开始爆发的！好像一场沉闷的足球赛，打到最后几分钟，终于意外地闯进了一只运气球！

耶！挂啦，挂啦！妈妈的，我看你还不挂？！一个刚刚参加工作的小年青警察，对着电脑屏幕，紧握住拳头，在杀人犯余三皮哭着竖起那三根手指头的时候，激动地狂叫了出来。

杀死王老虎

几个月前，公司的员工纷纷加入快乐网，在那里交友、炒股、买名车、谈情说爱、泄愤……比公司业务还繁忙。刚开始，因为好奇，更因为想跟员工们打成一片，有人邀请王朝阳，王朝阳就进去了；后来王朝阳又邀请大刘，大刘也进去了。这过程，俨然陶渊明发现了"桃花源"——初极狭，才通人；复行数十步，豁然开朗。王朝阳刚进去时，朋友寥寥。后来，邀请来邀请去，认识不认识的，竟然神奇地食物链一般地拉起了关系网。这也印证了那个"六度空间"论——只要通过六个朋友，必然就能结识到一个陌生人。如今，王朝阳的好友名单里，真正是"豁然开朗"。

当然，在快乐网上交朋友，多半目的是为了赚取钱币。以加入一个朋友五百元来算，王朝阳也算是个中产阶级了。他也搞不清楚，自己哪里来这么多朋友？

王朝阳在快乐网上最喜欢抢车位买靓车，一切跟车有关的事情他都爱做。也会种种蔬菜水果，那是投大刘趣味所做的应酬。大刘喜欢在快乐网里种菜、施肥、捉虫子、开垦土地，更喜欢在深更半夜调好了闹钟起床，掐算好了时间，趁别人种的菜刚到成熟期没能及时收到仓库里，便大摇大摆地进去偷了回来。或者放虫子搞恶作剧。王朝阳那块菜地，大刘光顾最多。他问大刘，现在就喜欢养花弄草，过早了吧？大刘说，嘿嘿，情趣啊。看着那片绿幽幽的土地上，果肥瓜壮，桃红柳绿的，城市里哪里能找到这种地方啊。大刘比王朝阳稍长几岁，职位也稍高半级，在王朝阳面前，总是自诩看破俗事凡尘。别说单位那点尔虞我诈的破事，就连官场上那些传来传去听来令人心惊肉跳的事，他都不愿再闻。几个男人在一起喝酒，总是免不了谈这些事，他听半晌，会忽然端起酒杯，岔开了话题——喝酒，喝酒，他"双规"他的，他弄权他的，与我们何干？我们喝酒。那架势，仿佛喝酒喝多了，就真能如陶渊明一样"悠然见南山"了。

在快乐网上，谁都喜欢买卖奴隶。除了因为奴隶能为自己挣钱之外，主要还可以捉弄人。要看到谁不爽，或者想跟谁开开玩笑，就把那个人买下来，让他给自己做事情，比如帮自己擦皮鞋、捶背、端茶倒水、做SPA等等。这些奴隶一旦被买下来，就会乖乖地称买主为"主人"，要为"主人"打工若干规定的时间才可以脱身，除非在这个过程中，有别人花更高的价钱将奴隶从主人的手里买走，才得以提前"释放"。

"奴隶某某某在十一点三十分为主人某某某修剪了指甲。"

"奴隶某某某在晚上八点二十一分被主人某某某拉到练歌房当三陪小姐。"

……

这样的句子，若非在网上，到哪里能看到呢？谁说不让人充满了快感？这个游戏因此也当然风靡一时。穷人、富人、打工者、公务员、老板、员工……只要注册了快乐网，就没人不想当主人，没人不想虐待奴隶。

本来，当奴隶被虐待也是见惯不怪，都是虚拟世界玩乐儿，当不得真的，可最近，朋友们发现，快乐网里的王朝阳，却真的被一个叫王老虎的冒犯了。

一个多月以来，王朝阳反复被王老虎买来当奴隶，做牛做马，还实行鞭打、辱骂、倒吊，甚至连坐老虎凳、灌辣椒水、吮脚趾等毒辣的招数都使上了。朋友们觉得这个王老虎玩过火了，有看不过眼的，花钱从王老虎手里将王朝阳买回来，可板凳都没坐稳，又被这个神通广大的王老虎花大价钱给买了回去。真可谓冤魂不散。

于是公司里的人纷纷猜测，王老虎是谁？王朝阳得罪了谁？

在人们眼中，这个王老虎就是个身怀绝技的高人异士。他一发飙，一阵光影掠过，时间这只无影脚竟然就被他击中，稍有迟疑，王老虎便乘时间之虚而入，赶在时间之前，把一个奴隶给掳到手了。这么说或许觉得玄乎，但是由于王老虎的确精于算计时间和分值关系，往往越过游戏障碍，从中巧取资产，成为快乐网里的有钱人。更为奇特的是，他能不请自来，仿佛能通过某种程序，门都不用敲就进入了别人的圈里，混迹在一大群人当中，竟也安然无恙。有人企图研究王老虎倒卖奴隶发财的方法，未果。只见王老虎把奴隶当股票一般，一会儿买进一会儿卖出，倒腾个不休，其诡异如羚羊挂角，无迹可寻。不少人在睡梦中，都不知道自己曾经成为王老虎的奴隶，并且为他打工挣钱好几个小时，最后又被转手卖给其他人了。一段时间以来，不少人早上上班打开电脑的第一件事，就是进自己的快乐网，看有没有王老虎留下的脚印。

王老虎到底是谁？在这虚拟的茫茫人海中，说他是一滴水，一阵空气，一粒浮尘，一台机器……都不会令人诧异。

王老虎一登录自己的网页，就感到了在自己王国里那股子物质丰富的生活气息：一辆宝马和一辆悍马气派地停在车库里，交易所里的股票一片大好形势，农庄里兔子、水牛、鸡鸭鹅猪狗们和平相处着，菜园里的蔬菜水果还差一个多小时就到成熟期了。他特意去查了一下那珍贵的冬虫夏草，十九天的成熟期现在只剩三天又十小时了，还有，他刚种下的人参、雪莲，都以每小时为单位在长大。这些长势喜人的"摇钱树"使他心里一阵欢喜。最后，他一脸坏笑地跑去看昨天买回来的那几个奴隶，他们正乖乖地给自己打工挣钱呢。

"奴隶王朝阳晚上七点二十二分为主人王老虎洗衣服。"

王老虎仿佛看到王朝阳，这个四十一岁的大老爷们，一个公司的中层干部，一米七五的个头，正佝偻着背，在一块搓衣板上，哼哧哼哧地搓自己的臭袜子、脏内裤，十足一个女佣。

顺手再翻回到过往的记录：

"奴隶王朝阳正晚上九点九分为主人王老虎倒屎盆。"

"奴隶王朝阳正晚上八点零六分为主人王老虎舔屁眼。"

"奴隶王朝阳凌晨点十分被主人王老虎鞭打了一下。"

……

哎呀，王老虎翻看着这些记录，心情舒畅极了。他觉得生

杀死王老虎

活从来没有如此的美好，一切都按照他的意愿而运转着。他用鼠标随心所欲轻轻松松地开始了另外一种生活。他在这里边，可以是南霸天，可以是超人。如果他愿意的话，他甚至可以把"氧气"这个名称改为"王老虎气"，把"地球"改为"王老虎球"。总之，没人可以欺负他，更没人可以难倒他。

心情一舒畅，王老虎那患有结肠炎的肚子就会叽里咕噜地折腾个不停，没两下就产生了便意。他很快就忍不住了，跑到厕所，一看，门紧闭着，他老婆在里边。他敲了一下门，让老婆快点出来。老婆一听，扯起嗓子就嚷嚷，这种事情能快吗？你这人真有毛病，早不急晚不急，我一进来你就急，什么心态啊……

在厕所里老婆也改不了一贯的凶巴巴。王老虎只好捧着肚子在门外耐心地等。一边等一边心下嘀咕，奶奶的，以后老子到网上去大便。转念一想，还真是啊，快乐网什么都好，就是有些现实问题硬是解决不了，比如眼下的大便问题。

想到这个，王老虎刚才的兴奋感顿时消失了一半。

"排查一下，到底谁干的？"大刘认为，这个化了名前来买断王朝阳当奴隶的王老虎，并不是玩游戏那么简单，"简直就是被逮进渣滓洞嘛！"

渣滓洞是个什么洞？刚毕业分配到公司的美女小灯一脸迷茫问大刘。

大刘不可思议地看看小灯，然后叹了口气说，唉，你们这一代人，连渣滓洞都不懂，把历史仇恨都忘光光啦。小灯脸一红，没再问了。她就是怕大刘这个老总说教，总是说自己这不懂那不了解，其实她认为，她懂的东西他也未必懂。信息时代，一日千里。小灯出生于一九八七年，大刘出生于一九六三年，二十多年间，有的东西硬是相差了亿万光年。不过这个渣滓洞，小灯的确是不懂，听起来像是山西某个黑煤窑。

王朝阳懂。他虽晚生大刘几年，但也逃不脱二十世纪六十年代，那个饥贫年代。之所以王朝阳跟大刘能在公司里成为好朋友，下班能老在一起喝酒娱乐，一大半因为他们来自那个年代的某个农村。他们同在广州这个地方混饭吃，一直混到中年，混成了这个城市八九点钟的太阳。"八九点钟的太阳"，这是大刘喝酒兴奋了，沾沾自喜喊起来。"毛主席他老人家说，青少年是八九点钟的太阳。算一下，到我们这个年龄，不就是下午两三点钟了吗？非也，非也。在这个城市里，我们才是八九点钟的太阳！"放眼望去，这个城市的建设、创造乃至消费主力军，已经是六十年代人的天下啦。他们才是这个城市八九点的太阳！或者说，城市的太阳就是他们这帮人托起来的。

大刘和王朝阳他们几个同代人在一起喝酒，除了扯淡之外，还不时唏嘘感慨两下。嘴里打着洋酒和北极贝混合的酒肉饱嗝，他们聊起从前的饥饿。饥饿的欲望等同于他们青春期的欲望，简单、直接、生机勃勃，当然，也是像青春小鸟般扑棱棱一去不复返的。

昨晚，喝光大半瓶XO之后，牢骚多了，大刘一时竟然说出想提前退休，告老还乡的话来。王朝阳的郁闷无处消散，仗着酒兴忍不住讽刺他："真有那本事，你就该学我们大老板，屁事不管，每天出海玩帆，学海豚音去！"大刘一听这话，当即蔫儿了。大老板，也就是公司的一把手，五十岁不到，生意做

杀死王老虎

出规模了，就撒手不管了，迷恋大海、帆船，整天跟着俱乐部的人满世界地海上漂，脚都不沾地。人家钱照赚，越玩越高境界，谁能做得到？

"喝酒，喝酒，大老板？大老板算个屁！今晚回去我就把他买来当奴隶！"大刘脸红红地端起了酒杯。其他人旋即起哄，质疑起大刘的胆量，还说要下注赌谁敢买大老板当奴隶。谁能有那么大胆买大老板？人虽在海上漂的大老板，在公司却无处不在，眼睛比摄像头还多。

后来，他们讨论起了人的胆量。他们一致公认王老虎够胆量，并且认为闪玲就是王老虎。

闪玲是公司里的一个小职员。刚做了手术，癌，两只乳房都没保住。这女人先是羞于跟人说，等做完手术，才发现，有一种长期要打的针，昂贵得惊人，两万多元一支，医保却一分都不给报销。实在没办法，她只好跑到财务处求情。不知道她从哪里听说，公司里对重大疾病的药费有特殊补助。接连跑了好几趟，人家都不给报，闪玲只好找到王朝阳。

王朝阳看着这女人，恻隐之心油然而生，可是，也仅仅是恻隐了那么一下。他哪里敢违规给闪玲报销？要知道，大老板用了近十年的时间来考验他，做假账、偷税漏税、挪用公款……这些事情大老板都吩咐王朝阳干过。说实在的，王朝阳真不敢干这些犯法的事，然而大老板吩咐的事情，他又哪里敢不干？最终，干是都干了，但每次干过之后都紧张得要命，心情极度压抑，紧接着会有一段时间的失眠，严重的时候，不得不休个年假到外地旅游躲避一阵。"此人胜任财务处长。"高层会上，大老板对王朝阳做了这样的评价，他说，王朝阳管账是一把好手，脑子好使，有规矩，但就是胆子不大，干别的事不成。所以，多年来，王朝阳就一直当着他的财务处长，从没腾过位置。大刘说，王朝阳在公司的前途到顶啦。

王朝阳有的时候会很懊恼，大老板那句"胆子不大"的话，就好像一粒痔疮，将伴随着他的后半生，虽不致命但却令他很不堪，一直成为他的隐患。

闪玲要王朝阳批准报那两万元一支的针费，谈何容易？除非闪玲是大老板！她在王朝阳面前坐了一下午，好说歹说，见没一点效果，于是横下一条心来，哭哭闹闹。最后，为了证明自己的可怜，硬要给王朝阳看她已经不存在的两只乳房。说脱就脱，眼看着扣子一粒一粒被闪玲从扣眼里解放出来，王朝阳吓坏了，连忙叫保安来将自己先解放了出去。

闪玲的药费固然没报上。这件事情导致了不良后果。闪玲在公司里经常以一名重病人自居，偶尔上班迟到早退，部门领导怕她再闹，也只好睁只眼闭只眼。最令王朝阳不舒服的是，她总是大张旗鼓地在不同场合跟别人讨论她的乳房，倾诉她所受到的折磨。电梯间、茶水间、食堂、会议室……不仅讨论，还比画，还让人透过衣裳去看她胸口的形状。这样做无非为了博取同情，赢取支持率。果然，没多久，公司财务遭到非议，王朝阳个人也遭到非议。在公司内部论坛上，还掀起了关于员工福利、保险等方面的大讨论，搞得极少惹是生非的王朝阳头都大了。

大刘说："肯定是她！人生病的时候，是最恶的，也是最有胆量的，因为除了死他们什么都不怕了。"

王朝阳没接话，只是无奈地摇头傻笑，叹息。

杀死王老虎

回到家，王朝阳打开快乐网，昨天看到的那两行话又跳跃在自己眼前：

"你目前正在给王老虎当奴隶。"

"你在晚上九点五十四分被主人王老虎灌了一杯啤酒兑尿液。"

刚才的那股酒劲，一下就蹿了上来，使他脑袋不断地膨胀发热。他用鼠标翻看着过去的奴隶记录，那一行行粗鄙、肮脏甚至下流的话，那一次次被鞭打、羞辱、痛殴的经历，就像一首优美的诗歌一样，排列组合，淋漓尽致。他不由得高声叫，痛快极了。他老婆以为他又喝高了，像往常一样喜欢呼口号。她从卧室里走出来，一边骂骂咧咧，一边抱起枕头被子扔到书房的小床上。她最讨厌王朝阳喝酒，因为她知道王朝阳就算再喝下一吨的酒，这辈子也难以攀上高层的位置。这酒既不能给王朝阳带来效果，也不能给王朝阳带来运气，更不能改变王朝阳胆小怕事的命运，这酒最后都变成了一个饱嗝，或者几个空屁给放走了。她才不愿整晚给这些无用的酒嗝、空屁纠缠住。

王朝阳朦胧中感到他老婆骂骂咧咧地过来，又骂骂咧咧地走开了。他在脑子里，伸出一张无形的巴掌，冲她的背影刮过去。

从哪个方面来看，王朝阳都不具备一个受虐狂的表现。他过着他们二十世纪六十年代人都具备的追求理想和进步的生活，他严格遵循人生螺旋式上升的定律，如无意外，将一直螺旋终老。可是，当王老虎在快乐网用言语咬他噬他的时候，他的快感无可替代。王朝阳的生活也因为王老虎的出现改变了其波澜不惊的律动。更使王朝阳痛快的是，这种公开的虐待，博得了同事、朋友们的同情和支持，让他产生了一个短暂的幻觉——他是一个"得道多助"的好人，他感到了那种久违的集体的温暖。很奇怪，这温暖连同王老虎的折磨一起，使他迷恋不已。

昨天晚上，王老虎发现，正在为自己缝补衣服的奴隶王朝阳，居然还没到时间就罢工了，失踪了！他仿佛听到王朝阳高唱着"起来，不愿做奴隶的人们……"大踏步地从自己的王国里走了出去。

经过查看，王老虎掌握到，王朝阳目前正在一个叫刘天明的家里当奴隶。其实是用高价格从王老虎手里赎走了。此刻，这个刘天明正在安抚着他，给他喝好酒，抽好烟，带他到天上人间去玩女人……

王老虎看了看王朝阳的身价：五万两千五百元。等于五根冬虫夏草的价格呢！他倒吸了一口冷气。不过，他很快又高兴起来了。他的奴隶王朝阳在自己的培养之下，价格哄抬起来啦，成为一名"钻石级奴隶"。没想到，他王朝阳仕途一般，当奴隶却相当有资质呢。

王老虎仰天哈哈大笑几声。奶奶的，谁敢动我的奴隶？他一直冷眼地观察着在刘天明家享受的王朝阳，隔几个小时就上去看看，并没有急着将他买回来。他想，让这可怜的奴隶缓口气吧，让他重新过一阵与现实生活无异的时光吧，这些愚蠢的时光。王老虎坚信，王朝阳只有成为自己的奴隶，才能在这种虐待中感到疼痛，而只有这些尖锐的感觉才能时刻提醒他：弱肉强食。动物世界、人类社会乃至这虚拟的网络世界，总是以这样的法则进行着，无一例外。他甚至认为，自己对王朝阳的爱护远胜他人，他在将自己过人的力量赋予王朝阳，透过每一次侵犯、虐待、凌辱。

"奴隶王朝阳晚上九点零四分跟随主人刘天明在加勒比海上冲浪。"

第二天晚上九点十五分，王老虎看到了这句话。他的眼前仿佛浮现出了王朝阳跟刘天明正在效仿大老板玩帆船的情景，他觉得滑稽死了，尤其王朝阳，更像个小丑。同时他心里感到了忧伤。王朝阳这一生当中最恐惧下水。童年时代的某个暑假，王朝阳跟随一群小伙伴瞒着大人到河里游泳。七个人去，最后却回来了五个，有两个也不知道什么时候消失的。过了几天，村里人在河边发现了两具浮尸，他只看了一眼就吓得狂吐，之后还发高烧大病了一场。从此对水的恐惧，就像对病痛的恐惧一样。要王朝阳陪着刘天明在加勒比海上嬉戏、冲浪，那可真是把命都豁出去了。可怜的奴隶王朝阳啊，就算活在虚拟的世界里，还是要逢场作戏，说违心话，做违心事。这样一想，王老虎心里一酸，鼠标一点，将王朝阳高价从刘天明手里强买了回来。换算了一下，花掉了六根冬虫夏草的钱。王老虎觉得没什么可心疼的，相反，他还因为自己拯救了王朝阳感到无比欣慰。

一买回王朝阳，王老虎就给了他一顿痛殴，他要让他记住，这种不真实的快乐，是要付出代价的，这代价在于王老虎是损失了一笔钱，在于王朝阳就是一顿殴打。

"奴隶王朝阳晚上十一点十分被主人王老虎殴打了一顿。"

王老虎在殴打王朝阳的过程中，感觉自己就像一个严厉的父亲，一边打，一边心里伤痕累累，但却不能住手。

　　对于王朝阳这段时间所受到的一连串郁闷，作为朋友，何以安抚？唯有杜康。大刘贡献了好酒。酒后，他们在一起玩"真心话"游戏。

　　一只被喝空了的长颈XO，横躺在桌面，被人一拧，旋转若干个三百六十度。停住的时候，酒瓶口正对着王朝阳。

　　这一轮的问题是：请问目前最难以启齿的事是什么？

　　酒瓶口像枪眼，黑森森地，一直瞄准着王朝阳。

　　"不许动！"声音从那黑洞里伸出，直戳王朝阳的软肋。

　　"砰砰！砰砰！"王朝阳听到几声枪响，子弹"嗖嗖"两下就镶嵌到了王朝阳脑门上。他能够感觉到那金属与肌肤、脑髓亲吻的凉意。

　　"快说，快说，不说罚酒！"大刘他们催促着发愣的王朝阳。

　　"什么鸟问题，难以启齿的事谁能说出口？瞎搞，瞎搞！"王朝阳极力抗辩。

　　他们逐个威胁王朝阳，无效。

　　王朝阳最后软塌塌地举起了双手，做投降状。

　　难以启齿的事，就算脑袋搬家了，就算被王老虎一枪给毙了，就算凶猛的烈酒让自己跟跄得连祖宗都不认识了，牙关都得咬紧，烈士一样挺过去。

　　罚下三杯酒，在王朝阳的意识临界崩溃的那一刻，他清楚地叫了起来——杀死王老虎！这酒精浸泡过的宣言，如一条冬眠的蛇，梦里再如蛟龙般翻江倒海，肉身却始终是一摊烂泥。

　　第二天上班，大刘在那间紧闭着门的经理办公室里，给王朝阳打电话，告诉他，昨天晚上司机送他回家，他一直高喊："杀死王老虎！"像个烈士。大刘的司机，一贯嘴巴大，"杀死王老虎！"——这口号当然也就在公司传开了。

王老虎真的来过。

那个晚上，冷空气来袭。睡觉前，王朝阳在快乐网的农场里给牛喂过草，给兔子喂过胡萝卜，最后还不忘到菜园里，算了算那只种下的西瓜，还差三小时就到成熟期。如无意外，大刘会在凌晨四点钟，跑进王朝阳的菜园里摘那只西瓜。王朝阳想象着大刘那傻瓜，为了偷一只西瓜，冷得打哆嗦，困得打呵欠的样子，他想笑。多么无聊的人生啊！

王老虎就是趁着冷空气来的。王朝阳在脑袋里隐秘地反复琢磨这个问题的时候，只能给出这样的答案。冷空气来的时候，王老虎就腾云驾雾翻进了他的公寓，神不知鬼不觉。直到他放肆地翻动客厅东西的声音，把王朝阳弄醒。

起初，王朝阳还以为是风的声音，他半睁了一下眼睛，又要睡过去。可是那声音越来越响，越来越近，他只好把两只眼睛都睁开了，辅助自己的耳朵辨听着声音的方向。听着听着，王朝阳就听到了自己剧烈心跳的怦怦声，像捂在胸膛里有一支枪，因为紧张而走火了。王老虎就是在这个时候，站在王朝阳卧室窗外的阳台上，手里举着一根家伙。王朝阳事后在无数次回忆里，对那根家伙的形象进行过无数次的还原，一把刀？一根棍？一支枪？最后，他从王老虎那嚣张的姿态里，分析出了一支枪的形象。

冷风在窗外，是有形状的，那就是王老虎黝黑的壮实身躯的形象。

透过窗户，在黑夜里，王老虎的眼睛与王朝阳的眼睛必定相遇了，他知道他盯着他，他也知道他迎着他。几分钟，每一秒都好比一梭子弹，"砰砰砰砰"，将王朝阳过去那四十一年的人生全都一扫而光，委顿倒地。四十一岁的王朝阳被一双眼睛在黑夜里射杀，尸体倒挂在岁月那因为惯性而不停晃动的钟摆上。

一会儿工夫，王老虎从窗户消失。外间的书房又传来一阵稀里哗啦的翻动。这时候，王朝阳老婆也被那动静弄醒了，她警觉地推了推身边的王朝阳，王朝阳没理她，装熟睡。她又继续捅了捅他，王朝阳一侧身，顺势将老婆严严实实地抱了个满怀，没吱声。老婆被王朝阳这姿势感动了一下，脑子一热，就没再挣扎，心存疑惑却又附和着王朝阳。好在没多久，屋子里的声音就停止了。风摇撼着防盗栏杆，虚伪地试了试结实度，栏杆应答了几声"哐哐哐"。铁栏杆还在捍卫着这房中的一人一物。王老虎已经随风溜了。

这个钟点，大刘正猫着腰溜进自己的菜园，抱走了西瓜。临走，还过瘾地贼笑两下，在王朝阳的菜地里丢下条害虫。

王朝阳脑子空空的，他的眼睛再也没睁开。他一直强制着自己相信，王老虎只是在梦里来的。的确，没多久，王朝阳就到梦里延续着王老虎的行为，王老虎把自己的车开跑了，王老虎把他的钱劫光了，王老虎将酒柜里那些名酒都收缴了，还将他心爱的车模都掠光了……

天亮的时候，他随着老婆的一声惨叫，跑到客厅里、书房里，看到一番被小偷光顾过的景象。王老虎对他家柜子做了

杀死王老虎

粗略的翻查，将他们装有现金、银行卡、手机的皮包掠走，将书房的两台手提电脑抱走，还到王朝阳的车模陈列室里翻了一下，那辆黑色的老爷车，被王老虎端到了房门口，车门大开，一副欢迎上车的架势。

最令王朝阳老婆心有余悸的，是她搁在餐桌上那包还没拆封的鸭脖子，竟然被王老虎拆了个口，挑了一段来嚼。

"这死贼，还有心思啃鸭脖子，太可怕了！"王朝阳的老婆拍着胸口，一直跟王朝阳强调着鸭脖子的事。

报警的时候，她也是那么反复跟警察说的。她还说，半夜就被一些声音吵醒了，不过很快就没有了。她以为是风。

警察询问王朝阳的时候，王朝阳说，自己一直熟睡，什么也没听到，直到早晨起床才发现被盗窃了，她老婆接过话说，是啊是啊，我老公睡得很沉，我当时被惊醒的时候还推了他几下，他一翻身，我以为他醒了，谁知道他还是没醒。

看起来这贼手段高明。他不是从窗户进来的，防盗网完好无损。他是从大门口堂而皇之进来的。锁有被撬的痕迹，是被撬开，不是被撬坏，所以动静很小，里边的人压根没感觉。

警察循例录过案后，王朝阳走出了派出所。他是坐警车来的，回去的时候，他想徒步。他走过了一个又一个红绿灯，他上了一座天桥又下来，过到对面街。表面上看，他跟路上的行人没有任何区别。他穿着整齐的名牌衣裤，他走路左右左右地脚步正确，他遵守行人交通规则，他体面地出现在旁人的视线里。而只有他自己知道，那夜盗的枪已经射杀了他。无论他如何回想他跟他对峙的那一幕，无论他在记忆的回车键上多少次地敲打，他都无法再找回那个怯懦的时刻，那个畏缩地躺着一动不动的男人。

　　快到家的时候，在马路边的一根电线杆上，王朝阳看到那上面贴着一张寻人启事。失踪者名叫王老虎，男，四十五岁，广东番禺人，患有轻度精神病，二〇〇九年一月二十四日下午离家出走后至今下落不明……照片上的王老虎，睁着一双受过惊吓般的眼睛。他驻足电线杆前看了好半晌。他先是觉得这人名字好玩，后来又觉得这人眼睛特别，像闪电一样，一忽儿从他裂开的意识里钻进去就不肯出来了。

　　第二天，王朝阳重新买回两台电脑。一台名叫王朝阳，一台名叫王老虎。他为王老虎在快乐网上注册了一个账号，他自作主张地将那个夜盗之徒称为王老虎。王老虎在快乐网买他当奴隶，延续那个夜盗对他的折磨。公司里有些拍马屁的人，花力气在网络上展开了对王老虎的"追杀"。不过，做什么都无效。王朝阳花钱请了个黑客朋友当王老虎的保镖。一般人只能从王老虎踩着电脑光纤留在网页上的脚印得知他的出没，根本看不到王老虎现形。更没有人知道，王老虎就是王朝阳，王老虎是一个账户名，是一种情绪在光标上的挪动。

　　在王老虎虐待自己的时候，王朝阳能感觉到王老虎具体的存在。有些时候，他还甚至觉得王老虎钻进了自己的体内，他的五脏肺腑都能感受到王老虎的加盟。表现得最为明显的就是他的胆，像是灌满了王老虎的胆汁，充盈饱满，活力无限。

　　那天中午，王朝阳在食堂吃饭，碰到了闪玲。自从大闹那一场之后，他见了她，像条件反射一般，在脑海里不时会浮现两只被切割后的乳房，并且还在潜意识里用目光去瞄她胸前那

杀死王老虎

片灾区。闪玲跟那个下午相比，简直换了个人，仿佛什么也记不得了，大大方方地迎着王朝阳，目光灼灼地看着他，既不打招呼，也不微笑，端着饭碗，就坐到了王朝阳的对面。

一坐下来，闪玲的胸口就正对着王朝阳的低头吃饭的眼睛。王朝阳迅速地瞥了她一眼，打了个招呼。

"王处长，您放心，我现在不吵着找您要钱啦，别紧张啊。"闪玲说完，呵呵咧嘴笑了起来。

王朝阳觉得这个四十来岁的中年女人，笑起来其实还挺有风韵，尤其那一口洁白的牙齿，是她这个年龄里所稀有的。他嘴里刚好含着一口饭，没好说什么，只是"呜呜"地笑了两声。

等到把饭吞下去，王朝阳才对闪玲说："身体，没什么大问题了吧？"

"能有什么？无所谓啦，我跟你说啊，我现在，不吃药，就能治病啦。所以，钱什么的，对我来说，根本不重要。"一丝轻蔑的微笑掠过了闪玲的脸庞。说完，她用勺子轻轻舀了一口冬瓜汤放进嘴里。

王朝阳才不理会闪玲这些赌气的话呢，他早就听"潜伏"在公司里的"眼线"说，这个闪玲自从大闹王朝阳之后，就变成了个无赖。工作不上心不配合，对谁都不谦不让，对啥都无所谓，最近好像还信起了佛，一副万事皆空的样子。

"不相信？那也没办法啦，等到您也生了癌，那个时候您就会相信啦。"闪玲一副没心肝的样子说。

王朝阳停止了吃饭。他看着闪玲正埋头一小口一小口地吃着饭。她穿着那种很正式的公司制服，紧紧地勾勒出了一个中年女人所拥有的线条，不再年轻，不再考究，不再折腾，只是脸上化的一点淡妆，还在证实着这女人对这种公司生活的服膺。

看着看着，王朝阳的目光大胆地往下移动，大胆地停留在闪玲的胸口上，从那灰色的小西装的包裹下，打探那两只传说中不存在的乳房，他还试图从那西装的小翻领里探进去。

闪玲发现王朝阳的目光正在放肆地探寻自己的时候，她本能地将手护在自己的胸前，只那么一下，她的脸就涨红起来。她把这目光看作是一把复仇的剑，为了她那些关于癌症的诅咒。

王朝阳并没有收回他的目光。此刻，他觉得王老虎的胆汁灌溉了他，鼓舞着他的一举一动。他还盯着闪玲在看。他用目光掰开了她护在胸前的手，撕开了她端庄的小西装，扯下了里边那或许是白色或许是黑色的内衣，直到那两个伤疤出现。王朝阳认为，那地方必定像一个盲人的双眼。

闪玲被王朝阳沉默的目光唬住了，与方才坐下时那副无所谓的样子迥异，她嘴里凌乱地蹦出一些词语：神经病、变态、疯子……这些词语使王朝阳似曾相识。他迎着这些词语，脸上露出了微笑。就是这微笑让闪玲吓坏了，她大嚷了一声，顺手将桌面那碗冬瓜汤泼向王朝阳。

没有人知道这两个人之间发生了什么事情。到今天，人们还是合理地认为，闪玲又像上次在王朝阳办公室那样无理取闹啦，为了那些药费。他们同情王朝阳，并且一致认为王朝阳这段时间太倒霉啦，遇上了几个无赖，比如闪玲，比如王老虎。

大刘送给王朝阳一盘他亲手栽种的仙人球，让他放在办公桌上，说是防小人，保风水的良方。大刘不愧是种植的一把好手，那盘仙人球，色泽幽绿，形状浑圆，身上长满了傲人的荆棘，在阳光的照射下，每一根刺都充满了力量和胆识，每一根又仿佛弦上之箭，绷得紧紧的，瞄准各个方位，让人的确有点不敢靠近。

这件事情之后，王朝阳打算补偿闪玲，轻车熟路地指挥着自己，将五万元轻松地挪到了一个账户上。然而，这五万元还没等交给闪玲，闪玲就消失了。不，不是消失，是——遁。这个文绉绉的词一度成为公司的流行语。也不知道是谁起的头，现在，公司员工下班的时候，遇到了，就要搞笑地打招呼说——

遁啦？我也遁啦！

遁哪儿去？

遁家去？

公司就是这样的，什么东西，好玩了，一传开，一窝蜂就会流行起来，过一会儿就又被遗忘了。

"遁"这个词之所以被流传，是出自闪玲在QQ空间里"晒"心情的一篇文章。闪玲消失后，这篇文章在公司电脑里被传阅个遍，至今，王朝阳办公室电脑的收藏夹里还保留着链接。文章大意说，生病是天灾人祸之最恶，生不能好好生，死不能痛快死，而这世上最难买到的药就是同情。她决定不再吃药，将余生寄托给空门，用她的信念换取佛祖的慈悲，她相信，在那个门里，生和死，只不过是一个空间跟一个空间的位移而已，因为在目空一切的人眼里，门外和门内都是空的。这篇文章最后的一句话，往往被公司员工传播——"遁入空门，以我粗浅的理解，就是逃遁尘世，我该逃遁而去的！"

据说，闪玲做手术后没多久丈夫就有了外遇。她一灰心，将积蓄捐给了家乡一座名不见经传的小寺庙作为香油钱，自己也"遁"到那里去了。

从那篇文章里，仍然可以读到闪玲的一股怨气，王朝阳仍然可以感觉到一个耿耿于怀的女人，坐在他面前，一整个下午都在诅咒这个世界。

闪玲的"遁"使王朝阳沮丧得要命，他刚刚做完那笔假账，钱还没来得及交给她，她就"遁"掉了。王朝阳每每想到这个女人，总是会坚定地相信，她即使"遁"到天涯海角，在某些时刻，必然还会抱怨这个世界，而这个世界里，必然有个他在里边，他在这里边，也必然像接受王老虎的折磨一样接受着闪玲的谴责。

那个深夜，王朝阳失眠了。他起床到书房来，打开电脑，看了看时间，三点过十五分。快乐网上的斑斓色彩，一点也不因为夜色的覆盖而隐退，相反，在黑暗里，却显得更为鲜艳了。这种虚假的鲜艳，跟王朝阳沮丧的心情形成了极为强大的反差。他漫无目的到处闲逛。看看自己的股票成绩，看看朋友们转过来一些无聊的帖子，看看自己的豪华车，然后他又看了自己的奴隶记录。嘿嘿，王老虎，王老虎，王老虎，又是王老虎……王朝阳想，如果真有这么一个人，那他绝对也逃脱不了弱肉强食者的游戏规则。

王朝阳开口对王老虎说话了。

"你逞个球的能啊，就只会欺负自己人。"

"有本事你把所有人都买来当奴隶，狠狠地虐待啊！"

"你去把大刘买来，把大老板买来，把余成买来，把牛庆裕买来……"

王朝阳一口气数了一大串的名字。很奇怪这些名字他事先都没有想好的，这些人竟然就一一跟随着他蹦出嘴边的名字被安排到了他的眼前。这些人，无一例外现在正在某张床上做梦呢。

在王朝阳念咒语一般的催促下，王老虎仿佛真的出现了。他被王朝阳的话激怒了，二话不说，在快乐网上，将自己余下的所有钱币买下了那一大串人，每买回来一个奴隶，都给他们以不同的惩罚。

"奴隶刘天明（也就是大刘）凌晨三点三十四分被主人王老虎咬了一口。"

"奴隶李守业（也就是大老板）凌晨三点四十分被主人王老虎绑在老虎凳上用刑。"

"奴隶牛庆裕凌晨三点五十分被主人王老虎鞭打。"

……

王老虎手脚利索，光标所到之处，能听到电脑的搜索引擎在这寂静的夜晚里发出响亮的唰唰声。

王朝阳兴奋到了极点。他觉得自己就像那出著名电影里的"佐罗"，侠盗心肠，孤胆仗义……而他做这些事，又是光明正大的。王老虎行不改名，坐不更姓，响当当的大名留在每个人的网页上。他感到从来没有过的畅快。原来虐待自己跟虐待别人，感觉是完全不同的。虐待自己是痛并快乐，虐待别人是只快乐不痛。他奶奶的，王朝阳快乐得几乎要叫了出来，想到老婆就在隔壁睡觉，只好忍住了，在喉咙口里嘿嘿嘿嘿地狂笑不已。

第二天上午，办公室里炸了锅一般，气氛紧张。大刘给王朝阳打电话，说，这下王老虎搞大了，把他们几乎所有高层都咬了个遍，很明显，这是公司内部人员所为，据说大老板也被惊动了，要从海上回来。王朝阳一听，顿时吓软了。他没想到，昨天晚上自己的一阵豪情，搞出了那么大的动静。他心虚地向大刘打听调查的情况。大刘只说，没什么眉目，技术人员初步怀疑王老虎是个黑客，是公司的商业对手攻击我们的一个虚拟人物。王朝阳一听，心当即放了一半。饶是如此，他还是不放心，一个上午如坐针毡，忐忑不已。最后，他决定装生病请了半天假，回家处理王老虎。

王朝阳让自己花钱请的那位黑客立即行动，杀死王老虎。

当天晚上，王朝阳熟门熟路地登入到王老虎的网页，发现里边的记录全都像被点了穴般，停留在同一个时间上。奴隶们有的因为打工时间结束而溜了，有的被提前终止了买卖交易给放走了；农庄里的动物嗷嗷待哺，系统贴出了"营养不良"的警示；菜园里一只虫子都没有留下来……一派生灵凋敝的景象。

那黑客真的把王老虎干掉了，一点痕迹也没有，一丝犹豫挣扎都见不到。

王老虎真的死掉了！

不知道是因为危险解除，还是出于别的什么原因，王朝阳心下一软，无力的，酸酸的，直想哭。

对于王老虎的案子始终查不出个所以然。只知道他自动消失了，人间蒸发了。对于无疾而终的事情，人们猜测得很用功。他们猜得最确切的答案就是——闪玲就是王老虎。她对所有高层都惩罚一顿，解了气之后，就彻底离开了。

"肯定是她，在庙里不可能上网聊天嘛！"人们对于这种巧合进行了肯定的推断。

无论如何，摆脱了这些麻烦事，大刘他们几个一定要王朝阳请客，吃饭喝酒，以扫晦气。王朝阳二话不说，答应了。他决定用做假账得来的五万元豪请他们一顿。五个人，每人一万元。他一点都不肉痛，五万元算什么？还抵不过大老板那一张帆布。

王朝阳的饭局隆重得不得了。设在珠江新城的"太空一号"。那地方，据说全广州只有百分之一不到的人去过。王朝阳的豪气顿时感染了大刘，他说，奶奶的，大老板常去的地方，我们难道去一次都不成？有了这第一次，下回我再请你们去第二次！

傍晚六点十分，王朝阳他们五个人就钻进那座高达二百五十米的大厦。"太空一号"设在顶楼，有观光梯从一楼直接升上去。为了让贵宾得以好好欣赏广州的CBD，观光梯缓缓上升，全程花去了三分钟时间。王朝阳他们五个人，就像坐进了一艘太空船舱，离地，眼观着广州越来越小。同时，他们的物理重量也一点一点地丧失。

三分钟后，顶楼到了，电梯门自动打开。等他们刚跨进"太空一号"，某个机关就启动了，头顶的天幕慢慢打开，呈现出了一片天空。王朝阳抬着头，这种与天空的近距离使王朝阳产生了一种莫名的恐惧，又恐惧又刺激，同时，想要飞上天幕的欲望也随之而来。这欲望竟然与恐惧一样多。

整个晚餐，都是在天空的注视下进行的。

王朝阳又喝高了。不知道是由于情绪过于激动，还是氧气稀薄没能及时跟酒精发生作用的缘故，没喝多少他就感到飘飘然。他的肉身离开自己很远，已经不听使唤了。他只知道自己又开始高喊口号了。他听不清楚自己到底喊了些什么，不过他确信自己喊出来的一定不是真话，因为，在他的脑子里，他清晰地看到王老虎，一声不吭，举起一支枪，正指着他……

带你飞

在卫生间洗过澡后，严行进穿上短裤。照镜子前，他一定是要穿上短裤的，那种阔大的平角短裤。某个部位，遮起来，看不见，似乎更能体现其威武，即便那威武也许——是一种幻觉。中年以后，胸脯以下有一条明显的分界线，那个隆起的地方骄傲得发亮。严行进抚了抚肚皮。镜子里，他还看到了身后那台银色的滚筒洗衣机。忽然像记起了什么，他转过身去，半蹲下来，打开舱门，将脑袋伸了进去。里边空荡荡，耳朵里满是自己喘的粗气。他艰难地把脑袋缩回，双手撑在膝盖上，使自己直立起来。有点累。他对着镜中那个胖子冷笑一声，嗨，哥们儿，你疯了吗？

早上，米嘉欣对严行进说："洗衣机的滚筒里，一定住着一个专门吃袜子的鬼。"

严行进噗地笑出来。"你在讲安徒生童话吗？"他看着老婆的样子，一时间不知道怎么评价她，只是不断地摇着脑袋。米嘉欣不是开玩笑的。她指指阳台上的晒衣竿。那上边吊着两只袜子，一只长的，灰色，一只短的，紫色。

　　"这次它吃了两只。以前它只敢吃掉一只的。"米嘉欣郁闷地研究着这两只落单的袜子。严行进一时间无语。小风吹过来，灰色长袜朝紫色短袜踢过去，紫色短袜玩花样般轻松避开了，像个神秘的武功高手。

　　落单的袜子总是会自己出现的。不是在抽屉里，就是在门背后，不是在洗衣篮里，就是在被褥里，总之，刻意去寻找是没结果的，只能等，等它们愿意出现的时候。严行进很清楚这一点。这就是他们家。

　　米嘉欣也很清楚。隔一阵，她会为那些偶然重现的东西而欢叫，那种失而复得的快乐，就像占了谁的便宜一样。只是，她的确无法解释它是如何消失的，它消失的那段时间都经历了什么。一只专吃袜子的鬼，一个专盗身份证的小偷，一个专藏皮带的变态，甚至是一个专拔U盘的神经病……

　　严行进反问她："照你这么说，为什么那些东西又会自己冒出来呢？"米嘉欣想了想说："谁知道，大概只是想借去用一阵，用好就还回来了啊。"严行进像咽下一只蛋黄，堵住了。很多话他是没办法接的，因为她的想法跟自己不在一个开关上。

　　年轻那会儿，严行进觉得米嘉欣很天真，中年以后，他死死认定她其实是个傻大姐儿。好在米嘉欣是一个旅游博物馆的解说员，每天像复读机一样，并不需要什么心机，要是换作其他单位，像米嘉欣这种女人，"死"好几遍都不知道自己怎么"死"的。他总是对那些爱上他家聚会的同事说："我娶了个奇葩老婆。"好在，这个奇葩老婆不怎么管他，出入自由，花钱自由，仿佛她知道，他是这个家的一件东西，就算哪天被借去用了，用好自然就还回来的。

周末，严行进约单位几个哥门儿来家里玩牌。玩牌一贯是严行进交流工作的一个工具，他们一边玩，一边讲单位的人事。其中，那个人事处的副处长梁力和办公室的副主任邱天是常客，严行进往往从他们那里得到一些额外的消息。最近，单位里进驻了巡视组，有消息传，第三把手怕保不住了，贪污，养情妇。严行进想八卦一下，那个第三把手到底是怎么被搞"死"的。

作为主妇，米嘉欣像往常一样给他们沏茶，切水果，还用烤炉烤了些简单的曲奇饼干。在他们礼貌地夸奖饼干好吃的时候，米嘉欣忽然说："我吃过一种太空饼干，在阿姆斯特丹，味道很奇怪的。"

副处长梁力拿了一手好牌，稳坐，等赢，他顺便搭了一句话："嫂子，太空饼干，是给太空人吃的吗？"

米嘉欣说："不是的呀，是吃了之后，人就像飞进了太空一样。"

"噢，是用酒做的吧？"

"大麻。"

台面上几只手顿时停下了。他们都看着米嘉欣，包括严行进在内。

"真的是大麻做的，反应没那么大就是了，吃过之后，我们玩一种游戏。一个人闭上眼睛，其他人就做一些动作，看那个人是否能看见。我闭上眼睛，看见一个人和一个人拥抱，一个人捏了捏另一个人的左耳朵。她们说，没错，她们就是这么做的。"米嘉欣的语速很快，就像她平时在博物馆里讲解一样，"不过，有的人闭上眼睛，什么也看不到。"

男人们都愣住了。

副主任邱天一把将手上的牌倒扣在桌面，他邀请米嘉欣多讲一些。

米嘉欣将那次阿姆斯特丹的奇妙之遇大致讲了一下。

"不是说会产生幻觉吗？怎么会看到真实的东西？"邱天兴致最浓。

"嗯，我查过一些书，对有的人，它会延伸人的神经长度，或者说感知范围。有的幻觉是真实的，只是你并不相信。不是这样吗？不肯相信的东西你们都会说成是幻觉。"米嘉欣正儿八经的样子，令他们不忍质疑。

"打牌，打牌，别听她瞎掰，我这个奇葩老婆，一天到晚净说些奇葩的话，亏你们也信。"严行进狠狠地甩出了一对红心2。"这一把，我必须管住你。"他指着梁力咬牙切齿地放话。

米嘉欣独自离开了牌桌。

那几个人又开始叫嚣，甩牌。听起来，严行进居然干掉了一手好牌的梁力。

"你怎么知道一双黑桃K在我这里？他妈的，莫非吃了太空饼干？"

"哼哼，我就是吃了太空饼干，牛×大了。"

于是，他们稀里哗啦重新洗牌，一边洗，一边"太空饼干"地说个不停，无非就是总结失败教训和获胜经验。

"妈的，以后跟你打牌，看来得先来两片太空饼干。"

米嘉欣在卧室听到那些狂放的笑声。她认出了严行进的声音。印象中，他好像只有在这些时候才笑得那么忘我，以致她有点恍惚，平日里那个乏味、沉闷的严行进究竟是不是她的一种幻觉？

对于米嘉欣来说，阿姆斯特丹的确是一次很奇妙的旅行。她是跟几个闺密一起去的，风景倒没多吸引她，最后一晚在酒店里，杜倩倩在阳台抽了一根烟之后，回到房间，忍不住从旅行包里取出一个五颜六色的盒子，对正在喝啤酒聊天的她们说："妈的，来荷兰不尝尝这个，你们是来干嘛的？"米嘉欣接过盒子。刚才在coffee shop的菜单上看到过，在卖啤酒的路边小店里也有，她还以为是巧克力，拿起来仔细读过上边的字母。杜倩倩是她们当中唯一的女烟民，逛街的时候，她偶尔会消失一阵，她们就知道她找地方买烟去了。就像嗜酒的人喜欢猎土著酒一样，她喜欢抽当地烟。前一天逛性博物馆的时候，杜倩倩就曾经脱离过队伍。赵杨说，我就知道这家伙去买这玩意儿了，跟抽烟一样嘛。

"哼，她终于憋不牢了，在coffee shop吃饭的时候，她就一直在说，这种奇怪的香味，你们肯定第一次闻到，猜是什么？切，这用猜吗？"李素岚是五人当中的老大，心思最缜密，每次出门都全赖她做攻略，路线、酒店、交通工具，妥妥地打印在A4纸上分给大家。

"抽了会有什么反应啊？怪好奇的。"米嘉欣忍不住问了出来。

"抽一口就知道了呗。在这里是合法的。"杜倩倩热烈响应米嘉欣。

于是，她们就学着杜倩倩的做法，各自卷了一根。一口、两口，赵杨和乔珊珊就先后嚷嚷。"不行了，不行了，晕。"赵杨揉着凸起的小肚子哼哼，"怎么这里热乎乎的。"米嘉欣什么感觉都没有，她只是觉得那些香味很特别。刚才在coffee shop一直都坐在这种香味里。

杜倩倩抽完了一根，米嘉欣抽掉了三分之二。

接下来，她们几个人，一声不吭，等反应。山雨欲来的紧张兴奋。

米嘉欣的反应最慢。她不知道自己怎么就躺在了地毯上，当地毯从她的脊背开始下陷的时候，她的脑子出奇地清醒——嘿嘿嘿，现在开始了。她听到自己兴奋的声音——地板凹下去了，柱子斜了。噢，天啊，整个房间都偏离了，大约有七十厘米的样子。

后来，米嘉欣完全不清楚其他人怎么样了，世界只剩下她一个人。在她的眼前出现了一些奇怪的画面。金色的教堂，教堂里的壁画，教堂里的展厅，展厅里的浮雕，画面不断转换，却无比清晰，仿佛身处其中。

"是罗浮宫。"米嘉欣笃定地对严行进发誓，"我真的看见它了。"

第二天她们又一起吃了太空饼干。要不是没法通过机场安检，米嘉欣都想带回来给严行进尝一尝。做完那个闭眼睛的游戏之后，她当时就想，闭上眼睛的严行进到底会看见什么？

严行进听米嘉欣说起这次经历，倒吸了一口冷气。"下次不能再跟她们出去了，尤其是那个杜倩倩，男人婆一样，难怪会离婚。"

米嘉欣没接话，继续跟严行进讲："真的是罗浮宫，我回来查过百度，一模一样，那些壁画，蒙娜丽莎的微笑，穹顶的图案……就像我真的去过一样。"

"你又没去过罗浮宫。教堂都长得差不多。"

说来惭愧，严行进没出过国，也没有到外面的世界看看的愿望，他每天从单位到家，从家到单位，也不无聊。他觉得单位就是一个有趣的世界，在他看来，人和人的交往就是从最远的地方旅行到最近的地方，或者反过来。所有的风景，如果没有人和故事，有什么看头？

米嘉欣不一样，她喜欢出门走走，看看风景。女儿考上大学之后，他们终于得以脱身，小长假她约严行进出去旅行，但严行进总是懒得动，他们为此不时生气。

"山山水水，我们这里多的是，节假日就连你那破博物馆也人挤人。风景哪里都一样的嘛。"严行进就用这样的话来搪塞。

"饭饭菜菜，怎么吃都是吃，在哪儿吃都是吃，那你为什么还要奔东奔西参加各种饭局？"米嘉欣这样堵回去。

"吃饭的人不一样，怎么能一样呢？"

"你是吃饭还是吃人？"

一度，严行进认为米嘉欣喜欢出门旅行，大概跟她的职业有关。在仅有的几次一起出行之后，他又觉得她并没那么喜欢看风景，在跟着导游听讲解的人群里，她总是会忽然消失。有一次在一个寺庙里，严行进以为米嘉欣掉队了，给她打手机，原来她压根就没跟着大部队停在半山腰的这个寺庙里，而是一个人爬到了山顶上。严行进生气地在电话里吼："不来这个寺庙你来这个地方干吗，莫名其妙！"静穆的庙宇里回荡着严行进的吼叫声，所有人都看向他。他不得不灰溜溜跨出寺门。后来，他在山顶一个僻静的地方，找到了自己的老婆——她坐在一块石头上，盘着腿，眼睛闭着，很享受的样子。

"神经病！如果这样的话，小区里任何一张石凳上，你爱坐多久就坐多久，跑大老远干吗。"他们总是不欢而散。

最后一次他们是去青岛。那一年，结婚纪念日遇上中秋小长假。朔望月一点点积攒，如同他们的婚姻，自转、公转，各种转动，竟然踩中了某个点。就连严行进这种早被米嘉欣判决为——身体里没有一粒浪漫细胞的人，接受这种命运的暗示，也生出了一些浪漫的想法。他们决定去青岛，看海上生明月。

他们提前一天到。途中因为预订的酒店并没能像广告上说的那样——窗边能看到海，严行进在总台跟人家大闹了一场。好不容易换到了一个能在窗边看到海的酒店，已经错过了饭点，饥肠辘辘，又不想出去觅食，只好叫了两碗海鲜面，为了区别平常生活，他们额外点了一瓶红酒。

落地大窗，窗外有海，总算很合意。海的舌头卷动着，一下一下地舔在米嘉欣的心里，不是咸的，而是甜的，像膨胀起来的棉花糖。

他们看过气象预报，如果明天天气晴好，晚上七点三十八分，最大最圆的月亮将会准时出现在这扇窗前。此刻，他们坐在窗边，对饮，话虽不多，但跟平时还是不一样的。米嘉欣望望远处的海，又望望近处的那个人，陷入了一种幻觉，仿佛自己是个小姑娘，那小姑娘脸上有着青春的光和微笑，她想跟对面那个人谈谈——爱情。有点困难，但她竟然说出了口："你还有多爱我？"她连自己都被吓住了，尴尬得脸红。对面的那个人也是被唬住了，看起来有点不知所措。如果，这个慌乱的局面是因为紧张，米嘉欣会做出轻松的样子，替他解围。然而，他并不紧张，他左顾右盼地压抑自己，生怕笑出来，结果他失败了——他哈哈哈地笑着，仿佛听到了一个放屁的声音，忍不住笑了，只好尽力笑得欢乐一些，以期越欢乐越能解除对方的尴尬。如果，那个天真的小姑娘，会在这种笑声里撒娇、撒蛮，强迫他投降——爱死你了，爱死你了，够了吧，她便会原谅他。可是，她四十六岁，他四十八岁，他们默契的步伐不包括月亮这次踩下的那一步，那是宇宙的规律，却是他们的一次节外生枝。她的理性只够让自己体面地转过身去。

电视的声音，很快掩盖了窗外那些不知内情的海的欢唱。那是一档法制节目，严行进每个晚上准点必看。无所事事，他们各靠在床的一边，看那个囚徒声泪俱下地忏悔，拖着脚镣，领着警察到他抛尸的现场——那是一个礁石凌乱的海边，海水混浊，凶猛地拍着礁石。"一个花季少女就是在这里结束生命的。"解说员惋惜的腔调，为这场悲剧谢幕。

第二天，他们在八大关转悠，视野都离不开海滨。海几乎没什么变化，严行进很快就腻烦了。然后他们购物，在摊档上买海贝饰品。米嘉欣找到了点乐趣，对比那些蜡染的裙子和琉璃手串跟她们博物馆纪念品超市的价格相差多少。午饭就在海滨一个饭馆吃，为点四个菜还是五个菜，一扎啤酒还是两扎啤酒，他们争论了几句。"两个人，就是很难点菜。"严行进其实还想吃一盘冰浸海螺肉，但两人位的桌面显然已经摆不下了。

在吃饭的过程中，严行进开始弄手机。先是短信，几个来回，电话就响了。

米嘉欣心里一沉，知道他最终还是忍不住。他告诉过她，在青岛有几个大学同学，已经多年没联系了。出发前，米嘉欣特别强调了一下，她只想两个人，看"海上生明月"。

一个电话进来，严行进就眉飞色舞，仿佛孤岛求生者遇见了一艘船。两个电话，三个电话，严行进就嗨起来了。米嘉欣没法多说什么，她只是很好奇，那些已经多年没见面的朋友，是怎么被严行进搜索出来的。

晚上七点十分左右，他们看见了月亮，大得有点虚幻。米嘉欣觉得很失望，月亮并没有在设定的时间和地点出现。他们一大堆人，在一个安静的海角，升起篝火，搭起帐篷，月亮就在他们背后的那堆礁石间升起来，而不是那扇落地窗前。

严行进跟那些老同学坐在沙滩上，叙旧、喝酒、扯官场八卦。米嘉欣跟几个太太一起，负责烧烤，将那些牡蛎一只只撒上蒜蓉，滴上香油，然后一只只摆在烧烤架上。那几个太太都相互熟络，跟米嘉欣却是第一次见面。她们客客气气地交流着养生的方法。后来，她们提议煮点姜汤喝，要加点木柴把火烧旺。米嘉欣看到远处的沙滩边上，有一丛小树林，便积极地说去那里找找看。其中一个太太执意要陪着一起去，米嘉欣拒绝了。朝小树林走去的时候，她发现那个太太一直跟着，她只好转过身去，礼貌地说："请别跟着我，我想自己一个人走走。"那个太太愣在原地，不知如何作答。

米嘉欣顾不上为自己的失礼道歉，她只想藏进那堆黑乎乎的小树林里，就算那里边有老虎有豹子有豺狼，她也想待在里边。

是海边那种矮矮的红树林，因为台风的原因，长不高。米嘉欣钻进去，勉强藏身。从树枝间看天上月亮，并没那么大那么圆，顿时真实了许多。海风徐徐，吹来了远处围在那堆篝火边的人们的说笑声。她想退得更远一点，就像浪潮翻身那般绝情。可是，很快她就不能再待下去了。距她左侧不到二十米的地方，钻进来一对情侣，他们那么忘情，竟然没发现她，他们那么迫切，连明亮的月光也不害怕，发出一些模糊的气息和字词。她匆忙扯了几根枯枝败叶，落荒而逃。

那几个太太已经离开烧烤炉，各自回到自己丈夫的身边。米嘉欣只好朝严行进身边的空位走过去。他在讲着一个什么事情，大家都很感兴趣地在听，几乎没有人发现她。她并没有坐下，只是脱掉鞋子，站在细软的沙子里，抬头向海的方向看去。礁石的阴影很浓郁，这里一堆，那里一堆，在火光的映照下，凌乱而狰狞。她忽然想到了什么，大声打断了兴致勃勃的丈夫："严行进，你看那里，那里，昨晚那个抛尸的现场。"她用手指着他们身后那堆礁石。

等那些突然安静下来的人回过神，那几个年轻一点的太太发出了惊悚的叫声，她们纷纷躲到男人的怀里去了。只有米嘉欣还站在原地，她脚底那些细软的沙子仿佛开始松动。如果继续这样站着，她不知道会陷进一个什么地方。

青岛回来之后，他们各自暗暗发誓，不再一起出门旅行，就像圆月不再会准确地照在他们某一个应该纪念的日子上。

吞下几片太空饼干之后做的那些游戏，使米嘉欣重新认识了一下自己。与自己平淡的人生相比，她觉得自己多少有些不平凡。她对自己敏锐又奇特的感觉有了些挖掘。她第一次知道，自己能看到的比别人都多，尽管闭上眼睛，她也能看到。她甚至决定将那次所"看见"的画下来。

小时候，她跟随外公学过一些绘画，也算是有童子功。外公是村庄里的秀才，擅长画年画。过年前，村里人会拎一块猪头肉来排队讨年画。抱着鲤鱼的大胖小子，戴着官帽的财神爷，甚至复杂的八仙过海图，外公都能画出来。外公去世那年，她跟严行进抱着四岁的女儿回村庄过清明，她一户一户地去看外公的年画。那是二十世纪九十年代，一阵风似的，村里忽然开始流行一种三维立体画，几乎每家的厅堂中央都挂着一幅，他们告诉米嘉欣，往左侧一点看，那画中人的眼睛是闭着的，往右侧一点看，眼睛就是睁开的。外公的年画保留下来没多少，在暗绰绰的偏房，在油腻腻的厨房，甚至在冷飕飕的柴房，米嘉欣找到了一些他们从客厅转移过去的十来张。总体来说，外公画得还是很逼真的，就是脸谱过于单一，无论男人女人，只要笑得喜庆一点，左边的脸颊都会挂起一只长长的酒窝。

祭祖结束后，老舅公拿一只陶瓷碗送给米嘉欣。外公给外婆画过唯一一张肖像，他们将肖像烧制在陶瓷碗上，留个纪念。米嘉欣从来没见过外婆，可她在陶瓷碗上一眼就认出了她，跟那些年画一样，她的脸颊上有一只美丽的长酒窝。外公把外婆画在每一张年画上，这个秘密恐怕无人发现。米嘉欣对严行进说，原来，我是见过外婆的。

米嘉欣一点一点，细细密密地将她"看见"的那些部分画在纸上。局部的浮雕，展厅的角落，教堂的穹顶……她们单位资料室有很多关于罗浮宫的旅游手册，可她根本就不想借来临摹，那一次看见的那些画面，就像印刷一样牢牢印在她的脑中。外公说，画画的逼真，主要是神态的逼真，而一件东西的神态，是印在画家脑子里的。外公说不上是什么画家，但米嘉欣相信外公，他在年画上画的那些酒窝，每张都像印出来的一样。

严行进庆幸米嘉欣选择了画画。到了她这个年纪的女人，琴棋书画或者养鸟养生，总归会要捡起一样的。他单位很多女同事，凑在一起就交流她们的"兴趣班"。除了把自己的书房霸占掉——事实上，严行进更多的时间是待在客厅的沙发上，画画并不是件惹麻烦的事情。跟他一个办公室的陈曼丽，每天下班回家做饭后又跑回办公室，吹葫芦丝，据说她丈夫只要在家听到葫芦丝的声音，就像低血糖发作一样手脚发软。

"画画好，安静，养心，说不定还能让你，呃，有收获。"

"收获什么？"

严行进一时说不上来，他摆出一副家长的样子说："肯定会有收获，总归比跟那些乱七八糟的女人出去疯好。"

米嘉欣撇了一下嘴。自从开始画，她的确已经有一段时间没跟闺密联系了。她们给她打电话："你在忙什么呀，那么久都不给我打电话，太过分了。"米嘉欣说："我给谁都不打。"

画出来的都是局部，如果不是米嘉欣在旁边指指画画地解说，严行进根本不能确定她画的就是罗浮宫。不过，用色的基调倒是很有整体感的，是那种金黄色，很明亮，看久了，严行进会觉得那是一幅幅梦境。米嘉欣说，那好吧，就把它们命名为：米嘉欣的梦境系列。

整个夏天，米嘉欣都在书房里画她那些"梦境"，有时候连饭都懒得吃，就像上瘾一般。

严行进并不介意老婆沉迷于画画。他一个人占据客厅，有的时候，米嘉欣画得太晚了，就跑到女儿的房间睡，他一个人占据卧室，靠在床上，手指划拉几下iPad，头一歪就进入梦乡，美美地睡一大觉。更多的时候，他是在沙发上，边看电视，边跟同事通电话，哇啦哇啦地讲单位那些鸡零狗碎的事情，低声说，大声笑。遇到同事想聚会了，他也不拘什么时候，就张罗他们过来喝酒。反正，米嘉欣只要一进书房，就像从这个家里消失掉了，偶尔看到她从走廊尽头那个厕所里出来，他会轻松地跟她打个招呼："嗨，老婆，又画多少了？"

直到老孙打电话来。

老孙是严行进过去的同事，调离之后，严行进跟他的联系不多，因为业务上并没多少交集，在严行进的通信录里，他把他仅仅归在朋友一类，在这类之上，是亲人、死党、好友、同事。有时候，他跟米嘉欣没话聊了，也会心血来潮问："你们孙馆长最近怎么样？"不用问，严行进都知道，老样子。管理着一个风景区里的历史博物馆，自己肯定都快成老古董了。他曾经在一次聚会上遇见过老孙，穿着复古的立领唐装，干瘦的身体在里边晃晃荡荡，让人联想起他那个没有油水的单位。

"老严，你做做你老婆工作，再这样下去，我也保不住她了。"

严行进吓了一跳。这种话他也说过，他警告自己手下——你再闯祸，到时连我也保不住你。

老孙叨叨地列举了些米嘉欣的工作错误，严行进都没记住，历史朝代、人文典故这些，他是外行，他对风景没兴趣，除了可数的几次接米嘉欣下班，他都没正儿八经到过老孙管辖的地盘。不过，白塔那件事情，他听明白了。

在他们生活的这个城市，一段古运河穿城而过，从严行进办公室的窗子看出去，如果没有雾霾，能看到运河边上那座白塔。对于白塔的来历，全城妇孺皆知——当年乾隆下江南，行至这段下榻，忽发感叹：此地与京城北海相似，可惜差一座白塔。次日清晨，乾隆推开窗，只见对岸一座白塔耸立，以为是从天而降，身旁的太监忙跪奏：是当地盐商为弥补圣上游湖之憾，连夜赶制而成的。乾隆龙颜大悦，赞赏有加。原来，当地盐商闻到风声，用万金贿赂乾隆左右，将京城白塔画成图，然后用盐包为基础，以白纸按图扎形速成。一夜造白塔，赢得了皇帝的欢心，更体现了盐商的机敏。

后人用汉白玉建起了白塔，尽管它与这里的南方古建筑风格很不搭配，但它曾为这个地方赢得圣上的赞扬，它是一个"功臣"，百姓歌颂它，也歌颂圣上。

在很多工作间隙，严行进会端杯茶，靠着窗户，呆呆地看着那座遥远的白塔，心里充满对古代盐商五体投地的佩服。

可是，现在老孙告诉他，米嘉欣不再背那些解说词，她指着博物馆里那座1:10比例的白塔模型，对跟着父母来观光的孩子们说："这座白塔，是我们这里的标志性建筑。相传，清代一个商人，不满官商勾结，不愿同流合污，被扣以莫须有的罪名，贬至此地，因怀念京城，他跟妻儿一起在运河边用雪堆了一座白塔，与京城北海的白塔相似，以慰思乡之情。那年冬天，江南遭受百年难遇的极寒，白塔成冰，经年不化。奇怪的是，在他郁郁而逝的那一天，白塔忽然一夜之间融化了。后人为了纪念这位商人，用汉白玉建造了这座白塔，通体洁白无瑕，以喻其清正的一生。"

"胡编乱造！"老孙在电话里扯着尖嗓子吼。由他主编的那本本城《风物志》，其中关于盐商一夜造白塔的故事，占据一个章节，图文并茂，是他亲手执笔的。

根据严行进的了解，米嘉欣虽然一贯奇葩，但对待工作还是认真的，不该做出这么，这么——惊世骇俗的事情来，是的，刚才老孙在电话里，不断地提到了这个词。

米嘉欣并没有否认篡改解说词这件事。

"谁能证明他们说的就是正确的？"米嘉欣一副轻描淡写的样子，让严行进很不满意，难道她竟然意识不到，这样下去，她在单位会被搞"死"的。

"历史记载是这么说的，你就该这么说。"

"历史是谁记载的？"

严行进对历史没研究，没法跟米嘉欣就正不正确这个问题再扯下去。"随意篡改历史名胜故事，是、是违法的。"他不得不搬出老孙的话来。

"违的是哪条王法？"米嘉欣毫不示弱，都有些刚烈了。她的这个样子让严行进有点心虚。

"几百年都这么讲，人人都这么讲，有什么不好的？"

"有什么好的？我就不乐意那样讲，我就乐意跟小孩子这样讲。"

"你是在讲安徒生童话吗？"

"没错，我就是讲安徒生童话，有本事开除我。"米嘉欣身体薄薄的，敏捷地闪进了书房。

严行进愤怒地伸脚踹了一下书房门，他想跟进去，看看那个消失在门背后的老婆，看看她到底在搞什么鬼，看看她那些乱七八糟的"梦境"，而这些"梦境"看起来很可能会将他们的生活搞得乱七八糟。

可是，那扇门被米嘉欣反锁了。

相比起说服米嘉欣参加这次饭局，严行进觉得老孙太容易搞掂了。三个人，菜一千多，酒一千多，加上给老孙带走的烟酒、红包，小一万，他就答应把米嘉欣调换到档案室去。她再不需要每天都做一只复读机，事实上，这是一只需要维修的复读机。

在饭局上，严行进和老孙之间并没有多少共同话语，把以前的旧同事讲过一遍之后，他和老孙就剩下一杯杯地干酒。很快，他们就喝到门了。老孙那张干黄的脸，现在红彤彤地放着光，立领唐装的扣子已经脱到了第三颗。酒已经让老孙失去了端庄，看上去就像一个牢骚满腹的落拓文人。严行进酒量好一些，但也醺了，话特别多。要不是米嘉欣下手把他们的分酒壶都夺去，他们估计很快就会钻到桌子底下。

"我这个老婆啊，就、就是个奇葩。老孙啊，你不知道，我得有多操心啊……"严行进舌头有点大了，他一边说，一边用手将米嘉欣鬓边散落的一绺头发，轻轻地拨回她的耳后，最后将手搭到她的肩膀上。他笑眯眯地看着她，那么旁若无人，快要把头凑到米嘉欣的脸上了。实在太近了，米嘉欣本能地闭起了眼睛。

闭着眼睛，米嘉欣却还能看到严行进，他并没有坐在椅子上，而是在助跑，准备翻越对面那扇铁门，那是米嘉欣读大学住的女生宿舍铁门。他向里边的米嘉欣招着手，一气呵成地征服了铁门，顺利地站到了她眼前。年轻、清瘦、拘谨，压抑着荷尔蒙的热气。他竟然跌落在二十多年后，米嘉欣闭着眼睛的这一刻。米嘉欣吓得睁开了眼睛。她看见了严行进。他已经走到老孙的座位边，情绪高涨，正激动地要求跟老孙拥抱。老孙也激动了，摇晃着从位置上站起来，一下就被严行进紧紧地抱住了，那干瘦的身体被挤得一句话都放不出。

饭局最终被米嘉欣强行结束。走出饭店门口，严行进和老孙还在拉拉扯扯，又被米嘉欣强行分道扬镳。跌跌撞撞的老孙被塞进出租车，手里还紧紧牵着那些烟和酒。

"没问题，老孙没问题，他还能拽着东西，就能安全回家。老婆，你放心，没问题。"严行进脑子很清醒，嘴巴已经管不住了，不断在重复地讲。

他们没有打车，也没商量过，就相互搀扶着朝南面走。沿着那条运河河堤，大概走十五分钟就能到家。他们走得很慢，因为没能走成直线，不断要矫正脚步。

这段运河，白天里人是很多的，市民都喜欢来这里走走。岸上桃花、梨花、梅花、樱花，种了一路，河面上铺着荷叶、聚草，他们把这段运河当作一面大湖，就像是某个皇家后花园，各个季节都来赏。这是一个夏季的夜晚，荷花的暗香和浮影，荷叶下蠢动的蛙噪，却让人心里分外宁静，静得米嘉欣只能听见严行进酒气的声音。

他们就这样走走停停，好像走到了很远的地方。当这段美好的景致就要结束的时候，严行进忽然摆脱了米嘉欣的手臂，他圆滚滚的身体一路朝前小跑，一边跑，一边喊："米嘉欣，来，我带你飞。"他跑得竟然很稳当，几乎能跑成一条直线。没跑多远，他又停下来了，转过身去喊米嘉欣："米嘉欣，快！"话音未落，他像一只猴子，连爬带蹬，敏捷地攀上了停靠在路边的那辆叉车上。

等到米嘉欣走近，严行进已经稳稳地坐在了那只向上举着的货叉架上，就像他是这个庞然大物的某块零件。他两只凌空的脚踢来踢去，一边喘气，一边笑喊："米嘉欣，我带你飞，我带你飞。"

米嘉欣抬头看着严行进，慢慢地笑了起来。刚才落入胃里的那点酒，也慢慢地升腾了起来。她一直抬着头，看天空那一团黑黑的影子，她几乎认不出他来了，好像某样东西，丢失了很久很久，猛然冒出来的那一刻。

不知过了多长时间，米嘉欣觉得自己背部开始下陷，那感觉就好像在阿姆斯特丹的酒店，她陷入地毯之前，忘乎所以地大叫："嘿嘿嘿，现在开始了。"只不过，这一次，她觉得并不是陷进去，而是，被谁连根拔起。

俗世不俗写——对话黄咏梅

——黄咏梅 张鸿

（访谈）

张鸿，作家、编辑、出版策划人。已出版作品集《指尖上的复调》《香巴拉的背影》《没错，我是一个女巫》《每幅面孔都是一部经书》，人物传记《高剑父》，文学评论集《编辑手记》，编著散文评论集《大地上的标记——中国实力散文五十家》等，策划主编"现代性五面孔"文学精品丛书。广州市文艺报刊社副社长、副主编。

张鸿：咏梅，相识多年，你给大家的印象始终是安静而温暖的。我感觉你从广东到浙江之后，小说创作也有了不少变化。你的小说在柔韧的质感之外，多了内敛的锋芒，那么是不是你宽柔的性格里也有着不合作、不妥协那一面？无论普通读者，还是研究者，读你的小说，不难感受到你对世界的善意，不过我常常觉得在你的文字背后，有一道冷峻的目光，你会把主人公驱赶到无法拐弯的人生墙角，也会毫不留情地戳破自欺欺人的中年假象，那么，是不是可以说你其实是一个颇为理性的写作者？

黄咏梅：我们两个真的认识很多年了。算一下，我离开广州已经六年，很多人和事想起来好像还在昨天。你感到我的小说创作有了变化，首先我想，对于一个坚持写作的人，六年不是一个短的时间，六年前写的东西跟六年后写的东西肯定存在区别，不一定说是进步，但变化是肯定的，而这个变化，除了受到生活环境、经历的影响之外，更重要还是年龄的影响吧。我在广州度过了青年期，在杭州开启了中年期，从年龄上来说，内敛是必须的啊，哈哈。在广州写小说十年，那时的确比较感性，或者说任性，不拘什么，觉得有感触和想法的题材就写，驱动力来自于对外部世界的好奇心吧，恰好广州活色生香，故事多多，这些特点满足了我的感受。在杭州写小说六年，杭州安静些，处处有留白，生活节奏也相对慢些。写到现在，相比外部世界，对探究自我的好奇心更重了些——我何以成为这样的我？这种内省，也算是你说的理性成分吧。当然生活环境的变化也会影响到写作，整个人状态、心态会随着环境、际遇的改变而改变。写作从来就是一种对抗和不妥协，由此产生精神的紧张让作家时刻保持敏感，保持与一切温情脉脉拉开距离，写出自己的思考和见解。

　　问：当然，你的小说是均衡的。感觉很精微，语言的光彩，想象的深度，有瞬间强化，也有整体呈现。表现为日常叙事沉溺而又通透，细节隐喻寻常而又出人意表，这一点并不容易处理。有些人的写作因之流于面目模糊，有的人失之支离破碎，而你却能够游刃有余地在生活和隐喻之间达成精准的平衡，收在这本集子中的《病鱼》《暖死亡》《带你飞》，包括之前读过的《小姨》《翻墙》《骑楼》《父亲的后视镜》等作品，都很有代表性。这种兼容性是如何控制得如此出色的？

答：出色远谈不上，但这是我写作的一个惯性，或者说是努力达到的效果吧。我特别看重小说人物和故事背后的那些难以言说又意味深长的部分。故事是小说的基础，但一个能引人掩卷慨叹甚至自我对照的小说，不光是讲好故事就能达到的，需要上升一些东西，需要作者的精神制造。大概跟我过去写诗有关吧，我喜欢用比喻和象征，即使再密实的叙事里也希望留出一些虚的部分，就像一个人，生活在众生喧哗中，要学会对自己沉默的那些部分进行反复思量。

问：说到疾病隐喻，《病鱼》中的两个满崽，病态的鱼与病态时代、畸零人生中隐含着太多质疑和反省；《走甜》中的那两杯咖啡，那个等之前的名字，几次出现的风油精，小细节都意味深长，衰老来得缓慢又势不可挡，中年心态的抗拒挣扎看得人无比心酸；《带你飞》也很有意思，于惯性的解说和无意义的闲聊中，大麻突兀而至，延长了有限视觉，得以触摸更美好的世界，麻木的是生活本身，复苏的是敏感的灵魂；《暖死亡》中由颓废带来的肥胖，缓慢的心如死灰，以及突然的死亡与解脱等等，都大大突破了现实主义的边界，最近，大家都在重新讨论现实主义，那么你觉得直接的现实书写更有力量，还是隐喻表达？

答：不能说哪种书写更有力量，甚至不能绝对地把现实书写和隐喻表达割裂来看。优秀的现实主义小说，整部作品就是一个隐喻，对时代、人生的隐喻。从手法上来看，现实书写直接，隐喻表达含蓄，现实书写以精准的描写还原、扩充公众经验，隐喻表达则以超常的想象力带来意想不到的精神漫游，二者共同创造出小说的魅力。当然，不同作家有不同的侧重点，或者说长处。相对于接受者而言，可能直接的书写更具冲击力，而间接的隐喻，则需要读者投入更多的心智去体会，就像有的酒，喝下去时感觉平和，但后劲十足，逐渐会在人的神经系统产生奇妙的反应。

问：《病鱼》我读过很多遍，非常喜欢的一篇小说。有空间的放大，也有时间的浓缩，鱼缸，故乡，以至中国；两代人的命运，一个人的半生，以致刀在颈部的瞬间。历史，现实，婚姻；过客，偷窃，抢劫，人生的无限期许，记忆里美好的故乡，如今都已变成眼前惊心动魄的损坏。读这篇小说，不由得想起鲁迅笔下的水生，属于他们的故乡并没有实现鲁迅期望的乌托邦，闰土把碗碟埋在灰里，而满崽当街行窃了。我们要如何面对，如何书写百年乡土中国？

答：跟前几代作家不一样，我们处于一个城乡转换的阶段，在我们所生活的故乡，土地的概念很少，至少没有上辈作家那么亲近土地，大家所认为的那种传统的"乡土概念"有了很大的改变。我觉得我们这一代以及以后的若干代，倒是可以共同书写"百年城镇中国"。有着同一面目、面临相似问题的城镇生活，网络、手机、游戏这些东西，都是我们这一代人"默认的链接"，我们聆听并参与到现代性的节奏中，个体感受既复杂又相似。这大概是我们这一代作家的主要书写。我在很多地方推荐评论家张柠在写我的一篇评论文章里提到的一个观点："怀乡病已经成为当下都市的一种集中症候，这种病症甚至出现在许多未曾经历乡村生活的年轻人身上，他们的临床症状当然不是对庄稼和大家族的思恋怀念，而是表现为对时代生活的莫名焦虑，甚至对作为都市文化雕刻品的'自我'的拒斥、厌弃。"所以说，所谓的"乡土"书写，在我们这里，很大程度上已经成为一种审美化的书写。《病鱼》里的"满崽"就是在时代中无所适从的人，游荡在小城的边缘人。

问：有人说你是生活型作家，不知道你怎么看？你的小说大多是低声部，抒情小夜曲的节奏，你也曾多次提及自己喜欢门罗。对生活抱有同情，但并不苟同；孤独，但不凛冽；低温的燃烧里流动着智性的焰火，对生活低处暗藏的一切抱有好奇心，又在这个熙熙攘攘的时代里，发现了很多非日常性的东西，你觉得自己从始至今的写作，哪些方面受到过其他作家的影响，还有哪些来自生活本身？

答："孤独，但不凛冽"，我很喜欢你这句话，这基本上就是现代人的生活状态。事实上，哪个作家不是生活型的？只是在写作上，作家写的东西生活气息程度有别而已。我的多数经验来自于生活，自身的、他人的。我的笔下没有多少传奇，更多的是日常性。对于擅长写日常生活的作家来说，日常生活和写作之间的重要关联在于，怎样从日常生活的蛛丝马迹中看见、认识并且呈现出难以言说的时代和历史意义，而不是为我们已经审美化的商业景观锦上添花。日常经常与"俗世"这个词挂钩，所以，我觉得写日常最危险的地方就在于——容易将俗世写俗。没有情感、没有思考、没有对这个时代的认知，就很容易将日常生活记为流水账。我之所以喜欢门罗的小说，就是因为她写俗世却不俗，她的作品就是从日常里提纯出一些有价值的困惑，这些困惑是我们会遇到的，会被困扰到的，当然也是尖锐的。打个不太恰当的比方，日常是一面平静的湖水，门罗就是会从肉眼看不到的水底，一点点地拖出一只湖怪来，你眯着眼睛辨认，等你终于看清楚这个东西的时候，你的第一反应不是害怕，而是确认——啊，竟然是这种东西，之后，才开始感到后怕。我觉得这种写作是很厉害的，它不是瞬间将你击中，而是缓缓地将你裹住。

喜欢的作家有不少，小说诗歌都有，我从一长串优秀的作品里得到过启发。

问：作家是不是和哲学家一样，好多悲观主义者？不是看不到活着的意趣，是因为写过太多生死悲欢？你的部分作品中，也有死亡与现实短兵相接，不回避问题，也不会迎合，与生活不合作的那些主人公，他们的遭遇里，是你观察时代的横截面切口，还是你对这个时代病态生活给出的诊断？

答：我的确是个悲观主义者。我甚至认为大部分作家都是悲观主义者，即使那些洋溢着勃勃生机的作品，背后都有可能睁着一双冷眼。几乎没有一个作家笔下不会写到死亡。"死亡"这个文学母题，在我的写作中，也是有阶段性的。过去写小说，为了体现"惨烈"和"冲突"，动不动就把人写死。现在回想起来，真的太草率了。如同人不能两次踏入同一条河流一样，小说中写到的每一次死亡也不可能相同。随意地用"死亡"作为一种解决问题的手段，或者结束故事的方法，是很不负责任的，也是缺乏敬畏的。所以，我现在很谨慎。死亡是上帝交给每个人的答案，而作家就是猜题的那个人。

问：正如我前面所说，从岭南到杭州，生活环境不同了，你的写作风格也有所改变，那么这种改变是有意为之吗？你的部分作品表达的是乡村与城市的徘徊，同情边缘人，有着超出个人主义和女性主义的普遍意义上的人道主义，这是你的写作理念吗？

答：应该说写作上的改变刚开始是下意识的。比如说，方言写作的改变。我的母语是粤语方言，在广州那些年写的小说里，多多少少有粤语方言的运用，辨识度还比较高，比如早年的《多宝路的风》《负一层》《草暖》等一批作品，这些作品写的都是岭南生活，自然会用到粤语，一些地名、岭南生活习俗只有粤语腔调的使用才更贴合。到杭州以后，完全没有粤语的语境，置身江南，是跟岭南很不一样的语言、生活氛围。语言是会影响一个人的思维的，你是用粤语想问题，还是杭州话还是普通话，无形中都有着差异。或许等到我真正成为这个城市的一分子，我写这个城市会带有更多的责任感。但无论怎么变化，我偏向于从人道主义角度写边缘人，这一点是不会变的，这跟我的世界观有关。我几乎没考虑过自己是女性就该写关于女性的东西。在我的创作中，女性只是一个写作的角度、视角，我的写作题材很驳杂，我希望自己的写作一直具备生长性。

问："70后"作家对城市叙事的态度是矛盾游移的，是吧？乡愁，漂泊感，逃离感，这当然不是典型的城市话语和城市表情，但也是现代人城市感密不可分的一部分。在空间建构意义上，是主观化的现实。虽然置身于同一个时代，城乡从来没有成为价值共同体，你的日常性叙事中，诗意克制而自然，与敏锐的现代意识相得益彰，鲁敏笔下也有类似特点，你觉得这一代人有哪些精神共性？

答：我们这一代人，是在和平年代中成长起来的，物质和精神都相对富足，但由于我们处于一个转型期中，承前启下，不断地接受各种外部变化，所以虽然生活得很安全，但精神上却是动荡的。正如你说的，我们的漂泊感不仅是来自离乡背井，更多的是面对变化的一种无处安放、无所适从的忐忑，表现为孤独、患得患失、被现实挤压得无处藏身的精神状态，我们看似拥有很多实则什么都没有。在城市我们回望故乡哼出的是一首首挽歌，而在城市仰望星空，每每心里又在酝酿一个个乌托邦式的"逃跑计划"。就是这种无处不在的焦灼，让我对身处的这个时代和城市，有一种难以言说的不安，我觉得我们这一代作家的写作中，总是能找到这些含混的不安。

问：我总觉得你有特别睿智的洞察力，知道轻重，是一个智慧的女人。我们大家在一起，你话不多时，却似乎洞悉人心，话多时，却也不触及根本。你是一个很挑人的人。你的小说，对人心人性的表现常让人悚然一惊，你是喜欢，还是擅长从个人的处境出发，去触及一个更宏大的存在？其实你也写到了，个人对命运的反抗，对现实的解构，最终常常遭遇时间的嘲讽，在漫长的时间之流，有太多时刻生命如临深渊，你的小说给了我很多从日常伦理延伸出去的生命哲学况味，这一点不知道有没有其他人和你聊到过？说实话，特别打动我的，还有你小说故事内部那种漫漶的情绪，你的叙述语调，人物心理或停顿或跳跃那种节奏，都令我着迷，阅读你的小说，真的是很美好的体验，最后，能不能聊聊你近期的创作计划？

答：你这么评价我都觉得不好意思了。我了解自己的短板比了解自己的优点多得多，所以谢谢你告诉我这些优点，尽管这只代表你的感受。情绪奠定一个作品的主要基调，它决定了叙述的语调，以及你提到的一连串的人物心理、故事走向等等问题，但情绪又是最难找准的。所以，写作其实真的蛮折磨人的。说起创作计划，我真的很惭愧，因为主要都是写中短篇，所以计划性就显得不强，我也试图学一些短篇小说作家那样计划写一些系列，但总是会被突然遇到的题材所打乱，所以那些计划中的"人到中年系列""马王街系列"等等，都只是在断断续续写。我刚刚签下一个长篇合同，出版社有交稿日期，我目前正全力在写，题材关于城市现代女性的生存和精神状态，我努力使这个长篇里有你、有我，有他，有我们睁眼所看到的这个时间。

▌"现代性五面孔"丛书